欣秋が下着の上から脚の付け根を強くつかみ、
手の平に秘芯を押しあて、小刻みに動かした。
快楽の泉はつきることなく、
淫らな蜜となって内側からこぼれていく。
JN034605

絶倫のお坊さんと
お見合いして愛欲に
ずぶずぶ溺れています。

麻木未穂

Illustrator
天路ゆうつづ

ジュエル文庫

もくじ

※本作品の内容はすべてフィクションです。
実在の人物・団体・事件などには一切関係ありません。

1章　今日の言葉「愛とは性愛である　愛欲もまた愛である」

村木仄香(むらきほのか)は、左手首にはめた輪ゴムを右手の指でパチリと弾(はじ)いた。

平屋建ての大きな一軒家は、住職の居住空間にあたる庫裏(くり)で、境内の中心にある本堂とは短い石畳で結ばれている。

それ以外に境内にあるのは、住職が経営する宿坊と、門徒や宿泊客のために用意された駐車場のみ。

場所は、東京から五〇〇キロ離れた福井県。

亡き父の姉にあたる仄香の伯母、香奈恵(かなえ)は、住職とのお見合いの話を持ってきたとき、「僧侶雑誌のインタビューを受けたおかげで門徒希望者が殺到してね、相当景気がいいらしいの」と説明したが、寂しげな境内を見るかぎり景気がいいようには思えない。

住職は、二四歳の仄香より七歳年上の三一歳。祖母の葬儀に出席した仄香を一日で気に入り、香奈恵伯母に「可愛(かわい)いから紹介してほしい」と言ってきたという。

寺のあととりであることを考えると、結婚を先延ばしにはできないだろう。

もちろん、子作りも。

とはいえ、灰香が住職との子作りの心配をする必要はない。

住職は人違いをしているのだ。灰香に会えば、葬儀の場で見初めたのは、別人だと気づくはずだ。

そうは思うも、鼓膜を叩く心臓の音は大きくなる一方だった。

高齢の女性が「どうぞ」と朗らかに言い、庫裏の玄関ドアを大きく開いた。黄色いブラウスとグレーのスパッツは、田舎の老女、というより、オシャレなおばあちゃん、といった表現がふさわしい。年齢は不明。

灰香は弱々しい声で「失礼します」と頭を下げ、女性の前を通って玄関ドアをくぐり抜けた。板張りの玄関ホールに見知らぬ男性が立っていた。

気弱な心臓が極限まで収縮し、男性の目を見るのが恐くて、灰香は反射的に顔を伏せた。お見合いで視線恐怖に襲われてどうする。

「ようこそお越しくださいました」

やや低い美声が頭上から響いた。

「葬儀のとき見かけた女性とこういう形でお会いするのは職業倫理に反しているのですが、

あなたの伯母様から、あなたがちらっと私を見て大変気に入ってくださったとうかがいました。早く結婚したくて婚活アプリばかりやってらっしゃるとか。ぜひどうかと勧められ、お願いしてしまいました」

ちょっと待て！ いくらなんでも話が違う。

そう反論しようとして顔を上げると、礼儀正しい距離を置き、仄香を見下ろす男性と正面から目が合った。

澄み切った双眸が傾きかけた陽光を反射し、海の表層のように輝いていた。

むらのない眉は太すぎず、高い鼻は高すぎず、彫刻刀で削ったような顔立ちは過剰になる寸前でとどまり、何もかもが完璧なラインを描いている。

頭はきれいに剃髪していた。年齢は三〇歳前後。

身長は一八〇センチを超えているだろう。夏用の黒い紗の間衣から真っ白な襦袢が透けている。法衣に包まれた肩幅の広さは理想的で、全身に必要な筋肉がすべてつき、衣の上からでも不必要な部分がそぎ落とされているのがわかる。

男性的だが、暑苦しくはなく、「男らしい」というより「美しい」という表現が合っている。顔の中身も、輪郭も、剃髪した頭の形まで完璧だ。

僧侶は、自分を見たきり動かなくなった仄香を不安そうにうかがった。

仄香はうわずった声を出した。

「目と……、鼻と……、眉と……、口が……、わしゃーっ！　って……」

「ゲシュタルト崩壊」

「それです、それ」

仄香の言葉に僧侶がすかさず言う。あの説明でよくわかったな、と感心した。

「何崩壊？」

黄色いブラウスの女性が仄香たちをのぞき込んだ。

僧侶と仄香の声が重なり、仄香は赤くなって顔を伏せた。僧侶が言った。

「ゲシュタルト崩壊」

「一つの漢字をじーっと見てると、全体がバラバラになって、よくわからなくなることがあるでしょう。あれです」

僧侶の説明に、女性がへーっと感心した。

庫裏の奥から、紺色のチュニックにえんじ色のロングスカートを穿いた女性が顔を出した。高齢という以外詳しい年齢は不明。

紺色のチュニックの女性は仄香と僧侶を見てにっこりと微笑んだ。

「早速気が合ったようね。遠慮はいらないからあがってあがって」

仄香は息の仕方を忘れそうになりながら、女性二人に促されるまま靴を脱ぎ、先に立って歩く僧侶の背中に従った。

庫裏は広く、玄関ホールはフローリングのリビングダイニングに続いていて、周囲に和室と洋室がある。どこもかしこも掃除がきれいに行き届き、柔らかなお香の香りがほんのりと漂っていた。

窓とふすまが開け放されているおかげで柔らかな風がよく通り、七月の暑さは感じない。

「さあ、どうぞ」

二人の女性だけではなく、長身の僧侶も「どうぞ」と仄香を招き入れた。

リビングダイニングの奥に畳の間があり、老舗旅館を思わせる樫材(かしざい)のローテーブルにさまざまな料理が並んでいた。どうぞどうぞ、と上座に促され、仄香は、失礼します、と深く頭を下げて座布団に腰を下ろした。

「飲み物は何がいいですか。ビール、ワイン、日本酒、オレンジジュース、麦茶……」

「麦茶で……、お願いします」

はい、と僧侶が背を向け、女性たちとともにキッチンに行った。

副住職か、修行中の僧侶にちがいない。住職はどこだろう……。父方の祖母の葬儀でちらりと見た姿は、角刈りで眉が濃く、三一歳という実年齢より一〇歳以上は老けて見えた。

仄香が瞳だけで角刈りの住職を捜していると、僧侶の足音が聞こえ、慌てて顔を伏せた。

「失礼します」

僧侶が麦茶と氷の入ったグラスを仄香の前に置いた。

ローテーブルを挟んで向かい側に自分の分の麦茶を置き、腰を下ろす。仄香は不安と緊張にたえきれず、ローテーブルの下で左手首にはめた輪ゴムをパチンパチンと弾いた。

目の前に並んでいるのは、ゴーヤチャンプルー、おくらと枝豆のごま和え、ラタトゥイユ、里芋の素揚げ、大きな白身魚に香草をまぶして焼いたもの、ポテトサラダ、油揚げと鮭のちらし寿司、竹串に刺した鯖の丸焼き……。

「車で少し行ったところにおいしい和食レストランがあるので、そちらにしようと思ったんですが、うちの女性陣が自分たちでもてなしたいってうるさくて……」

キッチンから、青いスモックの女性が取り皿を持って現れた。こちらも高齢という以外、何歳か見当がつかない。

「当たり前でしょ。ご住職さんのお嫁さんになってくれるかもしれない人なんだから」

心臓が飛び跳ねる。仄香はささやくような声で、「あの……、お嫁さん候補は、私じゃなくて……」と否定したが、僧侶が「プレッシャーをかけないように。彼女に断られたら困ります」と三人を諌め、仄香の声をかき消した。

三人の女性は、境内にある宿坊の従業員だ。三人で白いミニバンに乗り、寺の最寄り駅まで灰香を迎えに来てくれた。運転していたのは、取り皿を持ってきた女性になる。

軽やかな足音が響いた。今度こそ住職か、と思い、顔を上げると、またもや高齢の女性が麦茶の入った大きなボトルを持ってきた。白いエプロンと紺色のもんぺ姿からして四人の女性の中で一番年齢が高いと思うが、何歳かは判別不能。

「あら〜、可愛い子。ご住職さんが言ってたとおりね」

容貌が極限まで整った僧侶の前で「可愛い」と言われ、灰香はいたたまれなくなった。平均より身長がやや低く、全体に細いこともあり、これまでの人生で可愛いと言われたことがないわけではない。

まっすぐに伸びたセミロングの黒髪は「まじめそう」と「清楚（せいそ）」の中間、白いハーフネックのサマーセーターとクリーム色のミディスカートは「可憐（かれん）」というよりは「地味」。限りなく薄いメイクと合わせ、最終的に「可愛い」と言っていい、だろう。

僧侶がすぐさま立ち上がり、もんぺ姿の女性からボトルを受け取った。灰香も立ち上がりかけたが、僧侶に「あなたは座っててください」と言われ、座布団に腰を戻した。

灰香は僧侶を下方から盗み見た。緊張は続いていたが、決して嫌な緊張ではない。初めて経験する心地よいどきどきだ。

「じゃあ、私たちは宿坊のお部屋にお布団を敷いて帰るわね。お風呂のお湯は張ってあるから好きに入って。朝食は朝の七時よ。ご住職さん、変なことしちゃだめだからね！」

一人が僧侶に怒ったような顔を向けたあと、じゃあ、ごゆっくり、と四人が出て行き、仄香は中腰になって深々と礼をした。

「騒がしくてすいません」

僧侶が気を遣ったような声を出す。「変なことしちゃだめ」という女性の言葉に「変なこと」を想像してしまい、仄香は頬を赤く染めた。想像したのは、角刈りの男性と、ではなく、目の前の僧侶と、だ。バカバカしいにもほどがある。

そう言えば、女性は僧侶を「ご住職さん」と呼んだ気がするが聞き間違いだろうか。

仄香は恥ずかしい妄想に気づかれないようまつげを伏せ、気力と声を振り絞った。

「村木仄香と申します……。ご住職……、入澤(いりさわ)、欣秋(きんしゅう)さんとご飯を食べる予定なのですが……」

住職の名前を記憶から掘り起こす。

「私です」

「なんか誤解があるみたいで……。ご住職さんが祖母のお葬式でご覧になったのは、私ではなく、いとこの皇華(おうか)です。私が来たのは伯母に言われたからで……、は？」

もう一度顔を上げ、派手に訊き返した。崩壊から免れた顔が仄香を冷静に見返している。

「入澤欣秋は、私です。私は、誤解はしていません」

「いとこのお見合い相手のご住職は別の方だと思うのですが。角刈りのきりっとした……」

「あれは一〇歳年上の兄です。私に法要の予定が入っていたので名古屋から来てもらいました。私は、間違えていません。あなた、です」

剃髪した僧侶、――欣秋がほんの少し目を細めた。

機嫌を悪くしたようにも思えるが、輝く瞳の陰にあるのはわずかな不安だ。形のいい双眸に小さな揺らぎがある。

「もしかして私と兄を間違えましたか？　兄に一目惚れした、とか」

一目惚れ、と自分の人生にはなんの関係もないはずの語彙を復唱する。一目惚れ……。

心臓がどきどきする。

「それは……、特に、ない、です。角刈りの人としか覚えてないので……」

欣秋は安心したような息を吐いた。

仄香は欣秋を正面から凝視した。欣秋の視線が胸の奥に突き刺さる。

いったん見ると、彼から目が離せなくなってきた。

心臓がどんどん苦しくなっていく。目の前の僧侶が美しすぎるから緊張しているのだろうか。きっとそうだ。

仄香が突如自分に訪れた苦しさの正体を確かめるように欣秋の瞳を眺めていると、欣秋が仄香の視線にたえきれず、すっと目をそらした。

視線の圧迫がなくなり、仄香は深呼吸をした。荒い鼓動が凪(な)いでいき、心地よさに変わっていく。欣秋は仄香を見て目をそらし、また仄香を見て、目をそらした。

とりあえず食べましょうか、と気まずさを追いやるように言い、仄香は、はい、と素直に頷(うなず)いた。

父方の祖母が肺炎で亡くなったのは、いまから三週間前の六月半ば。

仄香が、海外企業から来たマーケティング責任者の通訳として会議や視察に同行していたときだ。語学堪能(たんのう)な者が多い職場とはいえ、会社の事業内容を熟知し、食事や習慣などの文化的な配慮ができ、かつ相手の要望に柔軟に対応することができる者は限られている。

仄香の上司は、「あと二日だし、できれば残ってほしいんだけど……」と大仰なため息をつき、結果、仄香が職務をまっとうしてマーケティング責任者を成田(なりた)空港(くうこう)まで見送り、東京から五時間以上かけて福井県にある祖母の家に着いたのは、葬儀がおわり、四〇歳をすぎたとおぼしき角刈りの住職が黒いSUV車に乗り込むところだった。

見慣れない顔は、葬儀会社に手配してもらった出張住職だ。祖母の菩提寺（ぼだいじ）は何年か前に寺じまいをしたため、何かあるときは近場から住職を呼んでいる。

その住職が仄香を紹介してほしいと言ってきた、と香奈恵伯母が電話してきたとき、仄香は「私じゃなくて、皇華（おうか）ちゃんの間違いだと思います」と冷静に返した。

皇華は、仄香と同い年のいとこで、亡き父の弟にあたる叔父夫婦の一人娘だ。

香奈恵伯母は、私もそう思ったんだけど、お葬式に遅れて来た黒いスーツの女性って言ったら仄香ちゃんしかいないわよねえ、と微妙に失礼なことを言った。

男性が一目で気に入るほど可愛い女性となれば、仄香ではなく皇華、ということだ。

事実だから仕方ない。

住職は境内で宿坊を経営しているやり手で、現在新しい納骨堂を作るためで土地を探している、という。大学の仏教学科を卒業し、寺のあとを継いだ、いわば住職中の住職だ。

両親は名古屋に住んでいるから嫁姑（よめしゅうとめ）のいざこざもなく、結婚相手としては申し分ない。

香奈恵伯母は、そこまで説明し、お母さんの遺（のこ）した福井の家と土地が全部抵当に入ってたの、と唐突に話題を変えた。

「土地はいいけど、家は子どもの頃から住んでたから手放したくないのよね。家とは離れたところに使わなくなった畑があるじゃない？　あそこ、納骨堂を建てるのにちょうどいいと思うの。仄香ちゃんがご住職さんと結婚したら、夫婦の負債てことで、借金を返して、お母さんの家と土地の抵当を外して、畑を納骨堂にして、家は残しておいてくれるんじゃないかしら」と香奈恵伯母はずいぶん都合のいいことを言った。

住職の出身大学は、皇華によれば、「願書を取り寄せたら合格すると評判の、頭が悪い底辺大学」だそうで、皇華はお見合いの話を聞き、「三〇すぎた頭の悪い田舎の住職がお葬式のときに若い女の子を物色して、融資をちらつかせながら結婚を迫るって超キモい」と評した。

頭の悪さはお互い様では、と仄香はひっそり思った。皇華の出身大学は、お嬢様大学として有名だが、高校からのエスカレーター式で入学試験とは名ばかり。

仄香が卒業したのは国立大学ではあるものの、難関とはほど遠い地方の地方のそのまた地方の地味な大学で、語学力に磨きをかけることができたのは、大学のまわりに何もなかったからだ。

お見合いは住職と夕食をともにし、一時間半から長くても二時間。仲人はおらず、夕食がおわれば解散。仄香は境内にある宿坊で一泊し、翌朝には寺をあとにする。

お見合いのあと相手の経営する宿坊に泊まるのは問題な気がするが、東京のように利用しやすいホテルがいくつもあるわけではない。宿泊に特化したビジネスホテルにチェックインしたあと寺に行き、お見合いをおえてまたビジネスホテルに戻るより、宿坊に泊まった方が楽、ということだ。

香奈恵伯母は、そんなに堅苦しいものじゃないし、夏休みがてら、どう？ と愛想のいい声を出し、仄香は断るのが面倒で、「わかりました」と答え、いまにいたる――。

いただきます、と欣秋が合掌し、仄香もぎこちなく合掌した。

合掌をとくと、欣秋が料理の説明をした。

「焼き鯖は福井の郷土料理です。それ以外は、健康をテーマに、作りたい人が作りたいものを作りたいように作りました。私が作ったのはこれです」

欣秋がテーブルの真ん中に置いた白身魚を指さした。

「カレイの香草焼き、じゃがいもを添えて、です。カレイの下にじゃがいもを敷きつめています」

カレイの香草焼きなど作ったことはおろか、食べたこともない。

「ポテトサラダ以外……、作ったことはありません。ポテトサラダも家庭科の調理実習のときグループで作っただけで……」

「私はカレイの香草焼きしか作ったことはありません。作ったのは今日が二回目です」

ポテサラも作れんのか！　と怒られることはなく、仄香はひそかに安堵(あんど)した。

「お料理が趣味なんですか」

「全然違います」

さっくりと否定する。ポテトサラダがあるのに、カレイを焼いてじゃがいもを添えてしまう点からして料理をし慣れていない人だろう。

取りましょうか、と欣秋が言い、仄香が恐縮している間に、カレイの身とじゃがいもを皿に入れ、仄香に渡した。

カレイもじゃがいももローストした表面が香ばしく、一口嚙(か)むとカレイはふっくら、じゃがいもはほくほくしていて、香草と岩塩とオリーブオイルとレモンが爽やかさを演出している。おいしすぎる。

中学二年生のとき、皇華に「仄香ちゃんの作ったロールキャベツ、なんでこんなべちゃべちゃしてるのー」と言われてから料理はトラウマになった。

「ものすごく、……おいしい、です」

感動と気後れを混ぜ込んで言うと、欣秋は「ありがとうございます」と儀礼的に返し、別のことを口にした。

「兄と間違えたのに私で大丈夫ですか。兄は夫婦仲が良好で、離婚する気はありません」

欣秋が、残ったカレイに垂直に箸をざくっとさし、前後左右に揺らしながら言った。

機嫌が悪い、気がする。少なくとも行儀は悪い。

「お兄さんのことはどうでもいいですが、祖母のお葬式で、私を見かけてないですよね」

「……。私の法要がおわってから車で兄を拾いに行ったんです。兄はその日のうちに名古屋に戻らないといけなかったし、タクシーより私の方が速いんで。兄を待ってるとき、車中から仄香さんを見かけました。仄香さんは私を見かけませんでしたか」

「車は見た、と思います……」

欣秋が恨みがましい表情で訊いた。

「私のことを気に入った、という話は嘘ですか。この顔が受け付けない、とか。顔が誠実さに欠けるってよく言われます。坊主スタイルにしたら誠実さが出るかと思ったら、宿坊の女性陣に安っぽい結婚詐欺師にしか見えないって言われました」

欣秋は「いま誠実を模索中です」と付け加えた。

「ここに来たことを後悔していますか？　明日は海を見て、叫んで帰りますか。海水浴の時期ですから、陽キャのウェーイが焼きそばを食ってうまそうにビールを飲んでますが」

仄香はうつむいて、「後悔はしてません……」と小声で答えた。

本当だ。直前までお見合いが嫌で嫌でたまらなかったのに、いまは来てよかったと思っている。欣秋が予想外に美しかったからだろうか？　さすがにそれはない気がする。

格好いい男性は苦手だ。緊張して、挙動不審が増してしまう。

もしかして仄香が妙なことを言ってもバカにせず、ちゃんとした知識に置き換えてくれたからだろうか。向かい合っていて気詰まりな感覚がないわけではないのに、心地よさの方が大きい。

なぜこんな風に感じるのか理由はよくわからない。少なくとも閉ざされた部屋で男性と二人になると感じる圧迫は、いまの仄香には存在しなかった。

「そっちに行っていいですか」

ふと顔を上げる。麦茶のグラスを回していた欣秋と目が合った。

マフィアのボスみたいだ、と思いながら、「はい」とまた消え入りそうな声を出した。

欣秋が洗練された動作で立ち上がり、ローテーブルをぐるっと回って仄香のそばで膝をついた。欣秋の視線が頭頂に突き刺さった。

緊張と恥じらいで顔を上げることができない。

「仄香さんはもう二四歳ですよね」

仄香はうつむいたまま少しの間考えた。「もう二四歳」の「もう」は、「『もう』二四歳なのに、『まだ』結婚していないのか」という意味の「もう」だろう。

状況からしてそれ以外にない。

「……はい」

心もとなく答えたのと同時に、欣秋の右手が仄香の頬にふれ、仄香は息を吞み込んだ。

胸の先端が硬直し、下着にこすれて敏感に刺激する。体の奥底がびくりと震えた。

「なら、いいですよね」

欣秋は誘うように指を滑らせ、仄香は顔を上げていった。ライトを受けてきらめく瞳が戸惑う視線を絡め取る。

欣秋は口元にほんのり笑みを浮かべていた。誠実さのこもった優しい笑みだ。

「嫌ならやめますよ」

「いや……」

「嫌？」

欣秋が仄香の頬から手を離す。仄香は慌てて「じゃないです……！」と付け足した。欣秋は離した手を仄香の頬に戻した。

お見合いの席でいきなりふれてくるなんて、頬だけだったとしても礼儀に反している、そう思うのに、体のあちこちが切なく疼き、次の行為を待ち望んでいる。

仄香が身動きできずにいると、欣秋が言った。

「私はあなたと結婚してもいいですよ」

欣秋の指を感じながら、仄香は小さく眉を寄せた。

いまのは上から目線のプロポーズだろうか。

「結婚してもいいです」

仄香に意味を理解させようとするように大事な部分を繰り返す。

やはり上から目線のプロポーズだ。

「あなたは私と結婚する気はありませんか。嫌なら嫌だと言ってください」

後半の言葉が、「結婚するのが嫌なら言ってください」か、「こういうことをするのが嫌なら言ってください」か、それとも両方なのかわからず、どれのことですか、と訊こうとして口を開くと、自分のものとは思えない甘やかな吐息になった。

「……ん……っ」

欣秋の指が仄香を促すように耳の付け根をなぞり、下方へと移動する。ハーフネックに遮られて首の真ん中で動きを止め、仄香はくすぐったさに身震いした。

欣秋は仄香の返事を待つように動かないままでいた。

答えないと何もしてやらないというように。

「嫌、じゃない、です……」

薄く目を開くと、欣秋の顔が間近にあった。

「どっちが？　結婚？　それともいましてること？」

「両方、です……」

自分はどうかしてしまったのだ。ほぼ初対面と言っていい男性にお見合いの席でプロポーズされ、その場でＯＫするなんて普段の自分からは考えられない。自身の性格と人生を「普通」の中に足し込めば、「考えられない」どころか、「ありえない」。

欣秋がしなやかな首から指を離し、華奢（きゃしゃ）な左肩にふれ、細い上腕の外側をなぞって中指を下ろしていき、左手首にはまった輪ゴムに到達した。

欣秋は輪ゴムをさして気にすることなく、仄香の手の平を優しく持ち上げ、指先に軽く唇をあてた。欣秋の息が手の甲にかかり、気持ちいい。

「あぁ……」

嫌だと思っていいはずなのに全身が安らぎに満たされる。その中に確かな官能が潜んでいる。

ふいに、かつて感じた不安と恐怖が脳裏でバチバチと瞬いた。

高校三年生の夏休みに起こったできごとが原因で、仄香は男性が極端に苦手になった。

その後、アルバイトや会社で男性と接するようになり、事務的なやりとりなら問題なく対応できるようになったが、プライベートは別だ。

苦手意識が薄れることはなく、二四歳になったいままで男性と手をつなぐことはもちろん、まともなデートもしたことがない。

「こっちを見てください」

甘い美声が鼓膜をうがった。顔を上げると欣秋と目が合った。

輝く双眸が仄香をまっすぐ見つめている。仄香は、止めた息をゆっくりと吐いた。

不安と緊張が、欣秋の目の中で安堵に変わった。

「ご住職さんは……」

「欣秋です」

「欣秋さんは……」

名前を呼ぶだけと穏やかさに満たされた。きれいな名前だ。いかにもお坊さんっぽい。

生まれたときにはお寺を継ぐことが決まっていたのだろう。

仄香は口ごもったあと、勇気を出して質問した。

「欣秋さんは私のことが好きですか」

欣秋が考えるそぶりもなく「もちろん」と力強く答えた。

「大好きだし、愛しています。仄香さんとだったら結婚してもいいと思っています」

やはりどこか上から目線な気がする。

欣秋の返答は少し妙だが、それを言うなら仄香はもっとずっと妙だ。お見合いの席で相手の男性に「好きですか」と訊くなんてどうかしている。

大好きで、愛していると言われ、喜びを覚えている。

欣秋が仄香の左手の甲についばむようなキスをした。舌先を少し出し、肌の上を移動させる。ぬるりとした温かさに、仄香は、あぁ……、と小さな声をあげた。

欣秋の手を振り払っていいはずなのに体中が彼を欲し、次の行為を待ちわびている。

欣秋が細い腰を抱き寄せ、胸の柔らかな曲線を紗の黒衣で押し潰した。筋肉のついた腕の太さがはっきりと感じられる。

欣秋が、仄香のあごを人差し指で軽く支え、唇を近づけた。

ほんの少し重なるだけの甘美な交わり。

こんな行為には死ぬまで縁がないと思っていた。縁があってもいいことはないと思っていたし、考えるだけで気分が悪くなった。

なのに、いまは求めている。この瞬間の交わりとこれ以上の交わりを。

欣秋が唇を離し、息のかかる距離で見つめ合った。

「明日、東京に帰るんですよね」

欣秋が落胆を含んだ声で確認した。明日は日曜日。見事なブルーマンデーだ。

「うちの会社は……、お盆の一斉休業はなくて、七月から九月までの間に五日間の夏期休暇が与えられるんです。同じ課員とスケジュールを調整すれば、連休にしても一日ずつ休んでもよくて……。お見合いは疲れると思って月曜はお休みにしました。新幹線のチケットは取ってないから日曜日は泊まってもいいかな、と思ってます。宿坊があいてれば、ですが」

「残念ながらあいています。満室だったら庫裏に泊まっていただくんですが。宿坊ががら空きなのに庫裏に泊まれば、女性陣に何を言われるかわかりませんので、今日の夜は宿坊で寝ていただきます」

残念ながらという表現にちくりと痛みを覚えたが、すぐ喜びがやってきた。会ったばかりでこんな風に思うなんて恥ずかしい。だが、会ったばかりで抱きしめられて、キスするのは、もっと恥ずかしいはずだ。なのに自分は次の恥ずかしさを待ち望んでいる。

「じゃあ、宿坊におねが……、ふっ」

欣秋が再び唇を重ねた。唇で唇を愛撫してから強く吸い上げ、濃厚な接吻へと移っていく。

「ふ……」

欣秋が口唇全体に歯を立て、仄香の官能を煽り立てる。仄香の胸の先端がこわばり、欣秋の胸筋に押されて、乳房の奥にわずかな愉楽が突き刺さった。

安らぎの中で目をつぶり、たくましい腕にすべてをあずけると滑らかな舌が唇の隙間からするりと忍び込んできた。

「んっ……」

唇を閉じようとしたが、欣秋の舌は一瞬で深くまで忍び込み、仄香の舌をねっとりと絡め取った。

欣秋が仄香の背中に回した指を背骨に沿って下ろしていく。快楽というには強すぎる感覚に仄香は上体を引きつらせた。

何もかもが初めてで、どうしていいかわからない。

「ふぅ……っ」

欣秋が唇を唇全体でなぶりながら、背中に回したのとは反対の手をあごから喉、鎖骨へと移動させ、柔らかなふくらみを包み込んだ。

「あっ……ぁ」

愉悦に喘ぐ唇の中で熱のこもった息を吐く。欣秋が手の平に強く力を込めると、硬いいただきが形を変えることなく柔肉の中に沈み込んだ。

欣秋が人差し指の爪で胸の尖りを引っかいた。服の上からなのに鋭敏な刺激が体の中心を突き抜ける。欣秋は人差し指と親指で先端を容赦なく弄び、仄香は痛みをこらえるように全身をこわばらせた。

「あぁ……あっ」

欣秋が胸の尖りを解放し、手の平を下方へと動かした。胴部を伝って脚の付け根に到達すると、スカートを隔てているにもかかわらず、秘密の奥底がびくびくと打ち震えた。

濡れそぼった花芯が下着にこすれて、ぬるりと滑るのがはっきりとわかった。

欣秋はすべて見透かしたように、安心させるような目を向けた。

「恥ずかしかったらまぶたを閉じてください。思い出したら幸せになるようないい記憶だけを残します」

仄香は欣秋の言葉どおりまぶたを閉ざし、繊細な指の感覚だけに集中した。

欣秋がスカートの中に手を入れた。

「ぁあ……！」

右手の中指がぬるついた下着越しに突き刺さる。こらえようのない快楽が体の中心から生まれ、頭頂を貫いた。

器用な指は下から上へ、上から下へと秘裂をこすり、やがて秘裂の上部にある小さな固いものに明確な圧力を加えていった。

そこにしかない特別な熱情がとろけるほどの甘美さを伴い、仄香の下腹を揺すっていく。欣秋は中指の腹で悦びの肉芽を揉み込み、愛欲に溺れる仄香の思考を奪っていった。

「気持ちいいですか？」

「あぁ……」

欣秋の恥ずかしい問いに、肯定を示す息を吐く。

「あなたは忘れっぽいみたいだし、気持ちよくしてあげないと私のことをすぐ忘れてしまうでしょう」

「忘れません……！　絶対……、あっ」

欣秋が下着の上から脚の付け根を強くつかみ、手の平に秘芯を押しあて小刻みに動かした。快楽の泉はつきることなく、淫らな蜜となって内側からこぼれていく。

欣秋からもっと刺激を得ようと、仄香の腰が揺らぎ出した。経験のない動きは緩慢で、戸惑いに満ちていた。

「キスしてください。あなたが絶対に私を忘れないように」

仄香は慣れない欲望に突き動かされるように欣秋の首に両腕を絡め、情熱に満ちた唇に震える唇をあてがった。欣秋の手の平からもたらされる振動をもっと得ようとするように自然と両脚が突っ張り、腰が大きくせり上がっていく。

仄香がもどかしさにたえきれず下肢を大きく開いたとき、欣秋が手の動きを速め、激しい衝動を送り込んだ。

「あぁ……、あぁ……！」

腰が上下に跳ね上がり、痙攣を繰り返す。

仄香は欣秋の腕の中で弓なりになり、初めての快感に酔いしれた。

2章　今日の言葉「一〇八回いちゃいちゃしても　まだいちゃいちゃしたいから煩悩の数は絶対一〇九以上ある」

両親が買ったばかりの車でスリップ事故を起こし、死亡したのは、仄香が九歳のときになる。

急ぎの会議資料を作るため土曜日に休日出勤した帰りだった。同じ会社でパートをしていた母は、父とは違う部署だったが、資料作りを手伝うため父の運転する車に同乗した。

会社からは定められた弔慰金が支給されただけだった。新築で購入した一戸建てのローンはまだ残っており、自動車ローンの支払いもある。

仄香の学資保険を解約し、父母の医療保険を加えても、「まだ大変だった」と皇華の母であり、仄香の叔母にあたる優子(ゆうこ)は言った。

仄香は、叔父夫婦と皇華の住む家で暮らすことになり、ほどなく皇華一家は新しいマンションに引っ越した。亡き父が買った新築の一戸建てより明らかに高そうな四ＬＤＫの新築マンションだった。仄香は父と叔父の財力の違いを痛感した。

だが、叔父の財力と仄香の生活は関係ない。

「仮住まいのマンション」で仄香は自分だけの部屋を与えられはしたが、「子どもには贅沢をさせない」という優子の教育方針のもと、毎月の小遣いやお年玉は少なかった。

皇華はというと、季節ごとの服代やヘアカット代、友人たちと遊びに行くときの電車賃や映画代をねだり、要求どおりに支給された。

仄香は、皇華に「全部私のパパのお金だからね」と言われるのが嫌で、何も要求はせず、小遣いは可能なかぎり使わずに取っておいた。中学校に入り、皇華に携帯電話が与えられると、仄香は「そういうの持ってたら遊んじゃうから」と言って断った。

物心ついたときには、仄香の将来の目標は「英語を習得し、皇華一家から逃れ、海外で生活すること」になっていた。

いまどき英語が話せる人は少なくないが、新しい言語を学ぶより、英語を完璧にした方がいい。そのためには、高校を卒業して就職するより、大学に行く方が近道だ。

高校に入ってからアルバイトはしていたが、生活費として毎月三万円を優子に渡せば大して残らず、大学の入学金はもちろん、受験料を払うことも難しい。

母方の祖父母と父方の祖父はすでに亡くなっていたから、仄香は福井にいる父方の祖母に大学進学に必要な金を貸してくれるようお願いした。

高校二年生のときだ。

祖母は、「貸すんじゃなくて、あげるから好きに使いな」と快く承諾した。

これでアルバイトをやめ、受験に集中できる、と安堵していたとき、優子が「香奈恵さんに、あなたが大学に行くお金はどうなってるのって訊かれてびっくりしちゃった。あなたには皇華と同じように大学に行ってもらうつもりでお金を用意してあるのよ。少ない給料だってバカにしてるのかもしれないけど、お金が必要なら言ってよ。私がいじわるしてるみたいじゃない」と言ってきた。

香奈恵伯母の家は富山県にあり、子どもが巣立った専業主婦ということもあって、よく福井の実家を訪れていた。父母が亡くなったあと何かと仄香を気にかけてくれ、皇華一家より香奈恵伯母と一緒に暮らしたい、と思ったほどだ。

香奈恵伯母は、自分の母から仄香が大学進学の費用を貸してほしがっていると聞き、優子に確認したのだろう。

優子が香奈恵伯母にどう答えたのか知らないが、優子に嫌味を言われた年の暮れ、祖母の家に行くと、香奈恵伯母に「叔父さん叔母さんにどれだけ迷惑をかけてると思ってるの。親が死んだからって何をしてもいいわけじゃないんだから」と叱りつけられた。

それ以後、香奈恵伯母は何かと仄香にきつくあたるようになった。

仄香が絶望の淵(ふち)に立たされたのは、その翌年。高校三年生の夏休みだ。

仮住まいの自室で大学進学を目指し、参考書と格闘していたとき、受験戦争を勝ち抜いた幼なじみの男性が「勉強を教える」という名目で仄香のもとにやってきた。幼なじみは問題の解き方をわかりやすく教えたあと、仄香の肩を抱き寄せ、唇を近づけた。

仄香の頭が真っ白になった。

危うく難を逃れたが、代わりに仄香は皇華に「寄生虫」と呼ばれた。つらくてつらくてたまらなかった。受験勉強に身が入らず、未来へと続く人生はもうたえたと思ったとき、「まーくん」に出会った。

仄香を絶望からすくい上げてくれたのは、「まーくん」だ。


仄香は、夢とうつつの間で、まーくん……、とつぶやいた。

明け方の冷気が障子の隙間から忍び込み、乾燥した布団を抱き寄せる。

眠りと覚醒、過去と現在が交互に行き交い、まどろみの中で左手首の輪ゴムを弄んだ。

いまから六年とちょっと前。

父方の祖父の三回忌の法要の日だ。

皇華に「寄生虫」と呼ばれ、人生に絶望しかなくなってから、ほどなく。

これまで法要や葬儀には学校の制服を着ていたが、その日、仄香が身につけていたのはブランド物の真っ黒なワンピースだった。優子に「服も買ってもらえないって言われたくないから、今度の法事に着ていってよ」と手渡されたものだ。

服の値段など知らない仄香でも一目で高価だとわかった。

似合わないワンピースを着た仄香を見て、香奈恵伯母は「高校生のくせに背伸びして、慣れないお店に行くから、サイズが合わないものを買っちゃうのよ」と顔をしかめた。

その頃の仄香は、誰と何を話せばいいかわからなくなっていたから香奈恵伯母に反論はせず、和食レストランで法要の食事会が始まると「トイレに行ってきます」と言い、愛らしい笑顔を振りまく皇華を尻目に、トイレを通りすぎてレストランの外に出た。

猛スピードで車が行き交う殺風景な県道をぼんやり眺めていると、隣に誰かが並び、頭上から声がかかった。

「とりあえず深呼吸しようか」

仄香は隣に立つ男性を見上げた。がりがりに痩せた男性だった。

大きなグレーのTシャツは縦にドレープのようなひだが入り、半袖から伸びる腕は骨の形が浮き出ている。だが、骨のまわりにはしっかりした筋肉がついていた。

顔はわからない。身長が高かったから、仄香がどれだけ見上げても無精ひげの生えたあごうなじまで伸びた黒い髪しか見えなかった。

年齢は三〇代後半から四〇代半ば、……だと思う。高校生の仄香には二〇歳をすぎた男性はみんな「おじさん」に見えたから、要するに「二〇歳をすぎた大人のおじさん」だ。

Tシャツの胸元に、「J-HOP」だか、「JOHOP」だか、「PUMPKIN」だかのアルファベットがプリントされていたのを覚えている。

仄香は顔いっぱいに疑問を滲ませ、「深呼吸、ですか……?」と訊いた。

そこにいるのは男性だ。本当だったら恐怖で体がこわばってもいいはずなのに、仄香との間に礼儀正しい距離を取っているからか、不思議と圧迫は感じなかった。

「思いつめてるように見えたから」

男性が言い、仄香は目の前の県道に向き直った。派手な轟音を響かせ、通常より速いスピードで何台もの車が行き交っている。

男性の言わんとすることを理解し、「死ぬ気はないです」と答え、率直に訊いた。

「婚活しようと思ってました。法的なパートナーはいますか? 私と結婚してもいいという気持ちはないでしょうか」

こいつは死ぬかも……、と心配して声をかけるのは、この人がいい人だからだ。

説教を始めたら嫌な人だが、説教する気はなさそうだし、声のかけ方が独特で面白い。

どこに行ってもなじむことができない仄香は間違いなく独特だ。

独特で優しい男性が、独特の自分に声をかけたら、好きになってもいい、気がする。

そこまで考え、はっとした。

こういうところがストーカーじみているのだろうか……。

仄香は、いまのは冗談です、と言おうとしたが、その前に男性が口を開いた。

「きみ、中学生でしょう」

「高校三年です。来月の誕生日には結婚できます」

「ごめんなさい」

男性は即座に謝罪し、仄香のワンピースに目を向けた。

「その服、ハイブランドの新作だよね。サイズが全然合ってないし、いまのはやりだから、誰かのお下がりってこともないだろうし。ブランド物は必ず試着して、体形に合わなかったら店員が見繕ってくれるから、きみのことをよく知らない人がきみに渡したんじゃないかな。親しい人だったらサイズが違うって言えるだろうから、あんま親しくない人だと思う。大体、ワンピースがブランド物だったら、普通は靴もブランド物にするよね」

仄香は自分の足下に視線を下ろした。視界に入ったのは、すり切れてボロボロになった学校指定の黒いローファーだ。

ブランドのはやりまで言い当てたのだから、ローファーの値段も想像がつくだろう。

仄香は淡々と口にした。

「子どもの頃、両親が交通事故で死んで、いとこの家で暮らすようになったんです。ことあるごとに、これは私のパパのお金で買ったもので、あなたのものじゃないって言われ続け、この間、とうとういとこにストーカー扱いされて、寄生虫って呼ばれました」

男性が、言葉の先を促すように、うむ、と言った。

「穏便にあの家を出るには大学に行くか、高卒で就職するか、結婚するかのどれかしかありません。本当は大学に行って、語学力をつけて、海外勤務のある会社に就職して、日本を脱出し、いとこ一家とおさらばしたかったんですが、そのときのことが頭に浮かんで受験勉強に集中できなくて……」

男性は笑うことも戸惑うこともなく、冷静に質問した。

「ストーカーしたのは事実なの？」

「わかりません……。ストーカーって相手が嫌がってることに気づかないんですよね。私は相手が嫌がってるってわからなかったから、彼にとってはストーカーなんじゃないでしょうか」

彼っていうのは彼氏じゃなくて、ただの幼なじみです、と説明する。

「いとこもその人と幼なじみで、私につきまとわれてるって彼に相談を受けたらしく、彼が迷惑してるからつきまとうな寄生虫、と言ってきました……」

ふむ、と男性が頷き、仄香は続けた。

「彼を見たら逃げるようにしてますが、寄生虫呼ばわりされたことを思い出すのは止められなくて……。いまのままだったらどの大学を受けても不合格だし、就職も間違いなく失敗です。スマホを持ってないからネットで出会いを探すことができなくて、結婚するにはナンパしかないんです」

なるほど、とまた頷き、「ちょっと待ってて」と背を向けた。

「すぐ戻ってくるからね。二トントラックに吸い込まれたらだめだよ」

いったん動きを止め、念押ししてから早足でどこかに行き、ほどなく戻ってきた。

「お店の人にもらってきた。これを手首にはめて、嫌なことを思い出したら指でパチンッて弾いてみて」

男性が差し出したのは、どこにでもある輪ゴムだ。男性は骨張った自分の左手首に輪ゴムをはめ、こんな感じ、と右手の親指と人差し指で引っ張ってパチンと弾いた。

パチン、パチン、パチン。

「手首の痛みと音に集中して、大丈夫、大丈夫って言い聞かせて深呼吸すること。最初はうまくいかなくても、そのうち、嫌なことから気持ちをそらすことができるようになるから。やりすぎると皮がめくれて血が出るから気をつけて」

男性は仄香に輪ゴムを渡し、仄香は大人しく受け取った。

廊下の奥から「まーくん、手伝ってー」という中年女性の声が聞こえた。

男性は「受験、がんばって」と言って仄香に背を向け、中年女性のもとに行き、巨大な花束を受け取ってレストランに入っていった。

仄香は左手首に輪ゴムをはめ、右手でパチンと弾いてから、食事会が行われている個室に重い足取りで戻り、あいた席に腰を下ろした。

年齢の高い男性たちの中心で、皇華が楽しげな笑い声をあげている。甲高い声が聞こえるたび、頭痛がひどくなっていった。

仄香はテーブルの下で左手首にはめた輪ゴムを右手の指で大きく弾いた。大丈夫、大丈夫、と言い聞かせ、パチン、パチンと弾くと、やがて頭痛が消えていった――。

まーくんからもらった輪ゴムはほどなくすり切れ、どこかに行った。

いま左手首にはまっているのはスーパーで買った箱入りのものだ。

あのとき法要に行かなかったら、左手首に輪ゴムはなく、大学に落ち、就職試験にも受からず、皇華一家の住むマンションで、事故死した両親を恨みながらアルバイト生活を続けていたかもしれない。

仄香がお見合い話を受けたのは、断るのが面倒臭かったからだけではない。まーくんにお礼を言いたかったからだ。

本当は海外勤務が決まってから、まーくんを捜すつもりだったが、この際だ。

まーくんと会った和食レストランは、寺からタクシーで二〇分ほど。店員に訊けば出入りの花屋のことがわかるだろう。

あなたのおかげで、英語が学べて、学費が安くて、仮住まいのマンションから通えない距離で、寮のある大学になんとか合格し、海外勤務のある会社にぶじ就職することができました、あなたは私の人生の恩人です、と言うつもりだった。

が――。

仄香は、昨夜の余韻を感じながら、左手首の輪ゴムを右手の指でゆっくりとなぞった。

六年とちょっとの間、何度も思い返した記憶が、夢うつつの中で凪いでいく。心をかき乱す情熱や息苦しくなる切なさはないが、心地よい温かさはずっと胸にとどまっていた。

ひげの生えたあごと、首筋にかかった黒い髪と、がりがりで筋肉質の腕と、よれたTシャツが仄香の視界に入ったすべてだ。顔は見えなかったし、声も覚えてはいない。

いま一体何歳だろう。四〇代か、五〇代前半か。

普通に考えれば、結婚しているはずだ。あのとき、まーくんの名前を呼んだ女性は妻かもしれない。そう思うと、胸に棘が刺さったような痛みが走った。

ただの恩人だ。感謝を伝えたいだけで、それ以外の感情は一切ない。

だが、些細なことで胸が痛むのは、いろんな感情があるからだ。

ぶじ捜し出したとしても、仄香とは年齢が違いすぎる。「女は若ければ若いほどいい」という男性もいるだろうが、まーくんはそうではない。

まーくんとの間にある未来はお礼だけだ。そう何度も言い聞かせたが、六年とちょっと前の思い出が色褪せることはなかった。

向こうは仄香のことなど覚えてもいないだろうに。

本堂からオペラ歌手のバスを思わせる見事な美声が聞こえていた。

住職である欣秋が毎日行う朝と夕のお勤めのうち、ちょうど朝のお勤めの時間だ。

仄香は鼓膜を震わす甘美な響きにうっとりしながら寝返りを打った。備え付けの浴衣が肌にこすれて火花のような瞬きを放つ。

昨夜、欣秋は動けない仄香を浴衣で包み、横抱きにして宿坊の客室に連れて行ってくれた。体重は標準よりずいぶん軽いとはいえ、軽々と抱き上げる欣秋の力に驚いた。

布団に横たえられ、また何かあるかと思い、身構え、期待していると、欣秋は「シャワーを浴びますか」と訊いた。一人で浴びるのか、二人で浴びるのか、浴室で何かあるのか、想像したのち、眠気にたえきれず、「眠いので寝ます……」と言い、目をつぶった。

欣秋は仄香の額に優しいキスをした。覚えているのはそこまでだ。

すべてが夢のようで、仄香がすごしてきた現実からかけ離れている。

会ったその日にふれられて、嫌だと思わないなんて。それどころか、もっとしてほしいと願うなんて。自分はどうしてしまったのだろう。

ふと、ぼんやりした憂鬱が胸元に立ち込めた。

「明日、帰らないといけないんだよね……」

仕事だ。

仄香が勤務しているのは外資系の専門商社で、日本語以外の言語に携わる仕事は、専門用語を多く含んだ技術翻訳のネイティブチェック以外すべて社内でまかなっている。

採用の門戸は決して広くなかったが、絶対海外で生活するという強い意志の下、学生時代は英語の勉強とアルバイトに全精力を注ぎ、ぶじ就職が決まった。

仄香が配属されたのは専門性の高い翻訳や会議通訳を扱う部署で、今年度に入ってから、再生医療分野に正式に参入することになり、最近は医学、医療関係の翻訳が増え始めた。

就職して一年と約四ヶ月。やっと仕事のペースがつかめてきたところだ。

仄香の元々の予定では、土曜日の夜にお見合いをし、日曜日の朝に宿坊を出発して、祖父の三回忌の法要が行われた和食レストランに行き、まーくんのことを訊いたのち、ホテルに一泊するかどうか決め、どんなに遅くても月曜日の午後には帰宅するはずだった。

ふう、と小さなため息をつく。憂鬱なお見合いを乗り切るため、まーくん捜しを目標にしてきた。

まーくんが働く花屋を見つけ、客のふりをして花を買ったあと、私を覚えていますか？あのとき輪ゴムをもらった高校生です、あなたは人生の恩人です、と言い、深々と頭を下げる場面を何度も何度も思い浮かべた。それから――。

妄想は終了だ。とりあえずまーくんは置いておこう。いま優先すべきは遠くの思い出ではなく、目の前の欣秋だ。

官能的な読経はまだ続いている。欣秋の声を聞く時間はなんだかとっても幸せだ。ずっとずっと聞いていたい。

仄香は美声に身をゆだねながら、枕元に置いたスマートフォンに手を伸ばした。

香奈恵伯母からメールが入っている。仄香はひっと喉を引きつらせ、慌てて画面をタップした。――お見合いはどうだった？　これを見たらすぐ電話ちょうだい。

ひ～、と思いながら、布団の上に正座をし、「いまメールを見ました。また電話します」と返信した。

本堂からおりんの音が聞こえ、読経がおわった。直後、通話の着信音がした。

仄香は恐怖と緊張に満たされながら、スマホ画面に震える親指を滑らせた。

「おは……」まで言ったとき、きつい声が降りかかった。

――どうして昨日のうちに電話してこないの！　お見合いはその日のうちに返事をしないといけないのよ。ご住職さんからはぜひ話を進めてほしいって言われたのに、あなたの返事が遅くてどうするの！

仄香は、すいません……、と小さな声で謝罪した。

――ご住職さんに感謝しなさい。あなたが東京からの移動とお見合いですごく疲れてるから返事はあとでもいいっておっしゃってくださったのよ。あなたのこと、ものすごく褒めてたわ。思っていた以上に素晴らしい女性だって。

本当だろうか、と勘ぐってしまう。勘ぐりながら、ひそかに喜ぶ自分がいる。

どうしてそう思いたいのかよくわからないけれど……。

——あなたはどうなの。ゆっくり考えてほしいってご住職さんはおっしゃってたけど、少しでも嫌な気持ちがあるならいま言いなさい。向こうはあなたに断られたら、すぐ次に行くんだから。

「すぐ次に行く」という言葉に思いの外強いショックを受ける。欣秋が、これまで何回お見合いしたのか知らないが、——もしかして何回もお見合いをして、そのたびにあんなことをしているのかもしれないが、いまの仄香は彼を次に行かせたくなかった。

心がじりじり焼け焦げる。嫉妬するほどの関係ではないはずなのに鼓動は苦しくなっていく。

それとも嫉妬していいのだろうか。自分の置かれた状況がいまいちよく呑み込めない。

ここでOKすれば、また欣秋に会うことができる。私にはもったいない方です、と答えれば、朝の挨拶をすることもなく、とっとと去らねばならない……。

少なくともまだここから去りたくない。

ならば、答えは決まっている。

「私も……、ＯＫでお願いします」

——よかった。ご住職さん、喜ぶわよ。じゃあ、ＯＫの返事をしておくわね。

通話が淡泊におわり、仄香は全身の力を抜いた。

スマホ画面の時刻に気づいて、着替えと備え付けのアメニティを持ち、浴衣の帯を締め直して客室のドアをそろそろと開いた。昨日の女性陣はまだいない。

ドアにオートロック機能は備わっておらず、鍵は昔ながらのシリンダー錠だ。仄香は客室をきっちり閉め、鍵をミニバッグに入れ、スリッパを履いて廊下に出た。

玄関ホールとは反対側にまっすぐ進み、宿泊者同士の交流の場らしきリビングと広いフローリングの食堂を通りすぎると、サニタリールームにたどりつく。

トイレは参拝に来た門徒が利用できるよう宿坊の外に設置され、女性トイレが二つ、男性トイレが一つ、多目的トイレが二つ。みな個室で、不審者を威嚇するため頭上に大きな防犯カメラがついていた。

仄香は素速くサニタリールームに入り、鍵をかけた。脱衣スペースは広く、壁一面の収納棚から籠を取り出し、浴衣を脱ぎ捨て浴室に入る。檜(ひのき)造りの浴槽は宿泊施設というより、田舎の一軒家といった様子だ。

仄香はシャワーで手早く髪を洗い、強い水流を体に向けた。昨日、自分が演じた痴態が脳裏に浮かび、恥ずかしくてたまらない。

お見合い相手の男性とお見合い自体まともにしていないのに、「結婚してもいい」という言葉でキスをされ、ふれられて、嫌とも思わず、抵抗もしなかった……。

高校三年生のあの日以来、男性と二人になる機会は極力避け、心身ともに距離を取ってきた。その距離を欣秋は簡単に飛び越え、仄香を覆う固い殻にひびを入れた。欣秋との交わりに嫌悪感はなく、安心と安全に満ちた快楽が体中に残っている。

自分が抵抗しなかったのが不思議で仕方ない。お見合いの当日にあんなことをしてよかったのか、という思いが後悔へと変わる前に熱いシャワーで全身を流し、浴室を出た。

ドアの向こうから食器が鳴る音が聞こえてきた。緊張で肩を引きつらせ、濡れた髪をタオルで絞り、体を拭いて、黒い半袖のリブニットにデニムパンツを合わせ、鏡をのぞいた。

首筋、腕、脇……。

大丈夫だ。肌が露出するところに愛撫のあとはついていない。

仄香はタオルを肩にかけたままこそこそと食堂に行き、深呼吸をしてから「おはようございます！」と元気よく挨拶した。昨日とは違う女性が三人、食堂とキッチンスペースを行き来している。全員高齢だ。

三人が「おはようございます」と返し、一人が「あら〜、なんて可愛いの〜。初めまして、坊守さん。まだ坊守じゃないけど、坊守さんって呼んでいいのよね。これからよろしくね、坊守さん」と言った。

「坊守」というのは住職の妻のことだ。「まだ坊守じゃない」と言いながら、仄香を「坊守さん」と呼ぶのは一体どういうことなのか……。背筋がざわざわする。

「ご飯ができたら呼ぶから、それまで部屋で待っててね、坊守さん」

しつこく「坊守さん」と呼ばれ、ひっそり混乱していると、「行って行って」と追い立てられた。仄香は大人しく客室に戻って、備え付けのドライヤーで髪を乾かし、化粧らしきものをした。

仄香の職場では、正社員は国内の営業担当をのぞき、メイクをしない女性が多い。「女性なのだから化粧をしなさい」などと言えば、eラーニングによるハラスメント研修を長々と受けさせられる。宿坊の女性陣は、きっちり化粧をしている人も、全然していない人もいた。ならば、化粧が適当でも怒られることはないだろう。

化粧らしきものはすぐおわり、客室の中央に敷かれた布団をとりあえず畳んだ。

坊守さん……、と口内でつぶやく。お見合いをしてOKした女性は、坊守さんと呼ぶのだろうか……。

そもそもお見合いをOKすればどうなるのだろう。昨日、欣秋にプロポーズらしきことを言われ、ＯＫらしきことを答えた気がするが、どちらも「らしきこと」で、「正式」ではなかったと思う。

自分はプロポーズされたわけでも、「はい」と答えたわけでもないのにお見合い相手と甘美なひとときをすごした。

最後まではしていないから大丈夫、と言えるほど経験はない。ちくりと胸が痛む。

欣秋にとってあんなことは日常茶飯事なのだろうか。だが、あれが日常茶飯事なら、お見合いも日常茶飯事になるし、お見合いがだめになるのも日常茶飯事ということになる。

だったら、女性陣が仄香を坊守さんとは呼ぶことはないはずだ。しょっちゅう「坊守さん」が入れ替わるのを受け入れる年齢ではないだろう。

んー、と考えるもよくわからず、仄香は、ローテーブルからスマートフォンを取り、検索バーに寺の名前を打ち込んだ。お見合いが決まってから何回か訪れているが、無料のホームページ作成ツールを使った地味なサイトは相変わらずつまらない。

画面の上部に阿弥陀如来立像が飾られた本堂の画像が一枚。本堂の画像の下に「ご挨拶」「寺の沿革」「行事案内」「住職ブログ」「アクセス」「お問い合わせ」。

最後に「宿坊はこちら」。

「行事案内」をタップすると、朝夕のお勤め、月一回の法話会、ハラスメント講習、季節のお祭り……。

寺らしい行事の中に「ハラスメント講習」が紛れているのが謎だ。門徒たちの要請だろうか。

「住職ブログ」は月に一、二回更新され、内容は「今日は雨ですね。」「あじさいが咲きました！」「今日は暖かいですね。」「夏本番です！」。

ブログの最後を「南無阿弥陀仏」で締めるところが、かろうじて住職だ。最後の更新は二週間以上前。

文章を書くのは苦手なのにちがいない。昨日まではもうちょっとなんとかならんのか、と思っていたが、欣秋が書いたブログだと思うと愛情がこみ上げる。

「宿坊」をタップすると、一軒家の画像が上から下に、室内の画像が右から左に流れ、最後に寺の境内に立つ宿坊の正面画像になった。

定員一〇名。一泊朝食付き五五〇〇円。外国人観光客も受け入れているらしく、すべてに英語、中国語、韓国語、アラビア語に加え、複数のヨーロッパ言語による説明がついていた。中国語以下はわからないが、英語はお手本のようなビジネス仕様のアメリカ英語で、翻訳ソフトを使ったとおぼしきいびつな表現は見当たらない。

飽きることなく眺めていると、「ご飯の用意ができたわよ～」という声がかかり、仄香はローテーブルにスマホを置いて鍵を閉め、食堂に向かった。

木目調のテーブルに、豆腐とわかめと油揚げの味噌汁、だし巻き卵、大根おろし、納豆、味付け海苔、キャベツの千切りとミニトマト、キュウリと茄子の浅漬け、涼しげな水ようかんが並んでいた。出張と旅行でしか味わえない健康的な朝の食卓だ。

仄香は、うわー、おいしそうですー、と感嘆の声をもらし、目を輝かせていすに座った。ルームキーをテーブルに置くと、端っこに寺の写真が入った雑誌と脳みそのイラストが描かれた本が重ねてあった。

雑誌の上部に『THE 僧侶』という字が見える。欣秋のインタビューが載っているという僧侶雑誌だ。本の方は中高生向けらしく、大きな脳みその中心に『わかるわかる脳科学』というタイトルが入っていた。

女性が「あら、ごめんなさい」と言い、雑誌と本を手に取った。

「昨日、玄関先にあったから本棚にしまったつもりだったんだけど、朝来たら廊下のど真ん中に置いてあったの。耄碌しちゃって、やあねえ。ちゃんと片付けないとご住職さんに怒られちゃう」

欣秋の話が出て、どきどきする。欣秋は片付け忘れて廊下に置いたら、怒るような人なのだろうか。あんなことをしたにもかかわらず、まだ彼のことは何も知らない……。

別の一人が興味津々といった様子で仄香の顔をのぞき込んだ。

「もうお仲人さんに返事はしたの？」

仄香は頬を赤く染め、「さっき、しました……」とぎこちなく答えた。

三人は、ふふ、と含み笑いをもらし、一人が言った。

「坊守さん、少し細すぎね。そんなんじゃ健康な赤ちゃんが産めないわ」

うっと声をつまらせる。相手は田舎の高齢女性だから、子どもの話は天気の話と同じぐらい何気ないものなのだろうが、正面切って言われると答えに窮する。

どう反応すればいいのか焦っていると、別の一人が諌めるような声を出した。

「それ、セクハラよ。赤ちゃんの話は完全にレッドカードだから気をつけて。あと、坊守さんのことを『可愛い』って言うのも要注意よ。職場で容姿の話は厳禁だからね。前にご住職さんを『色男』って呼んだら、セクハラですって怒られて、一時間も変な講習を受けさせられたんだから」

思いも寄らない助け船にほっと胸をなで下ろす。日常会話がすべてセクハラとしか思えない年代の女性から、「セクハラ」という言葉がさらっと出てくるとは思わなかった。

仄香は、寺のサイトにあった行事案内を思い出した。

「変な講習って、ハラスメント講習のことですか？」

そう、それ、と三人が頷いた。

「婦人会のみんなで嫌がらせ講習って呼んでるの。あんなの、完全に嫌がらせよ」

「ハラスメント」は日本語では「嫌がらせ」と訳すのが一般的だ。

どうやら門徒の要請ではなく、宿坊の従業員の研修だったようだ。どんな内容か知らないが、欣秋が講師をするのだったら受けてみたい。

「赤ちゃんの話はご住職さんには内緒にしてね。以後、気をつけます。私たちは庫裏に行くから、坊守さんはゆっくりしてて。食器はそのままでいいからね」

仄香は「ありがとうございます」と頭を下げ、三人が出て行った。

一軒家が静かになり、ほう、と安堵の息を吐く。頭を下げるのではなく、合掌の方がよかっただろうか、と後悔しながら、冷たい麦茶を一口。おいしい。

東京とは水が違うのだろう。麦茶の味は格別だ。

小さな黒いおひつを開けると、焼き鯖とショウガの炊き込みご飯が入っていた。焼き鯖は昨日の残りにちがいない。ご飯をお茶碗(ちゃわん)によそい、いただきます、と合掌した。

焼き鯖の脂にショウガがさっぱりしたアクセントとなっている。ものすごくおいしい。

ご飯粒一つ残さず、すべて食べおえ、ごちそうさまでした、と合掌する。

申し訳ないと思いながら食器の位置を整えていると、仄香の客室から電話の音が聞こえてきて、仄香は急いで客室に戻った。床の間の白電話が鳴っている。

受話器を手に取り、耳元で響いたのは、心を震わす甘い声だ。

——おはようございます。お食事中でしたか。

「ちょうど食べおわったところです。すごくおいしかったです！」

——こちらも女性陣が本堂に行ったところです。よろしければ、庫裏に来ていただけますか。

「はい！　準備をして、すぐ行きます！」

欣秋が、嬉しさを含んだ慇懃な口調で「お待ちしています」と言い、仄香は受話器を置いて手早く身支度を整え、庫裏に走った。

玄関ドアを開き、「お邪魔します」と他人行儀に声をかけると、「どうぞ」という返事が響く。「失礼します」と靴を脱いで玄関ホールに上がり、「こちらです」という声を追って庫裏の奥に進んだ。

廊下に面した木製のドアが少しだけ開いていた。細い隙間をのぞき込むと、一〇畳をこえる広い和室がある。本棚に囲まれた壁際に低いデスクが備えられ、法衣を着た欣秋が座布団に腰を下ろしていた。後ろ姿も完璧だ。

仄香が広い背中を見る心地よさに浸っていると、欣秋が「おはようございます」と振り返った。欣秋の笑顔に心臓が高鳴り、口角が笑みの形を取った。

仄香は「おはようございます」と小さく返し、遠慮がちな距離を置いて、欣秋の斜め後ろに座った。きらめく瞳が仄香の前にある。

昨夜の自分が欣秋の双眸に映っているようで自然と頬が赤くなった。仄香は欣秋の目を正面から見ることができず、顔を伏せた。

何を話すべきか悩んでいると、欣秋が口を開いた。

「宿坊の女性陣に何か不快なことを言われませんでしたか」

どきりとして息を止め、すぐさま答えた。

「全然何も！　みなさんいい人ばっかりですっ」

元気よく返す。

欣秋は無言で仄香を凝視し、ずいぶん経ってから「まあ、いいでしょう」と言った。

「私が質問したとき一瞬目が泳いだのと、その後の返事が早すぎたのと、何人もいてみんないい人なんてありえない、という点が気にかかりますが、仄香さんがいい人だと言わねばならない事情は理解できます」

えっと……、とつい瞳を左右に動かす。ほんとにいい人たちでした……、という言葉が喉の奥に吸い込まれた。

「あの人たちのことを私に話すのは気が引けるでしょうが、愚痴ならどんな些細なことでも聞きますので、いつでもおっしゃってください。私は常に仄香さんの味方です」

は、はい、と頷く。嬉しいが、お説教されているような気がする。

仄香に味方ができたと思っていいのだろうか。仮住まいのマンションにいたときは、どこにも味方はいなかった。

「とりあえず月一回のハラスメント講習を月二回にします。このままだと、早く子どもを作りなさい、と言われかねません」

もう似たようなことを言われました、とは答えず、別のことを口にした。

「別名、嫌がらせ講習、ですね」

欣秋が唇に自慢げな笑みを乗せ、はい、と首を縦に振った。

「私の嫌がらせ講習は大変人気があって、町内会や大学からも講義の依頼が入っています」

「大学ですか。すごいです！　お坊さんっていろんなことをされるんですねえ」

「所詮バイトですから大したことはありません」

相当景気がよくてもバイトをするのか、とつい思う。職場のハラスメントに関しては、研修を行う講師でも理解できていないことがあるから、景気がよかろうが悪かろうが、きっちり教えてくれる人がいれば大学も講義を依頼するのだろう。

お坊さんは人を導くのが仕事だから、倫理観も通常より高く持たねばならないのだ。

「それはさておき」

欣秋が心をとかすような笑みを作り、仄香は背筋を伸ばした。

「先ほど伯母さんから電話を頂きました。私とのこと、ＯＫしてくださったとか」

欣秋が優しさと愛情のこもった瞳を向け、「これからよろしくお願いします」と頭を下げた。正直、何をよろしくお願いされるのかわからない。

さすがに「結婚してもいいですよ」が正式なプロポーズなわけはないから、「次に会う」ぐらいのことでいいのだろう。それにしては、はしたないことをしてしまったが……。

昨日まではなかった喜びが、じんわり心に染み込んだ。思いの外大きな温かさだ。

欣秋のことはまだほとんど知らず、好きかどうかも判断できないのに、「よろしくお願いします」と言われて感じる喜びに嘘はない。

仄香は少しばかり緊張した声で「こちらこそよろしくお願いします……」と頭を下げた。

口にしたとたん、もっと大きな喜びと心地よい幸せに包まれた。

しかし、この先一体どうするのか。

仄香が次のステップを考えていると、欣秋が深々とため息をついた。

「実は大変申し訳ないのですが、先ほどご門徒の訃報が入ってしまいました。九〇歳の大往生です」

仄香は、お悔やみ申し上げます、と再び頭を下げた。訃報が入ったのなら住職の出番だ。

「あしたがお通夜、あさってがお葬式ですね……」

残念そうな声にならないよう注意する。幸せが一瞬でしぼんだ。次のステップはお通夜だ。

欣秋は心苦しそう声で、はい、と答えた。寂しいが仕方ない。

「仄香さんは福井にはあまり来たことがないんですよね」

「子どもの頃、祖母の家に年に一回行ってたぐらいです。あとはお葬式とか法要とか……」

父母は新築で一戸建てを買ったため金銭的なゆとりがなく、年一回の家族旅行は父の実家である福井への帰省。どこに行くでもなく、祖母のいる家でごろごろしていたため、福井のことはよく知らないし、越前(えちぜん)ガニも食べたことはない。

叔父は実家に大して愛情がなかったから、年に一回の家族旅行はハワイかグアムだった。仄香は、飛行機が恐い、と大嘘をつき、皇華たちがバカンスを楽しんでいる間、仮住まいのマンションで一人の時間を堪能した。

「では、まずは観光ですね。葬儀は兄に頼むこともできなくはないのですが……」

「私は大丈夫です！　一人行動は好きな方なので、適当に見て回りますっ。もしお手伝いできることがあれば、なんでもおっしゃってください！」

葬儀を取り仕切る導師の手伝いなどしたことはないから、邪魔とも言える。だが、少しでも長く欣秋のそばにいたい。

欣秋は仄香の申し出をリップサービスだと受け取ったらしく、前半だけに反応した。

「正直、一人で行動できるならいいんですが、女性陣にこの話をしたら、自分たちが仄香さんを観光にお連れする、と言い出すと思うんです。あの面々の中に仄香さんを放り込むのは不安で……。私は法話の練習をしないといけないですし。申し訳ないですが、法話は聞かれたくないんです」

少しばかり落胆する。門徒は毎月法話を聞くのに、仄香には聞かれたくないというのはなんだか拒絶されたような気がする。考えすぎだろうか。欣秋さんの法話が聞きたいです！　とごねることができるほどまだ堅固な関係ではない。

「宿坊のみなさんと観光するのは全然平気です！」

寂しさを押し殺し、がんばって言った。

「本当にすいません。ハラスメント行為は厳正に対処しますので必ずおっしゃってください」

欣秋が深々と礼をし、声に明るさを込めた。

「夕食は二人でどこかに行きましょう。昨日は郷土感が大してなかったので、海鮮のおいしい店でも。何かあったら、スマホに着信を残してください。すぐ電話します。今日はただの打ち合わせなので遠慮は必要ありません」

仄香は、上体を乗り出して「はい！」と言った。

欣秋が本堂に電話をかけて三人の女性を庫裏に呼び、門徒の訃報が入ったことを告げた。三人は「じゃあ、私たちが仄香ちゃんのお相手をするから、ご住職さんは立派な法話を考えてちょうだい」と微笑んだ。

＊＊＊

仄香は昨日とは違うグレーのワゴン車の二列目に座り、窓の外に目を向けた。女性陣は運転席、助手席、隣席にそれぞれ腰を下ろし、ガッツリ囲まれた格好だ。

寺の駐車場を出ると、昨日駅に迎えに来てもらったとき目にした景色が反対の順番で流れていく。大きめの郵便局、ティッシュや洗剤を並べた小売り店、コンビニ……。

商店街らしきものはどこもシャッターが下りていて、人の溢れるアーケード街を見慣れている身としては、わびしさは捨てきれない。

「ちゃんと自己紹介しなきゃね。私たちは婦人会と言って、ご住職さんから宿坊のお世話を任されてるの。いまは一一人いて、一番若いのが六九歳。二番目と三番目が七一歳。宿坊の仕事で車を使うときは、この三人のうち誰かが運転しないといけないのよ」

運転席の女性が「私が二番目に若いの」と仄香に背を向けたまま右手を挙げた。

はるか昔から運転しているのだろう、乗り心地は最高だ。買い物も子どもの送り迎えも、すべて車。高齢だからと免許を返納すれば、どこにも行けない。

いつのまにか景色が変わり、畑と空がどこまでも続いていた。県道の突き当たりには緑を濃く茂らせた低い山がそびえ、洗濯物を干した民家や家庭菜園が見え、また畑と空になる。

隣の女性が、んんっ、とわざとらしい咳払いをした。

「仄香ちゃんは、これから坊守としてご住職さんとお寺を支える身になるから、いまのうちにちゃんと教えておくわね」

何が起こったのかわからず、はい、と答えて背筋を伸ばした。

「朝は六時起床よ。境内の門を開けて、お庭と本堂の掃除をして、お勤めのあと朝食。朝は白いお粥とお漬け物よ。昼は白いご飯とお味噌汁とお漬け物。その代わり、夜はしっかり食べるから、一汁五菜は用意してね」

言葉の意味を理解するのに苦心する。「いちじゅうごさい」が「一汁五菜」だと気づき、蒼白になった。仄香にはチョモランマ級の品数だ。

「朝食をとったら帳簿をつけたり、門徒さん向けの寺報を作ったり、メールをチェックしたりするの。お寺の事務作業は多いから、ご住職さんとうまく分担してね。町内会の催しや季節の行事も忘れないで」

「知ってると思うけど、ご住職さんが僧侶雑誌に載ってから毎日一〇〇通以上、門徒に加入希望のメールが来るの。一つ一つ見ていくだけで数日かかるんだから」

助手席の女性が口にする。毎日一〇〇通以上……、と仄香は圧倒されたような息を吐いた。確かにあの顔だったら何人でも門徒が集まるだろう、――と言えば、ハラスメント講習行きかもしれない。

「他に坊守さんがしないといけないのは、花立ね。お花は生けられる？　できないなら、お花のお稽古に行った方がいいかもね」

花立、という耳慣れない語彙に悩み、本堂に飾る花だと気づく。

花瓶に花束を入れたことはあるが、生けたことにはならないだろう。

「そんなに気負わなくて大丈夫よ。最初はみんなわからないものだから。子どもができたら、子育ては坊守さんの仕事になるから、そこはがんばってね」

仄香は全身を硬直させた。小さく深呼吸して精神を落ち着け、かろうじて口にした。

「ご住職さんとは昨日お見合いしたばかりなので、まだそこまで考えてないんですが……。とりあえずおつきあいして、もう少しお互いを知ってから……」

早く結婚しないともらい手がなくなるわよ、と言われるかと思ったが。

「お見合いなんだから、おつきあいなんてないわ。最初に会って、いいか悪いかその場で判断して、半年後には結婚よ」

「へ？」

仄香は大仰に訊き返した。運転席の女性が言った。

「すべて知ってから結婚する人なんていないわよ。結婚したら男は変わるからね。その点、ご住職さんは問題ないわ。あれ以上性格が悪くなりようがないもの。どうでもいいところで細かいし、理屈っぽいし、すぐ説教するし。女癖も悪いしね！」

欣秋の話題に身を乗り出す。「女癖」を聞き流すことができず、運転席をのぞき込んだ。

「女癖が悪いっていうのはどんな感じでしょう……」

「ご住職さん、昔っからモテてね。バレンタインのとき山ほどチョコレートをもらってたのよ。しかも、缶に入った高いやつ以外、全部捨ててたんだから！　女の子に気づかれないようにしてたけど、手作りぐらい食べてもよくない？」

さしておいしくないにちがいない手作りは捨てて、缶に入った高級チョコレートだけ食べるとは！

と思うも、相当たくさんもらっていたと予想されるので仕方ない、といい方向に考える。

それにいまの話は「やなやつ」というだけで、「女癖が悪い」とは言わない。

「ご住職さん、これまで何回お見合いをされたんでしょうか……」

びくびくしながら訊いてみる。地理的なことを鑑み、かつ、寺のあととりだということを考慮すれば、二〇代の半ばにはすでにお見合いの話が舞い込んでいたはずだ。

断れば次のお見合い話が舞い込むだろうから、二〇回か、三〇回か……。

ということは、あんなことも二〇回か、三〇回か……。

心臓の痛みにたえきれず、仄香がぐったりしていると、助手席の女性が口を開いた。

「仄香ちゃんが初めてよ。このあたりは若い人がいないから」

仄香は安堵の息を吐いた。お見合いが初めてだったら、あんなことも初めてだ。

それはさておき。

「半年後に結婚っていうのは、いまから半年後に結婚式ってことですか？」

さすがにそれはないだろう、と思っていると。

「当たり前じゃない。ご住職さんはお寺でお式をあげるから、そう急がなくてもいいけどね」

冗談かと思って女性陣を見返すと、別の一人が「仏式だから、そのつもりで」と付け加えた。本気だ。

欣秋が昨日言った「あなたと結婚してもいいですよ」は、やはりプロポーズの言葉ということになる。

仄香が香奈恵伯母に「ＯＫ」と言って、プロポーズを正式に受け入れ、半年後には挙式。いまから半年後と言えば、会社では年末から年度末にかけての繁忙期だ。

今年は再生医療関係で国内各地の事業所への出張が増えるかもしれないから結婚をしている場合ではない。が、欣秋と結婚するなら出張などどうでもいいことになる。

今朝、香奈恵伯母に、どうして昨日のうちに電話してこないのと怒られたが、お見合いの進行がここまで速いのなら怒って当然だ。

半年後……。

畑と工場が木々へと変わり、砂利の敷かれた駐車スペースでワゴン車が止まった。ここよ、と隣の女性に言われ、ドアをスライドさせ、車外に出る。

眼前に巨大な朱色の鳥居がそびえ、鳥居の奥に苔むした石段が延びていた。宗教上の間違いを犯しても、坊守の分際で何事か！　と怒られることはないだろう。

三人で石段を上って下り、ほどよく運動したあとは、ワゴン車に戻って地元の陶芸作家が作った陶器が飾ってある博物館に向かい、おろしそばを堪能した。鰹節とネギ、大根おろしと少しかための冷たいそばが抜群にうまい。

再びワゴン車に乗ると、車窓の景色は畑、田んぼ、工場、植林地、ガソリンスタンド、駐車場がやたらと広いコンビニ……。

結婚という現実が目の前に迫ってきた。

結婚したいと思ったことは一度もない。高校三年生のあの日からは、結婚どころか、男性とつきあうこともないと思っていた。

お見合いをした以上、欣秋との関係は「結婚を前提にした何か」ということはわかっていたが、「即結婚」は予定外だ。

欣秋の笑みが脳裏に浮かぶ。まだ会ったばかりで、感情の整理はついていない。整理をつけるのは、二人の時間をすごしてからだと思っていたが、甘かったようだ。

仄香は恐る恐る質問した。

「私……、結婚したら朝起きて、夜寝るまでお寺にいることになるんでしょうか？」

「そりゃそうよ。坊守なんだから」

そりゃそうだ。寺を守るから「坊守」だ。

東京で働きながら本堂の花を生けることはできないから、欣秋と結婚するには会社をやめる必要がある。

欣秋が住職で、お見合いをして結婚相手を決める以上、彼は仄香に会社をやめ、寺に住み、坊守となることを求めているだろう。

仄香の人生最大の目標は、自分で自分の生活費を稼ぐことだ。

生活費と教育費を稼げなかったことで散々嫌な思いをしてきたから、ここだけは譲れない。坊守は立派な職業だと思うが、離婚したとき仕事を失うのは仄香であって、欣秋ではない以上、仄香が自分で自分の生活費を稼いでいるとは言えない。

望み続けた海外勤務の道もある。一口に海外と言っても、通常の転勤から語学研修を主体としたインターン、関連企業への人事交流など目的はさまざまで、英語圏とは限らない。若いときは海外勤務を希望し、年を取れば海外を嫌がるのが通常だから、えり好みをしなければ、どこかには赴任できる。

皇華一家から逃れることができれば、どこに住んでも構わないが、東京から五〇〇キロの距離が仄香にとって安全と言えるだろうか。

障壁はまだある。

福井は日本一の車社会だ。だが、仄香に車の免許を取る未来はない。

両親の自動車事故がトラウマになっているのではなく、ただ単純にぼんやり歩いていて電柱にぶつかる人間は車を運転してはならないのだ。

致命的なのは、坊守の仕事が合っているとは思えないことだ。毎日家事を行うなど不可能。一汁五菜なんて考えただけでめまいがする。

仄香は深々と息を吐いた。

欣秋は仄香を「愛している」と言ってくれたが、葬儀でちらっと見て、三週間後にちらっと話しただけで「愛している」と言うのは、さすがに愛の重量が軽いか、数がたくさんある気がする……。

ふと、まーくんのことが脳裏をよぎった。六年とちょっとの間、仄香の心に住み続けた男性は、いまも心から離れない。けれど、あくまで心の中だ。いっそ妄想と言っていい。

現実にそばにいるのは、まーくんではなく、欣秋だ。欣秋は間近で微笑み、仄香にふれ、一秒ごとに違う言葉をかけてくれる。欣秋ともっと長く一緒にいたい。

明日は帰京、あさってから仕事。次にいつ会えるのだろう。

欣秋に会えない時間を想像すると切なくてたまらない。

だが、半年後に結婚だと思うと、背筋がぶるりと震えてしまう。

ぶるりと、背筋ではなく、ショルダーバッグの中でスマートフォンが震え、仄香はショルダーバッグに手を入れた。欣秋からメールの着信だ。――打ち合わせが長引きそうです……。夜はデリバリーだったら怒りますか？

将来への不安が現実の喜びにかき消された。――全然怒りません！ デリバリー、楽しみです！ 仄香は「ちょっと失礼します」と女性陣に言ってから、欣秋に返信した。

――今日の残りでよければ、明日の朝食をご一緒したいのですが……。

残り物、大好きです！ と返すと、「では、よろしくお願いします」という返信が届く。

他愛のないメールのやりとりにほのぼのした幸せを覚える。

すぐに憂鬱がやってきた。

お見合いの道が結婚一直線なら、結婚したくない自分は、欣秋を欺いていることになる。

結婚の打ち合わせは、ウェブカメラ越しだろうか。さすがに結婚が迫っているなら、欣秋が何か言うとは思うが……。

欣秋のメールを見ながら幸せと不安の両方を感じていると、仕事用のアドレスにメールの着信があった。再生医療分野の担当である新事業推進部の男性からだ。

日曜日なので見なくてもいいが、新事業推進部が多忙を極めているのは知っている。

灰香はもう一度女性陣に「すいません、失礼します」と謝罪し、憂いとともにメールを開いた。――お休みのところ失礼します。水曜日に新規事業の計画書を提出しないといけないのですが、添付資料のサマリーをお願いすることは可能でしょうか。

サマリーというのは、英文での要約だ。灰香の仕事ではないが、気軽に頼むことができて、仕事が速く、ネイティブチェックを入れる必要がない者は限られている。

とりあえず資料をダウンロードしたが、サイズが大きすぎて弾かれた。ファイルのサイズに感謝し、返信は寝る前にしよう、と決め、灰香はスマートフォンをしまった。

県道をそれて何度か曲がると道幅が狭くなり、高い瓦屋根が見えてきた。

灰香は女性陣に控え目な声をかけた。

「あの……、宿坊のお世話はもう大丈夫です。お風呂の入れ方もわかりましたし。明日の朝食はご住職さんと今日の晩ご飯の残りをいただきます。昼頃にはここを出て東京に戻りますので、私以外にお客さんがいなければ、駅まで送っていただきたいのですが……」

運転席の女性が「じゃあ、朝九時に迎えに来るわ」と言い、ワゴン車を停止させた。

灰香は、ワゴン車を降りて深々と礼をし、三人を見送った。

寺に向き直ると、目の前に俗世との境界を示す山門がある。灰香は婦人会の女性陣がしていたように山門の前で合掌した。

いたって無宗教だが、その分、柔軟性はきかせられる、つもりだ。宗教面はぶじクリア。

けれど、問題は山積。

仄香は、山門をくぐって本堂にまっすぐ延びる石畳を歩いていった。広い境内は苔むした石灯籠と小さな鐘楼が並び、木造の手水舎は涸れ果てている。梅や紅葉、椿といった庭木は剪定されている気配がなく、ずいぶんと物寂しい。

夏の空はまだ明るく、暑さが大気を覆っている。夕のお勤めの時間はすぎ、欣秋は庫裏にいるはずだ。仄香は自然と駆け足になった。

庫裏の玄関先に立ち、んんっと咳払いして、インターフォンを軽く押す。「どうぞー」という声が響くと、未来への憂鬱はどこかに行き、口元がほころんだ。

お邪魔します、と言ってドアを開き、遠慮がちにリビングダイニングに向かう。部屋の奥にあるシステムキッチンのカウンターに欣秋が立っていた。

仄香は、わあ……、と感嘆の声をもらした。

欣秋は、カウンターに置いたタブレット端末を見ながら、赤みがかった濃い黄色の色衣を着て、肩に若草色の七条袈裟をかけていた。欣秋も法衣もうっとりするような美しさだ。

欣秋が画面をタップし、瞳だけで仄香を促す。仄香は欣秋に近づいた。

タブレットをのぞき込むと、動画が一時停止されている。

「着付け動画ですか」

「なかなか覚えられないんですよね」

「覚えられない人のために動画があります」

欣秋は「なるほど」と頷いたあと、肩にかけた袈裟がずりおちないよう手で押さえ、静止画の横にある説明文を読みながら、反対の手を仄香の手の平にひっそり重ねた。

仄香の体に電流が流れたような痺れが走った。手を引っ込めようとしたが一瞬だ。

仄香はすぐ体から力を抜いた。悦びと安らぎがじんわりと広がった。

欣秋が仄香の手の甲に唇をあてようとし、かさり、と七条袈裟が鳴った。

欣秋は即座に仄香から離れた。体温が奪われ、寂しさに満たされる。

昨日会ったばかりなのに、わずかな隔たりが切なくてたまらない。

欣秋は、仄香の不安を和らげるように小さな笑みを投げてから隣の和室に行き、畳に広げた敷紙の上に七条袈裟を置いた。色衣を身につけた姿で戻ってきて、仄香の腰を両手でつかみ、軽々とカウンターに乗せた。

「あ……」

仄香は思わず身をよじったが、欣秋は仄香の背中に手を回して、細い上体を固定した。

仄香はカウンターに腰を下ろし、立ったままの欣秋と向き合った。熱のこもった双眸が仄香を強く絡め取る。顔が近づき、視界が覆われ、唇がふれた。

訊かなければいけないことがあったはずだ。これから先のこと。結婚のこと。将来のこと。いまさら結婚したくないと言うのは不誠実だと思うが、明日は東京。

二人ですごす貴重な時間を失いたくはない。この先どうなるのか、いまの仄香にはわからないのだから。

優しい接触が次第に濃密な快楽になる。唇を重ね合わせることが、こんなにも気持ちいいとは思わなかった。欣秋が唇を少しだけずらし、質問した。

「今日はどこに行ってきましたか」

「神社を見て……、陶器を見て……、おそばを食べました」

「私の悪口を言ってたでしょう」

「はい……、あ、いえ……」

思わず肯定してしまい、すぐ否定するが、最初の言葉が真実なのは明らかだ。

「どんな悪口を言ってましたか？　悪口を言ってるのは知ってますから安心してください」

何も……、と答えようとした仄香の嘘を封じるように、欣秋は右手の平を乳房にあて、五本の指に力を込めた。親指と人差し指で恥じらいのつまった胸の尖りをきゅっとつまむ。

会って二日目で、こんなことをしたらだめだと思うも、悦びは抑えられない。

下着の中で柔肉が形を変え、甘美なうねりがもたらされた。

欣秋は愛撫の優しさとは異なる冷徹な言葉を吐き出した。

「暴力行為というのは力の非対称性の中で生まれます。私はあの人たちの上司にあたりますから、あの人たちが私の悪口を言う分には問題ないんです。ただ、悪口が間違っていて仄香さんが信じてしまえば私が不利益をこうむりますから、その場合訂正を……」

「性格が悪いって言ってました！　どうでもいいところで細かいし、理屈っぽいって！」

つい叫ぶ。欣秋が手の平の動きを止めた。怒っただろうか……？

「まあ、いいでしょう。違うとは言えないので。他には？」

女癖。

仄香が気になるのはむしろここだが、事実だったとしても、欣秋が「違うとは言えない」と答えるわけはないだろう。

「そのぐらい、です。あと、すぐ説教するって言ってた気がします」

欣秋は「まあ、いいでしょう」ともう一度言い、端麗な顔を近づけた。

仄香が唇を開く前に舌がぬるりと入ってきた。

「んん……」

顔を傾けて舌を深く侵入させ、仄香の舌にねっとりと絡めたとき、タブレットの横にある固定電話が鳴り響き、仄香は欣秋の舌を噛みかけた。

慌てて欣秋から退くと、欣秋は、すいません、と小さく謝り、コードレスの子機をつかんで、「入澤です」と職業的な声を出した。――いえ、関係ありませんよ、そんなこと。もう九〇歳でしたし、お医者さんも覚悟しておいてくださいって言ってましたから……。

仄香はカウンターから下り、リビングダイニングに行って昨日と同じ座布団に座った。ラップをした寿司桶（すしおけ）が置いてある。にぎり寿司だ。

「では、またあした。いつでも電話してください。はい、よろしくお願いします」

欣秋が子機を本体に置いた。仄香が立ち上がろうとすると、欣秋が「座っててください」と言い、和室に行って色衣を脱ぎ、リビングダイニングとキッチンを行き来して、湯気の立つハマチの兜（かぶと）焼き、温めた赤だし、麦茶のボトルとグラスを持ってきた。

結婚すれば、家事はすべて仄香の仕事になる。つまりは半年後……。

仄香がひそかに恐怖を感じていると、欣秋が仄香の前に腰を下ろした。

着ているのは白いTシャツとグレーのスウェットパンツ。なんだか普通の青年だ。というより、普通の美青年だ。たくましさと優美さを兼ね備えた体つきにスキンヘッドが加わり、パリコレあたりのスタイリッシュなモデルを思わせる。

欣秋が「食べましょう」と言って、いただきます、と合掌し、仄香も、いただきます、と合掌した。

「すいません、せっかくの休日なのに。いちゃいちゃもできなくて」

欣秋が麦茶を口に運び、疲労のこもった声を出す。仄香は笑みを浮かべそうになったが、気合いでこらえた。

仄香が「門徒さんですか」と訊くと、欣秋が「はい」と頷いた。

「ずっと寝たきりで、八四歳の妻が介護してたんです。介護に疲れて、とっとと死ねって思ったその夜に亡くなったので、私が死ねって思ったせいだろうかとお悩みで」

欣秋は、これはあかむつの炙りです、喉が黒いのでのどぐろと呼ばれてます、醬油ではなく、塩でどうぞ、と説明し、仄香はのどぐろの炙りに箸を伸ばした。

軽く塩をつけて口に運ぶと、香ばしさと脂がじゅわっと喉にまで広がった。

「確か九〇歳でしたよね。ずっと介護してたんだったら、しょっちゅう死ねって思ってたんじゃないでしょうか」

「私もそう思います。ただ、妻が気にしているのは死ねと思ったから死んだことではなく、夫が死んだことを喜んだことだと思うんですよね。口に出しては言いませんが……」

また電話が鳴り響いた。欣秋は「すいません、失礼します」と言い、子機に走った。

――はい、入澤です。こう言ってはなんですが、みんな思ってたと思いますよ。ええ、そうです。夫さんは天寿をまっとうしたんです……。

　仄香は、はまちの兜焼きに箸をつけた。こちらも脂がのっている。

　目玉の裏の身を取っていると、欣秋が戻ってきて、座布団の横にコードレスの子機を置き、疲労のこもった息を吐いた。

「ほんとに申し訳ありません」

「お仕事ですから仕方ないです」

　それに欣秋が仕事をしている姿を見るのは楽しい。目の前に座っているのも楽しいけれど。要するに欣秋がいれば、すべて楽しい。

「大変心苦しいんですが、今日、これから娘さん夫婦とオンラインの打ち合わせがあって、その後、法話の練習をしないといけないんです……」

「了解です！　私にできることがあれば言ってください！　コーヒーを淹れたり、お茶を淹れたり。肩を揉んだり……」

「揉んでほしいところは肩じゃないんですが、さすがに今夜は罰当たりですねえ」

　いまのは下ネタだろうか、と思いながら、ボタンエビを口に入れる。下ネタですか？と訊こうか悩んでいると、欣秋は自分の言葉などなかったように続けた。

「明日は夕方ぐらいまではおつきあいできるはずです。絶対に、とは言えませんが。今夜は一人で寝て、私の夢を見てください。夢の中でたくさんサービスして差し上げましょう。私の下半身は凝っていても揉まなくていいので気を遣わないように」

やっぱり下ネタだよね？　と思いながら返した。

「実は私も職場からメールがありました。添付ファイルのサイズが大きすぎてスマホでは開けなくて。データを小分けにして送り直してもらおうと思うんですが……」

「フリーメールでデータのやりとりをしていいなら、うちのパソコンを使ってください。未使用のUSBメモリもありますし」

欣秋のパソコンが使えるのか、と新鮮な喜びに胸を躍らせ、「じゃあ、お願いします！」と頭を下げた。

だらだら食べていたかったが、欣秋の仕事のことを考えるとそういうわけにもいかず、ペースを上げて赤だしを飲み干し、ごちそうさまでした、と合掌した。

欣秋に、一人で後片付けをしながら法話を考えますので、仄香さんは仕事をしてください、と言われ、欣秋の兄の書斎に案内された。

「汚いですが、好きに使ってくださ い。兄は大らかな人ですから、さらに汚しても怒りません。足下に気をつけてくださいね。こっちが私の寺務室です」

一緒に皿を洗う気でいた仄香は、しょんぼりしながら隣り合った部屋を見た。

寺務室は畳敷きの和室で中央に黒いローテーブルがあり、事務用のスチールラックに背表紙をつけたファイルが整然と並べてある。いかにも欣秋らしい几帳面さだ。

仄香は兄の書斎のドアを開き、うっ、と喉をつまらせた。

泥棒が入ったのかと思うレベルのぐちゃぐちゃさだ。

書斎はフローリングの洋室で一〇畳以上あり、窓とドア以外はすべて本棚になっている。本棚には大きさも厚さも違う大量の本が手当たり次第に入っていて、本棚の前には本のつまった段ボール箱や紙袋が並び、床にも本が積まれている。いろとりどりのクリアファイル、バインダー、紙ファイルがあらゆるところに散乱していた。

本棚の背表紙や紙ファイルに印字された文字もさまざまだ。一番多いのが英語、次に日本語、その次が多分ドイツ語、フランス語、中国語……。ハングルやアラビア文字もある。

仄香は日本語のタイトルをざっと見た。『今日もみんなで南無阿弥陀仏』『菓子のこころ、和のこころ』などなど。

次に英語のタイトルをざっと見る。『The History of Western Sweets』（西洋菓子の歴史)、『The Study of Sweet Science』(甘い科学の研究)などなど。

『The Study of Sweet Science』を手に取って中を見てみると、ボクシングをしている男性の写真が載っていた。ケーキやクッキーとは関係ないようだ。

タウン情報誌、スーパーのちらし、日本語の新聞、英字新聞、よくわからない新聞らしきものに、『Cell』『Nature』『Science』といった有名な論文雑誌が交ざっている。

あっちにもこっちにも「Neuron」(神経細胞)だの、「Neuroscience」(神経科学)だの、「brain」(脳)といった文字があった。

「Addiction」という語も少なくない。意味は「嗜癖」。そのまま「アディクション」と表すこともあるが、医療に携わらない人にはなじみが薄いため、「依存症」と訳すことが多い。

『Let's Kill Your Enemies!』(あなたの敵を殺しましょう!)だの、『近接戦闘術クラヴ・マガ 実践編』だのも並んでいる。

ぶら下がり健康器もあった。スタンドの真ん中に重そうなプレートのはまったバーベルがついている。懸垂だけではなく、ベンチプレスとしても使えるようだ。

洗濯物はかかっていないからちゃんと利用しているのだろう。

角刈りの兄を思い返す。柔道でもやっていそうな体格だった。

兄はいま名古屋。一体何をしているのか……。

　欣秋が開きっぱなしのドアから顔をのぞかせた。

「ラックの上にノートパソコンがあるので、そっちを出しましょうか」

　欣秋の視線の先を追うと、本に埋もれたデスクトップパソコンが目についた。

　正面に一台。左手と右手に一台ずつ。事務用デスクの後方にパソコンラックが設置され、閉じたノートパソコンが二台置かれていた。一台は軽量のモバイルパソコンだ。

　仄香の背後から両腕を伸ばし、目の前のキーボードを移動させ、ラックに載ったモバイルパソコンとつなぎっぱなしの外付けハードディスクドライブを仄香のすぐ前に置いた。

「お兄さんは名古屋で何をしてらっしゃるんですか？」

「和菓子屋です。元々こっちの和菓子屋で働いていたんですが、名古屋に支店を出すことになり、店長を任されたんです」

「お兄さんもお経が読めるんですよね」

「私が仏教学科を卒業して住職として独り立ちするまで兼業住職をしてましたから。ここにはしょっちゅう来るわけではないですが、兄がお世話になったご門徒の法要や葬儀は兄がすることが多いですね」

　仄香は「あ」と声をあげた。

「今日の朝ご飯に出てきた水ようかんは、お兄さんのお店のですか。甘さがさらっとしてて、すごくおいしかったです」

欣秋が嬉しそうに微笑み、和三盆を使っています、と解説した。和三盆は国産の高級砂糖だ。

「夏の新作を宿坊のリビングに置いておきましたから食べてみてください」

食べます！　と仄香は身を乗り出した。なんとしても食べなければ。

欣秋がモバイルパソコンの電源ボタンを押し、紙ファイルの山に埋もれた書類ケースの引き出しを開け、未使用のＵＳＢメモリを取り出した。

どうぞ、と仄香をパソコンの前のいすに促し、仄香はありがとうございますと言って腰を下ろした。背後に欣秋が立ち、両腕を伸ばして、タッチパッドの上で人差し指を動かしてからエンターキーを押すとスタート画面が現れた。

いすの背もたれがあるため、仄香が感じられるのは、自分の両サイドから伸びる欣秋の太い腕、頭上から聞こえる息づかいだ。

欣秋が仄香のうなじに顔を近づけ、長い指でまっすぐな黒髪を絡め取る。白い首があらわになり、欣秋の唇がふれたとき、電話が鳴り響いた。欣秋ががくりと頭を垂れた。

「行ってきます」

仕事仕様の冷静な声を出し、早足でリビングダイニングに戻る。はい、私です。いえいえ、気になさらないでください、こういうときのために私がいるんです……。

仄香は大きく息を吐き、緊張の糸を解きほぐした。胸の先端がこわばり、体の奥底が欣秋を求めて喘いでいる。冷静にならねば。自分も仕事だ。

モバイルパソコンは最低限しか使っていないらしく、画面上のアイコンも最低限だ。

仄香はスマートフォンを取り出し、担当者にメールした。——出先です。スマホでデータを受け取りましたが、サイズが大きく、弾かれました。問題ないようなら資料をウェブメールで送っていただけますか。とりあえず内容を確認します。

ざっと中身をチェックして、時間がかかりそうならむりだと言おう。仕事はあくまで欣秋の手があいていないときだけだ。

ブラウザを立ち上げ、自分のウェブメールを開く。慣れないパソコンに操作を誤り、USBメモリを開こうとして外付けハードディスクをクリックし、違うフォルダーを開いてしまった。慌てて閉じようとしたが、タッチパッドがうまく使えず、大量の画像ファイルが次々に表示される。仄香はタッチパッドの上で人差し指を止めた。

すべて同じ女性の画像だ。年齢は二〇代の後半。

ブラウンのグラデーションが入った豊かな髪がゆるく波打ちながら背中を覆いつくして

いる。弓形の眉の下には美しさと愛らしさ、気の強さを兼ね備えた瞳が輝き、高い鼻梁（びりょう）とふっくら色づいた赤い唇は知性と色香を感じさせた。細身だが、胸元にたっぷり肉がつき、手も脚もすらりと長く、どこもかしこも女性として完璧だ。

女性は全裸だった。

それだけではない。自室と思わしきベッドの上で横になり、両手で胸と脚の間を隠した画像があるかと思えば、その次は同じポーズで両手を左右に開き、体の前面を見せている。その次は両脚を大きく開き、手を内股に入れ、中心を大きく広げていた。

仄香は不快さで顔をしかめた。慣れない画像に吐き気がした。

女性はこちらを見つめている。盗撮画像ではない。

公園でブラウスの襟を開いて豊かな乳房をむき出しにし、自分の両手で鷲掴み（わしづか）にした画像、図書館とおぼしき場所でスカートをたくし上げ、ショーツを膝まで下ろした画像。

水のない寂れた池で仰向けになり、白いシャツワンピースの前をはだけ、むき出しの股間にアダルトグッズをあてがった画像もあった。

渇ききった池は宿坊のそばにあるものだ。頭から、すう……っと血が引いた。

画面をスクロールすると、今度は別の衝撃を覚えて指を止めた。女性が顔を歪め（ゆが）、泣き叫んでいた。音は出ないし、動いてもいないが、恐怖と痛みははっきりと伝わった。

女性の口の端に殴られたとおぼしき黒いあざがあり、血と涙を流している画像、全裸のまま手脚を縄で縛られ、悲鳴をあげている画像、首をベルトで絞められている画像……。

女性の感じる恐怖と痛みの中にも深い愛情と思慕が潜んでいる。

欣秋への――。

動画もあった。タッチパッドの上で指を動かし、カーソルを移動させたが、そこまでだ。ファイルを開けば欣秋に気づかれる。鼓動が勢いを増し、息ができなくなってきた。頭が割れそうだ。

電話を切る音がし、――では、明日。はい、いえ、大丈夫ですよ。はい、では……。

電話を切る音がし、仄香は即座にフォルダーを閉じた。欣秋が戻ってきて、再び仄香の背後に立つ。仄香は深呼吸を一つして冷静さを取り戻し、消え入りそうな声を出した。

「やっぱり今日はやめます……。せっかくの休日だし。明日の朝、職場に電話して、急ぎかどうか確認します。欣秋さんが明日忙しかったら、私は……、東京に戻ります。ここにいたら邪魔になるかもしれないし」

仄香が元気を失ったのを仕事が原因だと思ったらしく、欣秋は気遣うような声になった。

「モールに行きますか？　ネットカフェがあるし、コワーキングスペースで、パソコンのレンタルもしてますよ」

「モール？」

聞き慣れない語に、溢れかけた涙が止まった。

「田舎と言えば、モールです」

仄香は気がかりを忘れ、ほー、と感心した。そんなものがあるのか。

欣秋は仄香を見て朗らかに言った。

「モールの送迎は婦人会の女性陣にお願いしましょう。ふれあいカフェに行く途中で寄ってもらえればいいだけですから」

ふれあいカフェというのは、高齢者が集まってゲームやお喋り（しゃべ）りをする場所です、と欣秋が説明した。

よく考えれば、美女のことは彼女たちに訊けばいいのか。欣秋の「女癖の悪さ」がどこまでのものかわからないが、半年後に結婚するなら放置していいことではない。

仄香は疲れたような声を出した。

「ありがとうございます。今日は……夏の新作和菓子を食べて、もう寝ます……」

「本堂に電気がついている間は読経や法話の練習をしています。静かにしているときは見てもいいですから気が向いたら来てください。鍵は開けておきます。寝ていたら起こしてくださいね」

欣秋が微笑むと、仄香は表情を輝かせ、「はい！」と大きな返事をした。

＊＊＊

宿坊の玄関先で靴を脱ぎ、とたんに重いため息をもらす。人感センサーが頭上を照らし、仄香の憂鬱をほんの少しだけ和らげた。

お坊さんの人形とおりんが飾られた靴箱にローファーをしまい、廊下に並んだスリッパに足を入れる。給茶機と製氷機の前を通り、まずはリビングに行った。

すぐにセンサーが反応し、フローリングの室内に明るさが満ちる。客室の奥にレースのカーテンがかけられ、寂しい夜を遮っていた。

右手の壁に書棚とマガジンラックがある。書棚に立ててあるのは、観光ガイドブック、地元のグルメ本、『仏教とともに生きる』『和菓子を旅する』『わかるわかる脳科学』『嘘ばかりついてきた〜ある依存症者の記録〜』『夫の世話を焼くだめなあなたへ』……。

仏教と和菓子はさておき、それ以外の本のチョイスは兄によるものだろう。ブログのつたなさからして、欣秋に読書習慣があるとは思えない。

部屋の中央に低いガラステーブルがあり、和菓子の紙包みが二つ置いてあった。夏の新作とやらだ。

その横に寺周辺の観光地図、バスと電車の時刻表が印字された紙、片付けたはずの『THE 僧侶』が並べてある。観光地図と時刻表はいいとして、『THE 僧侶』は婦人会の誰かがしまい忘れたのだろう。こんなところに置きっ放しにしていては欣秋に怒られてしまう。

嫌われてはならぬとばかりに『THE 僧侶』を持って書棚の前に行き、『わかるわかる脳科学』の隣に立ててから、時刻表を手に取った。バス停は寺から徒歩数分。本数は少ないが、車がなければ生きていけない、ということはないようだ。

仄香はため息とともに観光地図と時刻表をマガジンラックに差し込んだ。労働をおえ、和菓子の紙包みをつかむ。白あんを包んだ焼きまんじゅうだ。いつもだったら食後のデザートとして迷わず食べたのにいまは食欲が湧いてこない。

今日何度目かのため息をつき、風呂に入って、髪を乾かし、客室に戻って、再び、はー、とため息をついた。電気を消して、自分で敷いた布団に横たわり、右になり、左になる。

暗い夜は涼しく、空調は必要ない。

朝起きたときは夢のような幸せに満たされていたのに、観光の疲労と相まって幸せがしぼんでしまった。車の免許。仕事。坊守業。

画像の美女……。

書斎にあった本のタイトルが蘇る。あの本は兄がたまに来て読むか、家で読んで法要のときに置いて帰るのにちがいない。日本語以外の言語がたくさんあったから収集自体が趣味とも考えられるが、あっちこっちに付箋が貼ってあった。ちゃんと読んではいるようだ。翻訳アプリを使っているのか、純粋に語学が堪能なのだろうか。

仄香の職場でも三カ国語が話せる人は珍しくないし、それ以上もたまにいるから、欣秋の兄も主要言語なら理解できるのかもしれない。

兄の読書遍歴と弟の性癖にどこまで関係があるのだろう。

フォルダーにつまった女性が脳裏に浮かんでは消え、また浮かんだ。

「美女」という言葉があそこまで似つかわしい女性はいない。顔立ちが整っているというだけではなく、表情にも仕草にも人に愛され慣れてきた自信が満ちている。

この宿坊で美女が服を脱ぎ、欣秋の前で裸身をさらし、いやらしいポーズを作ったのだと思うと、頭痛と胃痛で鬱になる。

頭痛はさておき、胃痛は空腹でもないのに焼きまんじゅうを食べたからだ。柚の搾り汁が入っていておいしかった。名古屋支店の店長を任されるだけはある。

画像を撮ったのはやはり欣秋なのだろうか。挑発的な乳房、誘うような唇、こちらを見る熱のこもったまなざし。

あの美女の裸体を撮りたくなる気持ちは理解できる。理解したくはないが。

しかし、殴られたとおぼしきあざを理解することは難しい。苦しくて吐きそうだ。

「おまんじゅう、おいしかったのに……」

夏の新作を吐いたらもったいない。

明日は東京。次に欣秋に会えるのはいつだろう。半年後に結婚式をあげるのが事実なら、招待客を見繕ったり、ブライダルエステに行ったり、いろいろ準備があるはずだ。

最初の打ち合わせはいつですか？　と訊く勇気はいまの仄香にはない。

このままでは欣秋に破談にされてしまうかも……。

それは嫌だ、とつい思う。結婚は嫌なのに破談も嫌なんて、だめに決まっている。

仄香と欣秋の間にあるのは、結婚かお別れかの二者択一。

仄香の心にはまだまーくんの影がある。簡単には決められない。

窓の向こうから小さな読経が聞こえてきて、仄香は布団から起き上がった。

欣秋は、静かにしているときは本堂に来てもいいと言った。よく考えればまだ一度も本堂に入っていない。外から様子をうかがって、声が聞こえなくなったら入ってみよう。

客室のライトをつけ、カットソーとデニムパンツに着替えて廊下に出た。人感センサーに助けられながら音を立てないようドアを開けると、低い空に明るい星が光っていた。

欣秋の邪魔をしないよう、泥棒のように足音を忍ばせる。庫裏の前を通り、本堂をのぞき込んだとき、人感センサーが反応し、本堂の玄関先が明るく灯った。

仄香は、踏み出したつま先を後方に引いた。

女性が立っていた。長い髪は丁寧にブローされ、髪の輝きだけで美しいと判断できる。ピンヒールの黒いサンダルは、欣秋と並べば、ちょうど釣り合いの取れる高さで、純白のワンピースは胸元の豊かなラインを際立たせていた。

LEDライトの下で女性の横顔が浮き上がる。

外付けハードディスクに収納されていた美女だ。パソコン画面で見たときもきれいだったが、実物は仄香でさえ誘惑されそうな華やかさをまとっている。

美女は本堂の階段を上がり、開いた扉の前で左右を見たあとするりと中に入っていった。声が聞こえている間は入ったらいけないのに。

美女は仄香が発する無言の制止を気にもとめず、本堂に姿を消した。

欣秋は経をあげている。夜に響く美声がたえることはない。

3章　今日の言葉「いたすのが煩悩か　いたしたいと思うのが煩悩か　ちょっと気になる」

憂鬱な朝――。憂鬱すぎて起きたくない。だが、起きれば欣秋に会える。

欣秋の笑顔が見たい。理屈っぽい話も聞きたい。

読経は聞こえず、朝のお勤めはおわったようだ。

昨日は大人しく宿坊に戻り、泣きながら眠りについた。泣き疲れたあげく、朝のお勤めの時間に遅れてしまうとは情けない。あの美女はお勤めに参加していたのだろうか。

のろのろと起き上がり、サニタリールームで顔を洗って客室に戻り、Vネックのニットとグレーのロングスカートを身につける。まーくんに会うときのために持ってきた服だが、すべての服を合わせても、美女が昨日着ていたワンピースより安いにちがいない。

そうだ、まーくんだ。

本来の目的は、花屋のまーくんにお礼を言うことだった。お礼を言って、それから……。

待て待て、と頭を振る。なんだかまーくんへの気持ちが欣秋への感情からの逃避先になっている気がする。もしくは、逆か。

欣秋は仄香に愛していると言った。なのに葬儀を控えた夜、本堂で美女と会っていた。いくらなんでもだめだろう。いや、会うだけならだめではない。凝った肩を揉みほぐすのもだめではない。だめなのは、フォルダーにつまった画像の行為だ。

やはり恋人なのだろうか。だが、恋人だったら、仄香とお見合いする必要はないだろう。趣味友達とか。

仄香は、はー、と淀（よど）んだ息を吐いた。昨夜から考え続け、考えるのに疲れてしまった。

仄香は疲労を引き連れ、のろのろと宿坊を出た。太陽の険しさに顔をしかめ、庫裏に行き、鍵のかかっていないドアを開く。欣秋の声が聞こえた。――責める人なんていませんよ。長年連れ添った妻に看取（みと）られて、幸せな一生だったと思いますよ。

昨日亡くなった門徒の妻だ。今日は通夜。明日、仄香は帰京。

あの美女はどこに住んでいるのだろう。昨日の夜は、駐車場を出入りするエンジン音が聞こえたような聞こえなかったような。

実はまだ本堂にいるとか？　さすがにそれはない、はずだ。

つらい。

灰香が玄関先で苦痛に苛まれていると、ぺたぺたという素足の音が近づき、欣秋が現れた。

「お父さんの介護をお母さんに任せておいて、それはないんじゃないかと思いますね」

欣秋が誰かに向かって話しながら、特別な親しさを込めて灰香に微笑んだ。グレーのスウェットパンツは昨日と一緒だが、トップスは夏らしいネイビーのリネンシャツだ。

「いえ、義母の介護とは違いますよ。都会にはいろんな施設やサービスがありますから」

胸ポケットにスマートフォンを入れ、右耳にマイクのついたワイヤレスイヤホンをさしている。コードレス電話を持って移動するのはやめたらしい。

欣秋は視線で灰香に入るよう促し、灰香は喜びを浮かべ、失礼します、と控え目な声を出し、欣秋の後ろについていった。

欣秋が冷蔵庫から麦茶の入ったガラス製のポットを出すと、すかさず受け取り、リビングダイニングに運ぶ。欣秋の瞳に指示され、食器棚からグラスを出してローテーブルに並べ麦茶を注いだ。家事は苦手だが、欣秋と一緒にいる時間は楽しい。

いや、こんなのは家事とは言わない。家事は欣秋がいましていることだ。

欣秋は何かをするたび布巾で拭き、出したものはすぐ片付ける。シンクには水滴一つ、水あか一つついていない。リビングダイニングはもちろん、庫裏全体がきれいすぎて、恐くなる。結婚したら、掃除が仄香の仕事の一つになる……。

欣秋が食器棚からしゃもじとどんぶりを出し、「ええ、はい、ええ」と相づちを打ちながらガス台に置いていた土鍋を開いた。白い湯気がもわっと上がる。

まさか、と思ったが、そのまさかだ。炊飯器ではなく、土鍋で炊いたご飯。

難易度MAX。

のように見える。少なくとも仄香にとっては。

欣秋がしゃもじを出し、白く輝くご飯を入れ、仄香をうかがう。仄香は、もうそれで、と小声で言い、欣秋がどんぶりをカウンターに置いた。

欣秋は「みほとけはこの際置いておきましょう。いいんです、そういうことは」と言いながらご飯の上に大葉を載せた。冷蔵庫から刺身の漬けが入った平皿を出し、大葉の上にサーモン、帆立、ハマチを移動させ、刻んだワケギを散らす。

みほとけは置いたらだめな気がするが、住職が置いていいと言うのだからいいのだろう。

「一蓮托生(いちれんたくしょう)という言葉があります。往生したあと同じ蓮(はす)の華の上で生まれ変わるという意味です。夫さんとは死後も結ばれる運命なんです。あ、託生したくない？　ですよね〜。現世で七〇年も一緒にいたら、次は年下のイケメンと結ばれたいですよ。あ、イケメンっていうのは……」

欣秋がどんぶりを仄香に差し出し、仄香はどんぶりを受け取って、リビングダイニングに持っていった。

食器入れから箸置きと箸を出し、自分の席と欣秋の席に設置する。欣秋は土鍋の横にある鍋を開き、小さめのどんぶりになすやトマト、かぼちゃの入った味噌汁を注いだ。

シンクの水切りネットに野菜の皮やへたが入っている。味噌汁を作ったのは欣秋だ。

仄香は欣秋から具だくさん味噌汁を受け取り、再びダイニングキッチンに持っていった。

「今度ぜひ婦人会に参加してください。ええ、そういう方たちばっかりですから。はい、ええ、では失礼します。では、ほんとに。はい。はい。では……」

欣秋が通話を切り、カウンターに腕を立てて、はーと深い息を吐いた。

カジュアルなシャツの半袖から頑強な腕が伸び、つい触りたくなる。

欣秋の腕はがりがりではない。まーくんとは違う……。

欣秋はスマートフォンを入れた胸ポケットにワイヤレスイヤホンをしまい、「これでまた婦人会が増える……」と絶望したようにつぶやいてから、リビングダイニングにいる仄香を見て、「朝食にしましょうか」と疲労のこもった笑みを向けた。

ローテーブルを挟んで仄香の前に腰を下ろし、ぐびぐびと麦茶を飲み干す。仄香が注ぐ前に自分でグラスに入れ、さらに半分ぐらい飲み干した。

「昨日はうるさくしてすいませんでした。眠れなかったんじゃないですか？」

「ぐっすり寝ました！」

欣秋の言葉に不自然なほど素早く反応する。ショックのあまり闇に引き込まれ、泥のように寝たことは事実だ。「返答が早すぎます」と言われるかと思ったが、欣秋は特に反応しなかった。

仄香はずずっと味噌汁をすすった。奥行きのあるこんぶとかつお出汁（だし）の味が口内に広がり、その次に夏野菜の甘みがやってくる。おいしい。

「夜、本堂にどなたか来られましたか……？」

「誰も来てませんよ。何かありましたか？」

さらりと言う。嘘をついているようには思えない。だが、昨日の夜、美女が本堂に入るのを仄香が見た以上、欣秋の言葉は嘘でしかあり得ない。

きゅう、と胃が締めつけられ、漬け丼を口に運んだ。刺身もご飯もこんなにおいしいのに胃が痛む。仄香は、ショックを顔に表さないよう忍耐力をフル稼働させた。

「婦人会の女性の声が聞こえた気がして……。夢かもしれません」

「あの方たちの声は耳に残りますからね。夢で嫌な目に遭いませんでしたか。もし何かあれば、夢で注意しておきます」

「ありがとうございます。嘘だとわかっていても嬉しいです」

「嘘じゃありません！　ほんとに注意しますから。あの方たちが夢に出てこなかったら注意できませんが……」

そうだよね、夢に出てこないとね、と思いながら、ため息をついた。

欣秋は、ため息ばかりついている仄香をうかがい、申し訳なさそうに言った。

「今日ですが……」

「お仕事ですよね。仕方ありません」

先手を打つ。欣秋が心苦しそうに頷いた。欣秋の心苦しさに幸せを覚える。仄香を優先したいが、できなくて、ごめんなさい、ちゃんと埋め合わせします、という姿勢だ。

欣秋は、ちゃんと仄香に気を遣ってくれる。

だが、嘘をつく。でも、幸せ。両方がせめぎ合う。

「仄香さんは東京ですよね」

はい、と仄香は小さく頷いた。

「午後にはここを出て、東京に帰ります……」

次はいつ会えるのか。住職業に休暇はなく、二人が会うには仄香が福井に来ることになる。仄香はまじめな会社員だ。そう頻繁には来られない。

仄香が東京にいる間、欣秋はあの美女を境内に招き入れるのだろうか……。

どんよりしながら、醤油の味しかしない帆立を食べていると、欣秋が質問した。

「来週あたり東京に行く予定があるんですが、いつ頃ならあいてますか。全然あいてませんか。木曜と金曜はこちらで予定があるので、東京には行って帰るだけになりますが」

仄香はすぐさま顔を上げた。帆立が突如甘くなった。醤油もなかなかおいしい。

「大体いつでもあいてます！ この時期はさほど忙しくないので休みを取ります！」

荒んだ心に幸せが舞い込んだ。

「お寺はいいんですか……？」

「閉めるから大丈夫です」

なるほど、と感心する。ずいぶん融通がきくようだ。仄香は心配そうな顔をした。

「欣秋さんはお忙しいんじゃないですか。夏は行事が集中しそうだし。お盆とか法要とか」

「うちの寺は、お盆はさほど関係ないんです。帰省する人が多いので法要は増えますが。実は寺の仕事とは別に、バイトをたくさんしてるんですよね。木曜と金曜は大学の講義ですし、オンラインで学生の人生相談みたいなこともしています。あと、これもオンラインになりますが、週に何回か、夜にセミナーやミーティングがあります。こまごました整理の仕事なんかもしています」

「大学の講義というのは、例の『嫌がらせ』でしょうか」

「私の講義はすべて嫌がらせです」

寺のサイトにあったハラスメント講習のことだ。しかし、大学で毎週二回ハラスメント講習を行うのは、ずいぶん多い気がする。

仄香の通っていた大学でもハラスメント防止研修はあったが、せいぜい年に一回だった。ハラスメント対策は大学によって違うから系統立てた講義をするところもあるのだろう。

住職が人生相談に乗るのはよくあることだ。出家した人はいいことを言ってくれそうな気がする。

オンラインセミナーとミーティングはお坊さん自身の研修にちがいない。僧侶には職業上の研修がたくさんあると聞く。

「整理の仕事」は終活のたぐいだろう。生前整理というやつだ。

ふむふむ、と納得していると、欣秋がさらに続けた。

「今年の夏は、あいた時間にペーパーを読みまくる予定でしたが、仄香さんとの予定をねじ込むことにします」

気恥ずかしさを覚えるが、素直に嬉しい。

「紙（ペーパー）」は、紙の雑誌か、新聞か、紙の本だろう。僧侶雑誌かもしれない。

さすがにスーパーのちらしということはないと思うが、仄香はネットスーパーのちらしでセール品をチェックするのが好きだから、絶対違うとは言いきれない。

尊敬する兄をまねて、読書に一念発起、まずはフリーペーパーから、とか。

「確か法話会もあるんですよね。私も行っていいですか」

「法話会は当面中止です。せっかく二人でいられる貴重な時間を減らすわけにはいきません」

やはり法話はだめなのか、と落胆するが、貴重な時間と言われ、嬉しさが増す。

東京ではどこに滞在するのだろう。景気がいいなら、誰かの家に泊まって宿泊費を浮かす、という発想はないかもしれない。だが、チェックイン、チェックアウトの時間に縛られず気楽にすごしたいなら、仄香のマンションに……。

仄香が脳内でぐだぐだ悩んでいると、欣秋が「夜は友人のマンションに泊まります」とあっさり言った。

悩んで損をした。欣秋を仄香のマンションに呼ぶ勇気など、はなからなかったのだが。

「実は、友人が東京の不動産屋に転職したんです。せっかくだから土地と建物のことを相談したいと思いまして」

男性の友人ですよ、とわざわざ付け加える。嬉しい心遣いだ。

が、喜んではいられない。

大事なことを忘れていた。欣秋とお見合いをしたきっかけである納骨堂だ。

仄香の身柄と引き替えに、亡き祖母の借金を返済し、家と土地を残す、という都合のいい話が通るのどうか知らないが、欣秋が納骨堂を建てる土地を探しているなら、耳元でぐらいはつぶやく必要があるだろう。

「亡くなった祖母の土地が抵当に入ってるんだけど、誰か有効活用してくれないかな～」

「仄香さんも一緒にどうですか。平日になってしまいますが。会社のビルを改築して相当忙しく、仕事の話をするんだったら勤務時間中に会社に来てくれた方がいいそうです」

仄香はローテーブルを挟み、きらめく双眸をうかがった。

「いいんですか……？」

「もちろん」

欣秋と一緒にいたい。嫌なことがあっても、一緒なら大丈夫だと思いたい。

仄香は満面の笑みとともに「じゃあ、お願いします！」と答えた。

＊＊＊

出かける準備をおえた頃、婦人会の女性陣がグレーのワゴン車で寺に来た。

女性は運転手を含め五人。知っているのは運転手だけだ。

若手メンバーの運転手は「じゃあ、モールね」と灰香に言い、ワゴン車を走らせた。

昨日と同じく運転席の真後ろに座ると、「ほんとに可愛いわねー」という声がやまびこのようにあちこちから響いた。欣秋の「女癖」について聞くつもりだったが、美女が夜な夜な寺に現れることを知っていたら口を閉じてはいられまい。

女性陣はひとしきり灰香を褒めたあと、嫁の悪口と健康の話をし始めた。シャッターの下りた商店街を通りすぎ、左に曲がり、さらに曲がると、車線の多い県道に出た。

とたんに車が増え、生活の気配が溢れ返った。

五分もすると、巨大なショッピングモールが現れ、運転手がワゴン車を路肩に停めた。

灰香は車を降り、ワゴン車に向き直った。一番近くの女性が口を開いた。

「私たちはふれあいカフェに行ってくるわね。メールをくれたら迎えにくるから遠慮しないで」

仄香が「ありがとうございました」と合掌すると、女性陣も合掌を返し、窓の奥で手を振りながら遠ざかった。合掌が板についてきた、気がする。

太陽は今日もきつい光を注ぎ、鼻の頭に汗が滲んだが、アスファルトの照り返しは都心ほど厳しくはない。

仄香はだだっ広い駐車場を横切り、大きな建物の前に立った。ショッピングモールにはいくつかの商業ビルが立っていて、生鮮食品を扱うスーパー、ファッションフロア、フードコート、レストラン、合鍵作り、スポーツジム、映画館にいたるまで生活に必要なものはすべてそろっている。田舎だと思っていたが、立派な地方都市だ。

月曜日の朝だからか駐車場はすいていたが、館内は親子連れが多く、活気がある。

ネットカフェはモール内にあるビルの一階だ。仄香は受付で住所と名前を書き、二時間分の料金とパソコンのレンタル料を支払った。

デスクトップパソコンのあるゾーンに行き、ブラウザを立ち上げ、ウェブメールを開く。

美女を思い出し、胸が苦しくなったが、いまは仕事だ。

新事業推進部から届いた添付ファイルを欣秋から受け取ったUSBメモリにダウンロードし、PDFファイルを確認した。医学論文、雑誌、会議用の資料。

論文は冒頭に要旨（アブストラクト）がある。サマリーが必要なのは会議資料で、ざっと読んでみるもわからない語が多い。専用の辞書が必要だ。

内容を把握するだけなら宿坊でもできるから、とりあえず寺に戻ろう。欣秋の邪魔をしなければ、本堂はむりでも、庫裏にいさせてもらえるかもしれない。

仄香はPDFファイルをプリントアウトしてショルダーバッグに入れ、パソコン画面の時刻を見た。メールをくれたら迎えに来る、と言われたが、定住する未来を少しでも考えるなら、バスは乗っておいた方がいい。一五分後の一本を逃せば、次は一時間後。

仄香はネットカフェを出て、モールの近くのバス停に走った。

＊

予想はしていたが、バス料金はバス停ごとにどんどん上がるシステムだ。タクシーより安いが、気軽に乗れる値段ではない。

モールまでは車で一〇分か一五分ほど。自転車には乗れるから、車の免許がないからといって生きていけないわけではない。

だが、仕事をやめる気はないし、結婚はしたくない。坊守業は仄香にはむりだ。肩の荷が下りたり、積もったり。

バスは法定速度を遵守して大回りをし、寺の近くのバス停にたどり着いた。

スマートフォンの地図アプリを確認しながら歩いていき、大きな蔵と石塀の間に愛する山門を見つけ、門前で合掌してから敷居をまたいだ。

せっかくモールに行ったのだから、おみやげにおやつでも買ってくれればよかった。

欣秋が酒を飲んでいるのを見たことはないから、アルコールは苦手なのだろう。兄が和菓子店で働いていることを考えると、ケーキを買ってきたら喜んでもらえたかもしれない。

喜ばなかったら仄香が食べる。欣秋の好みが一つわかれば収穫だ。

まずは本堂に行ってみようと思い、石畳をまっすぐ進むと、誰かがこちらに歩いてきた。

仄香は息を呑み込んだ。画像の美女だ。昨日の夜、本堂に入っていった美女でもある。

袖口にレースのついた黒いブラウスと白いロングタイトスカートは女性らしいあでやかさに満ち、優雅な足取りは過剰になる直前の自信に溢れていた。

太陽の下で見る美女は、夜の光の中で見るよりずっとずっときれいだった。

仄香は顔をそむけ、一般の参拝者のふりをして本堂に行こうとした。

「あなた、欣秋さんのお友達?」

美女が声をかけてきた。声まできれいだ。

気づかないふりをしようかと思ったが、欣秋の名前を出されたのだから立ち止まらないわけにはいかない。仕方なく足を止め、視線を動かすと、美女が笑みを浮かべていた。

お見合いをしてOKをいただきました、と答えるのはバカっぽい気がして、「お友達、というわけではないですが……」と小さな小さな声を出した。

容姿では完敗なのだから、お見合いの話を出して張り合うのは情けない。

美女は無礼なほど念入りに仄香を見回し、親しさのこもった目を向けた。

「可愛らしい人。欣秋さんの好みのタイプね。欣秋さん、いつも私とは違う女性を相手にするの。私みたいなのは私だけで十分だって」

可愛らしい、という言葉にさげすみはない。あるのは、余裕だ。

欣秋が愛しているのは自分だけ、という揺るぎのない自信が彼女に美しさを与えている。

欣秋の名を呼ぶ声の調子と内容からして相当親しいことがうかがえる。

だが、欣秋の噂話が娯楽と思わしき従業員たちは、彼女のことを一切口にしていない。

箝口令が敷かれたら、「箝口令が敷かれたのよ」と言って詳しく教えてくれるのは間違いないから純粋に知らないのだ。

仄香の疑問に気づいたらしく、美女が艶美な微笑みとともに説明した。

「欣秋さんから私のことは聞いてないと思うわ。こういう田舎だから婚姻届を出すまで内緒にしようって約束してるの。婦人会の人たちに知られたら大変でしょ？　そんなにたくさんセックスしたら、いい赤ちゃんが生まれないから、もう少し控えろ、とか、フェラチオするときは下から上に舐めろ、とか言われそうじゃない?」

あけすけな言葉に赤くなり、ぎこちなくうつむいた。初対面にしてはすごい話をするが、欣秋だったら喜びそうな気もする。初めて会ったお見合いの日に手を出してきたのだから。

心臓が痛いし、胃も痛い。頭も痛いし、心はもっと痛い。

「もしかして、欣秋さん、あなたと結婚したいって言った? 彼、少し不誠実なところがあるから気をつけて。誰にでも結婚を匂わせて、セックスだけして、合わなかったって言って捨てるの。相手の女性がかわいそうでしょって怒ったら、彼女たちは喜んでるって開き直るのよ。そんなバカな女性はいないって思うんだけど……」

はい……、と消え入りそうな返事をする。何に対する「はい」か自分でもよくわからない。

どんどん心が痛くなる。

「彼、いま庫裏で休んでるわ。葬儀の準備で忙しいから、おはぎの差し入れだけして帰るところ。彼、外側にきなこがついていて、中に粒あんが入ったおはぎが大好物なの。食事代わりにもなるしね。私が作ったのが一番おいしいって」

美女は手にしていた赤い花柄のミニバッグを仄香に見せた。からであることを示すため軽く振る。外側にきなこがついたおはぎなど、作ったことはおろか見たこともない。

「欣秋さんに私の話はしないでね。あなたに知られたってわかったら怒られちゃう」

かろうじて「はい……」と答えると、美女は「じゃあ」と言い、仄香のそばをすり抜けた。山門を出る間際、こちらを振り返り、本堂に向かって合掌する。離れた場所にいる仄香と目が合い、口角を上げて共犯者めいた笑みを作った。

美女は軽やかにスカートを翻し、山門から出て行った。

陽光が頭上から仄香を突き刺し、顔が上げられず、石畳を見る。吐きそうだ。

仄香は左手首にはめた輪ゴムを久しぶりにパチパチ弾いた。欣秋のもとに行くつもりだったが、「いま庫裏で休んでる」という美女の言葉が頭をめぐる。

仄香は宿坊に戻って客室に倒れ込んだ。涙が出た。あの女性の言葉だけで判断してはならない。フォルダーに大量の画像があったし、美女が本堂に入ったのに誰も来ていないと嘘をついたが、欣秋の口からそれ以上のことは聞かされていない。

大体、初対面の相手にあんなことを言うものだろうか。これまで恋愛とは無縁だったし、その分、嫉妬されることもなかった。あんな牽制(けんせい)は初めてだ。

牽制だよね、と畳の上で仰向けになる。

自分みたいなイケてない非モテを牽制することもないだろうに。しかも、可愛らしいと言ってくれた。仄香は欣秋の好みのタイプだそうだ。

喜んでどうする。

あんな美女に牽制されるぐらいだから自分はそれなりなのだ、とポジティブに考える。皇華だったら「仄香ちゃんみたいな顔面偏差値底辺の女とやりたがる男の人なんかいないよね」とでも言っただろう。

自分の想像に打ちのめされ、更に深く畳に沈んだ。

あんな美人が近所に住んでいて、欣秋となんらかの接点があれば、間違いなく噂になっている。少なくとも近所に住んでいるわけではない。駐車場に知らない車はなかったから、少し離れたところに車を置いたか、タクシーで来たのだろう。

どこでどう知り合ったのかわからないが、いまどきは出会い系アプリがある。六年とちょっと前、仄香はまーくんをナンパし、玉砕したが、あれはスマホがなかったからだ。

欣秋と美女が内緒にしないといけない関係だとすれば、理由はあの画像にちがいない。住職業は門徒との信頼関係で成り立っている。昔ながらの価値感が幅をきかせる地域で、あんな画像を撮っていることがバレたら、解任されるかもしれない。

やはり趣味友だろうか。

自分のやましい道楽を隠すため、地味な仄香と結婚し、表では普通の生活を送りながら、こっそり美女と裏の生活を楽しむ、とか。

もしくは、正式な恋人や妻にはああいうことを要求するのかもしれない。

だったら、いずれ仄香にも要求することになるが、どうがんばってもあんなきれいな画像にはならないだろう。おのれの貧相さが恨めしくて仕方ない。

半年後に結婚するのが事実なら、仄香のなすべきは、何も知らないふりをして欣秋との関係を続けるか、欣秋を問いつめるかのどちらかだ。

問いつめれば、欣秋との関係が壊れるかもしれない。

仄香の存在は婦人会の女性陣が認めている。美女とは秘密の関係。

立場としては仄香の方が強い……、はずだ。

そんなんで嬉しいか？　と自問自答する。——嬉しい。

欣秋と出会って、まだ三日。すべてを知るには、あまりに短い。

仄香は左手首の輪ゴムをパチパチと弾き、せわしない不安をやりすごした。まーくんの輪ゴムはすごい、と改めて感心する。

まーくんは今頃花の配達だろうか。彼はこの地に根付き、人生をすごすのか。

妄想の、そのまた妄想ではあるが、まーくんとどうにかなるなら、欣秋と結婚する場合と同じく仕事をやめ、福井に住まねばならないだろう。

まーくんの家業は花屋だし、結婚すれば一緒に花屋を営むことになる気がする。

待て待て、と慌てて自分を引き止めた。ありもしない妄想に時間を費やしている場合ではない。

まーくんと会った和食レストランに行こう。再会したからといって仄香の状況が変わるわけではないが、まーくんが以前のとおりなら仄香の相談に乗ってくれるかもしれない。

見合い相手の趣味に問題があるようなんです、と。

まーくんならなんと答えるだろうか。見合い相手のこと、どう思ってるの？　好きじゃないなら、私にはもったいないです、と言って断ればいいし、少しでも好きな気持ちがあるなら——。

ずきずきと心が痛む。初めて感じる苦痛に息苦しさを覚えながら荷造りをしようとしたとき、宿坊のドアが開く音がした。

スリッパを履いた足音が近づき、仄香の客室のドアが控え目に叩かれる。

「仄香さん、いいですか」

心臓が飛び跳ねた。仄香はボストンバッグの前に座ったままドアに向き直り、力なく「どうぞ」と言った。

失礼します、という声とともにドアが開き、欣秋が顔をのぞかせた。つい笑みがこぼれるが、あの美女が欣秋に寄り添う姿が脳裏に浮かび上がり、たえられない。

「もう帰ってこられたんですね」

「はい」

「何かありましたか」

「いいえ」

欣秋はドアノブをつかみ、弱り切ってうつむく仄香をのぞき込んだ。

「境内で誰かと会いましたか」

「いいえ……」

仄香の様子をうかがうが、それ以上は追及せず、手に持った紙袋を軽く掲げ、仄香に見せた。

「兄の和菓子屋で一番人気の羽二重餅です。仄香さんが寺に来る前に買っておきました。一緒に食べませんか。法話を考えてたせいで脳が糖分を欲してまして。それか、おみやげに持って帰りますか？」

「朝食のあと、ずっと糖分を補給されてらっしゃるんですか？」

余裕のある女のふりをして、何も訊かないつもりだったが、余裕はないので訊いてみる。

「朝食のあとは何も食べてません。これが最初の糖分です」

「欣秋さんの大好物ってなんですか？　差し入れを買ってこようかと思ったんですが、何がいいのかわからなくて……」

「差し入れは何でも嬉しいですが、大好物はおはぎです。外にきなこがついていて、中に粒あんが入っているのが特に好きです。何かありましたか？」

欣秋が、弱った仄香に目を凝らす。そんな風に優しい言葉をかけないでほしい。優しくされれば、自分に都合のいい方向に話を進めてしまう。

さっき会った美女の様子からして、欣秋が嫌がる女性に暴力を振るったわけではなさそうだから、ぎりぎりセーフ、とか。

何がセーフか自分でもわからない。

「仕事で東京に帰らないといけなくなりました。残念ですが、もう行きます……」

どうせ午後には東京に向けて出発しないといけないし、寺にいることができたとしても数時間だ。

欣秋から目をそらし、ボストンバッグを見ていると、欣秋は驚きのこもった声を出した。

「いますぐですか？　いますぐ？」

あとちょっとぐらいよくない？　と言うようにドアの隙間から仄香を見る。左耳にイヤホンをさしたままだ。いますぐ帰ります……、と仄香は気力を失った声で答えた。

「じゃあ、駅まで送り……、――はい、私です。いまトイレの最中です。失礼します」

欣秋の胸ポケットでスマートフォンの着信音が鳴り、通話に出た、と思った次の瞬間、迷いなく切った。

「いまの、ご遺族ですよね……。電話を切って大丈夫ですか……？　というより、お通夜の準備で忙しいです、とか言う方がよくなかったですか？　普通、トイレで電話に出ても、いまトイレです、とは言わないと思うんですが……」

「確かに。次からそうします」

欣秋は冷静さの中に微妙な後悔を滲ませ、改めて言った。

「駅まで送ります。いまトイレなんで」

反論を許さない言葉。トイレだったら仕方ない。

仄香は嬉しいのか悲しいのかわからないまま「ありがとうございます」と頭を下げた。

＊

ボストンバッグを適当に整理し、欣秋の黒いＳＵＶ車に乗り込む。祖母の葬儀でちらりと見たが、乗るのは初めてだ。車内はわずかにお香の香りがし、塵一つない。

座るのは後ろがいいですかね、と欣秋が言う。両親のことを香奈恵伯母から聞いて知っているのだろう。声音に変化はないが、仄香を気遣っているのがわかる。

母は助手席で死んだ。

自分も連れて行ってくれたらよかったのに、と何度も思ったが、あのとき父の運転する車に乗っていたら、仄香は後部座席にいたろうし、一人だけ生き残った可能性が高い。

仄香は、ここでいいです、と答え、ボストンバッグを抱えて助手席に座った。

欣秋のそばにいたい。少しでも近くに。

「大きい駅にしますね。その方が本数が多いので」

はい、と頷く。SUV車がするりと駐車場を出て県道に入った。婦人会の女性陣と同じくらい滑らかなハンドルさばきだが、婦人会の女性陣と違って法定速度をきっちり守る。

好きな気持ちが一つずつ積み上がる。交通法規を守る人は好きだ。

というより大好きだ。

先ほど妄想のまーくんは、仄香になんと言ったっけ。少しでも好きな気持ちがあるなら、訊きたいことは勇気を出して訊きなさい……。

「東京では今回みたいなことはありませんので安心してください。ちゃんと接待させていただきます」

「接待は私がするのかと」

「確かに」

会話が盛り上がらない。窓の外では太陽が厳しく燃えている。あ……、と思い出す。

妄想しすぎて現実を忘れるところだった。

「すいません、私、行くところがあるので、そっちに出やすい駅で降ろしていただけますか」

欣秋が「どちらですか」と強引さを含んだ声音になる。

「駅のまわりをぶらぶらしたいんです。昔行ったことのある駅で、どう変わってるか見たくて……」

「送りますよ。そこなら行動圏内ですし、行って帰るだけなら平気です」

ありがとうございます、と気怠く返す。欣秋はちらりと仄香を見た。

欣秋の胸ポケットでまたスマートフォンが鳴った。赤信号で車を止め、スマホを出して着信の相手を確認する。失礼します、ちょっとだけ、と仄香に謝罪してから、イヤホンを右耳にさし、画面をスワイプして、「入澤です。はい、私です」と電話に出た。

遺族の相手をおろそかにして、住職を解任されるわけにはいかない。

スマホをハンドルの隣に備え付けられたホルダーに立て、「お母様のご様子はどうですか。ああ、はい。いえ、こういうときだから仕方ありません」と話し出す。亡くなった男性の子どものようだ。確か母を責めていたのだっけか。

「誰だって、目の前の相手に怒りをぶつけてしまうときはありますよ。少し落ち着いてから、お母様に謝罪なさればいいと思います。みんな間違いは犯しますから」

どうやら後悔しているらしい。家族というものはこうやって仲直りするのだな、と思う。

仄香は家族を知らない……。

ふいに欣秋の声音が変わった。妙に楽しそうなものに。

「ええ、まあ。あ、いや……、お見合いっていうか、紹介ですよ。まあ、お見合いでもいいんですが。ええ、ありがたくも――。うまくいきました、はい。実はいま隣にいるんですよ。仕事が入って東京に帰ることになったんで、駅まで送っていくところです」

仄香の右耳が大きくなる。聞いていないふりをするものの、自然と肩が欣秋に傾く。

「はは、バレましたか？　ええ、トイレは嘘です。彼女にも指摘されました。お通夜の準備にしろって。すいません、こんなときに。いやいやいや。はっはっはっ」

窓の景色に見入っているふりをするが、閉ざされた車内で声が聞こえないはずはない。

欣秋はいま「彼女」と言った。「girlfriend」の意ではなく、三人称の「she」かもしれないが、「彼女」と言った。

そして仄香の話を楽しそうにしている。父を亡くしたばかりの遺族と。

いいのだろうか……。

「いや、それはないですよ。お母様にも言いましたが、天命ですから。はい、ええ」

突然、声が引き締まる。言葉の内容から予想するに相手が「もうちょっと早く死ぬか、もうちょっと遅く死んでくれた方がよかったですね」と言ったのだろう。

「まだ決まったばっかりなので、あんまり話すことはないんです。いや、ほんとですよ。じゃあ、そのぐらいの時間に。お母様によろしくお伝えください。はい、失礼します」

欣秋がスマホをタップし、通話を切った。ブレーキを踏み、赤信号でゆっくり止まる。

仄香は正面に向き直り、ボストンバッグを抱え直した。

気まずい沈黙が広がった。気まずいのに気分は上昇する。さっきまでの苦痛が嘘のようだ。どちらかが口を開かねばならない。仄香が先でいいだろうか。

「欣秋さん、笑ってましたね」

仄香が言うと、欣秋が「はい」と素直に頷いた。

「笑ってしまいました。でも向こうも笑ってましたし」

仄香に何をどう説明するか悩む気配。また仄香が訊いた。

「さっき……、私のこと、『彼女』っておっしゃってましたね。私……、欣秋さん、の、彼女……、で、いいんでしょうか……」

小さな声が、たどたどしくとぎれてしまう。緊張で心臓が爆発しそうだ。

「私はそのつもりだったんですが……、違いますか？　違うんだったら、まあ、『casual relationship』ってことで構いません。私の認識は違いますが」

欣秋が、英語に慣れていなければ聞き取れないレベルのきっちりしたアメリカ英語発音で言い、仄香は即座に反応した。

「違いません！　彼女でいいです！『casual』じゃないですっ」

「casual relationship」はカジュアルな関係、――つまり、セックスだけのあっさりした関係、という意味だ。なぜここで英語が出てくるのかわからないが、兄だけではなく、欣秋もそれなりに語学力があるのかもしれない。

欣秋は「よかった」と安堵し、仄香の中にほわほわとした喜びが漂った。

一緒にいたいし、欣秋を見ていたい。声が聞きたいし、「彼女」でいたい。

欣秋に惹かれている自分がはっきりとそこにいる。

仄香は、ほんわかした幸せに浸りながら口を開いた。

「お見合いのこと……、なんでご存じだったんですか？」

「婦人会の人たちが触れ回ってるんですよ。さすがに父を失ったばかりのご遺族に話すとは思いませんでした。お通夜のあと絶対訊かれますよね。今日、うちに帰れるかな……」

「あしたもありますって言って帰る、とか」

「あした訊かれますね」

「ですね」

「あんなにべらべら話してよかったんでしょうか」

「ふられたら婦人会の人たちのせいにします。姑があんなにたくさんいたら、誰だって断りたくなりますから」

「私がふられたら……」

「それはありえません」

憂鬱がどんどん晴れていく。頭にはあの美女がこびりついているというのに。

妄想のまーくんは訊きたいことは訊け、と言った。

仄香は訊かねばならない。大事なことを……。

「私……、欣秋さんにお訊きしたいことがあるんですが……」

「どうぞ」

なけなしの勇気を簡単にキャッチする。仄香は限界を突破しそうな緊張の中で質問した。

「私と欣秋さんは、……半年後に結婚するんでしょうか」

鼓動が和太鼓のように鳴り響く。過呼吸で倒れそうだ。欣秋がしばしの間沈黙した。

当たり前でしょう、お見合いですよ、と答えるかと思ったが。

「半年後っていくらなんでも早すぎないですか？　仄香さんは結婚願望が強い方ですか。

二五歳までには結婚したい、とか」

「結婚願望というか……、婦人会のみなさんに言われました……。お見合いでOKしたら

半年後にはもう結婚って……」

結婚願望はない、と答えれば、次に行かれるかもしれないし、かといって、ありまくり、

とも言えず、微妙に濁す。

「それは昔の話です。『おつきあい』という概念がなかった戦後まもなくの動乱期。結婚

が前提としても、私の中ではまず普通のおつきあいをする予定だったのですが、仄香さん

が嫌なら……」

「嫌じゃありません！　おつきあいでいいです！」

欣秋が「安心しました」と微笑んだ。

結婚が前提、という言葉に、ちくりと痛みを覚えるが、半年後に向けて突っ走らないな

ら、まだまだ余裕があるはずだ。欣秋がどう言おうと仄香がふられる未来予想は存在する。

美女のことはまた今度。仄香はそんなにたくさん勇気を持ち合わせていない。

「あ、すいません。ここで降ろしてもらえますか」

駅のまわりを歩いてつらさを紛らわせ、気力が戻ったらまーくんと出会った和食レストランに行こうと思っていたが、気力は十分湧いた。

まーくんに、先ほどは勇気を出せと鼓舞してくださってありがとうございます、と言った方がいいだろうか。

さすがにそれは不審すぎるから、妄想のお礼は妄想の中でしよう。

「ここは、私が仄香さんを連れてこようと思った場所です。何かあるんですか」

欣秋がレストランの手前にある駐車場のそばに車をつけ、ドアロックを解除した。

そう言えば、和食レストランに行こうと思ったけど、女性陣がもてなしたいと言った、と話していた。カジュアルとフォーマルをほどよくまぜた店だから、仲人のいないお見合いにはちょうどいいかもしれない。

「昔、来たことがあって、お店の人にお世話になったので、そのお礼をと思って」

「待ってましょうか？　駅まで歩くには遠いでしょう」

「このところ運動してないので、がんばって歩きます」

欣秋が名残惜しそうに「わかりました」と言い、仄香はドアを開けた。

「しまった！　ちょっと待ってください」

シートから腰を浮かしかけたとき、背後から声がかかり、振り返ったのと同時に首の後ろに手の平があてがわれ、力強く引き寄せられた。

欣秋が運転席から上体を伸ばし、仄香に覆いかぶさるように唇が重なった。

一瞬、逃げようとしたが、大きな手の平に遮ぎられ、身動きができない。仄香が怯えている間にぬるりと舌が入ってきた。唇がこすれ、甘美な交わりに満たされる。

「彼女」だったら、こういうことをしていいのだ。

お見合いで知り合ったとしても、恋があり、愛がある。

だが、どちらもまだ仄香には縁遠い。「彼女」になったはずなのに。

画像の美女がまざまざと浮かんだ。欣秋はあの美女にも「彼女」と言い、こんなことをするのだろうか……。

苦痛と快楽が全身を苛み、倒れそうになる直前で欣秋が仄香を解放した。

「すぐ連絡しますよ。私のことを忘れないで」

「忘れません」

「どうでしょう」

欣秋が不穏な声を発し、仄香はドアを閉めて車から離れた。

欣秋が姿勢を正して合掌する。仄香も合掌し、窓を隔てた欣秋と笑みを交わした。

欣秋が軽く手を振ってから車を発進させ、仄香は手を振り続けた。

＊

閑散とした県道を見て興奮を冷まし、顔の火照りを取っていく。

仄香が立っているのは、六年とちょっと前、まーくんと出会った思い出の場所だ。

予定では一人でまーくんの記憶に浸るはずだったのに、いまの仄香には「彼氏」がいる。自分に彼氏ができるなんてそんなバカな、と思うも、欣秋が仄香を「彼女」と呼び、仄香が「彼女でいい」と答えたからには、仄香は欣秋の「彼女」で、欣秋は仄香の「彼氏」だ。

恋活アプリが跋扈するいま、「彼女」「彼氏」の関係はさほど堅固ではないかもしれないが、でも、仄香は「彼女」で、欣秋は「彼氏」だ。浮かれるのは仕方ない。

仄香は愛撫の余韻にしみじみと浸り、「彼女」という言葉にうっとりしたあと、欲望を振り捨ててレストランに入った。ちょうど開店したばかりで、客は一組もおらず、案内に出てきた若い女性に「このレストランに花をおろしているお店を教えていただけますか」と声をかけると、和服を着た年配の女性が現れた。

「六年前、ここに来たとき、きれいな花を飾ってらっしゃったので、うちもお願いできないかと思いまして……。いまも同じお花屋さんでしょうか」

女将らしき女性は「ええ、そうですよ」と答え、いったん店の奥に引っ込み、領収書を取ってきた。

「ここです」

仄香はショルダーバッグからメモ帳を出し、領収書に記された花屋の名前と電話番号、住所を書きとめた。花屋の名前は「お花や」だ。住所は、途中まで欣秋の寺と同じ。もしかして寺の花はお花やさんに頼んでいるのかもしれない。

「お花やさんに四〇代か五〇代前半の男性はいらっしゃいますか。六年前、少し年上の女性と配達なさってたと思うんですが」

「多分弟さんじゃないかしら。本職はウェブデザイナーで、お姉さん夫婦のお店が忙しいときに花屋の仕事を手伝っているんです。前に配達に来たとき、天命を知ったけどまだ結婚できないっておっしゃってました」

「天命を知る」というのは五〇歳になったということだ。「五〇にして天命を知る」というやつだろう。年齢も合っている。

まーくんの名を呼んだ女性は、妻ではなく、姉らしい。欣秋とお見合いをする前だったらバンザイでもしたかもしれないが、いまは複雑な感情が漂った。

喜ぶのは浮気をしている気がする。けれど、喜びは止められない……。

仄香は心苦しさを脇に追いやり、質問した。

「お花やさんの弟さんのお名前は……、わかりますか」

「なんだったかしら。お花やさんとしか呼ばないから。電話して訊きましょうか?」

「いえ、大丈夫です! 自分で電話します」

慌てて断る。いままーくんに会うのは欣秋に対してさすがに不誠実だ。

欣秋の「彼女」になった以上、このあたりにはまた来るだろうし、もう少し欣秋との関係が深まれば、まーくんの話をし、二人でお花やに行こう。

結婚できない、と嘆いている人に、「結婚を前提にした彼氏もできました」と言うのは酷な気がするため、欣秋には車の中で待ってもらう方がいいかもしれない。

「このあたりに若い女性はあんまりいないから、お嬢さんが行ったら喜びますよ」

女性は親切に言い、仄香は苦笑しながら、ありがとうございました、と頭を下げた。

4章　今日の目標「いたす。」

欣秋が東京に来ることになったのは、仄香が帰京した日の翌週の火曜日だった。

享年九〇歳の男性の初七日の法要をおえたあとになる。サマリーを作った月曜日はぶじ出勤扱いとなり、いまのところ夏期休暇は五日間丸々残っていた。

欣秋は、朝のお勤めのあと東京に来るため、午後に友人が転職したという不動産屋で直接会うことになった。

東京に帰ると、欣秋とすごしたわずかな時間が職場でもマンションでも仄香の中に浮かんでは消えた。別れ際の甘美なキス。一度も参加していないお勤めの声。端麗な微笑み。

だが、たゆたうような幸せに濃い不安が交ざっている。

仄香の人生に結婚するという選択肢はない。結婚すれば海外赴任ができなくなる。欣秋との出会いは香奈恵伯母の仲介によるから、今後、香奈恵伯母との関係は密にものになるだろうし、皇華一家とも引き続きつながりを持つことになる。

結婚する気がないなら、欣秋に言わねばならない。

彼は結婚し、仄香とともに寺を守り、あととりを作る未来を望んでいる。

美女の笑みが眼前をよぎった。直後、淫らな画像が蘇る。あの美女はなんなのか。

気になるなら、欣秋に訊けばいい。正直に答えてくれるかどうかわからないが、返答によって判断の材料は増えることになる。

「ただの趣味友です」とか？　だが、彼女は欣秋と婚姻届を出すと言っていた。なら、「私は、結婚は複数の女性とする主義です。仄香さんとは事実婚、あの女性は法律婚」とか。

重いため息。一人で考えても納得のいく答えは見つからない。

納骨堂のこともある。

納骨堂を建てるには門徒の議決が必要で、かつ都道府県知事または市長の許可がいる。欣秋が相当景気がいいなら、納骨堂とは関係なく、愛の力で祖母の家を残してくれるかもしれないが、まず本当に景気がいいのか気になるところだ。

仕事、花立、家事……、考えることは山ほどある。

が、半年後に結婚するわけではなく、いまはおつきあいの期間なら、考えるべきは結婚と結婚後の人生ではなく、目の前のデートだ！

東京に戻ってから、欣秋とは事務的なメッセージのやりとりをするだけだったが、些細な言葉が楽しくてたまらず、早く会いたくて仕方ない。

仄香が人生初のデートプランに悩んでいると、欣秋から友人が勤める不動産屋のURLが送られてきた。URLをタップし、げっ、と叫ぶ。

皇華の父、つまりは叔父の勤める不動産会社だ。

仄香の父母が亡くなり、皇華一家とついでに仄香が新築マンションに引っ越してほどなく、叔父は会社をやめて友人たちと設計事務所を立ち上げたが、気がつけば、知人の紹介でいまの会社に再就職していた。

それなりに知名度のある大手企業で、不動産事業に手を出そうと思えば選択肢の一つに入るのは不思議ではないが、こんなところでつながるとは思わなかった。

どんよりと気分が重くなる。

欣秋の友人の所属部署は、叔父の部署とは違うから会うことはないと思いたい。

運悪く廊下ですれ違っても、お辞儀をすればそれですむ。

問題は皇華だ。

皇華は私立の女子大学を卒業したのち、カリフォルニアに一年間語学留学をし、帰国してから叔父の紹介で総務部長秘書の職に就いた。

新築マンションを購入しただけではなく、設計事務所を立ち上げ、娘を私立の高校、大学に進学させ、さらには一年間カリフォルニアに留学させ、一番値段が上がる時期に家族三人でハワイかグアム旅行を楽しむのは、さすがに驚くばかりだ。

が、金食い虫の仄香がいるからビジネスジェットを購入できない、と言われては困るため、ちょっとぐらいは分けてほしい、と思ったことは一度もない。

欣秋の友人がいるのは、皇華のいる総務部とも異なっている。秘書が総務部長室を長々と離れるわけにはいかないだろうから出くわすことはないはずだ。

仄香は、大丈夫、大丈夫、と言い聞かせ、欣秋に「では、現地で」と打ち、部屋の掃除に精を出した。

＊＊＊

当日の火曜日は午前中だけ出社し、午後と翌日の水曜日に夏期休暇を取った。

普段より早く起きて、ライトグレーのブラウスに、ミモレ丈の黒いフレアスカートを合わせ、珍しく口紅をつける。昼休みになり、オフィスを出ると、灼熱(しゃくねつ)の陽光が降り注いだ。

何もかもが朗らかだ。

適当にランチをとり、ＪＲに乗って不動産会社の最寄り駅で降り、太陽の照り返しに顔をしかめながら、ランチタイムがすぎたオフィス街を歩いていく。

欣秋の友人と、ついでに叔父と皇華が勤める不動産会社はすぐに見つかった。

規模は大きいが、建物は古く、同じビル内に旅行会社や歯医者、スポーツジムが入っている。自社ビルを改築したというから、こちらは仮住まいといったところだろう。

仮住まいには嫌な記憶しかない。

自動ドアを抜け、広いエントランスホールに入ると、空調が酷暑を追いやり、浮いた汗が引いていった。受付に座る華やかな化粧をした女性のもとに行って、自分の名前を名乗ってから欣秋の友人の名を出した。

「不動産開発部プロジェクト企画室の汐見（しおみ）大成（たいせい）さんはいらっしゃいますか」

汐見大成氏は、欣秋と高校生のときからの友人で、年齢は同じ三一歳。叔父が課長職だから、主任か、せいぜい係長だろう。

受付の女性は「あちらのエレベーターで一一階にどうぞ。エレベーターを降りたところに総務課がありますので、そちらでお声をおかけください」と来客用のゲートを開け、仄香は「ありがとうございます」と礼を言い、広いエレベーターに乗り込んだ。

総務課という部署名にどきどきするが、会社のサイトによると皇華が働く総務部は八階。仄香が目指すのは不動産開発部の総務課だから、そこまで気に病むことはない。

到着音とともにエレベーターのドアが開き、廊下を挟んだ正面のドアの上に「総務課」というプレートがあった。

わずかに開いたドアからのぞくと、カウンターの奥にいた女性が立ち上がり、廊下に出てきて「村木様ですね。どうぞご案内いたします」と仄香の先に立って進んだ。

受付といい、ことといい、ずいぶん教育が行き届いている。

仄香は一分の隙もなくメイクをした女性についていき、緊張とともに口を開いた。

「すいません、あの……、総務部長秘書の村木皇華、……さんをご存じですか」

係長クラスの客を把握しているのだったら総務部長秘書のもとに仄香の情報が流れるかもしれない。油断して総務部長室に呼び出される前に動向を把握しておかねば。

女性は少し考え、思い出した、という顔をした。

「郵便の仕分けの女性ですね」

ん？　と首をひねる。確か皇華は海外から来たクライアントの対応をしているはずだ。

「うちの会社は部長には秘書はつかないんです。総務部だったら郵便の仕分けをするアルバイトが来客のお茶出しや部長室のゴミ出しをします」

女性は予想外の事実を丁寧に説明した。なるほどと納得する。郵便の仕分けは大切だ。

「仕事の邪魔をしたくないので、私が来たことは言わないでいただけますか」

「了解しました」

名字が同じということに気づいたのだろう、女性は、わけありですね、わかりました！と言うように力強く頷いた。

廊下の突き当たりで足を止め、失礼します、と軽くドアをノックする。ドアガラスに「プロジェクト企画室」という白い文字があった。

室内から「どうぞ」という声がし、女性がドアを開いて、「村木様がいらっしゃいました」と告げる。「通して」という命令に慣れた言葉に、総務課の女性が脇に寄った。

仄香は「ありがとうございました」と頭を下げ、女性の前を通って室内に足を踏み入れた。だだっ広い部屋の中央に応接セットが置いてあり、左手に事務用デスクがすえられ、その後ろに青々とした観葉植物が並んでいる。事務用デスクにプレートが立てられ、「プロジェクト企画室長　汐見大成」と記されていた。どうやら主任でも係長でもないようだ。受付の女性と総務課員が仄香の来訪を知っていたのは、大成がそれなりの地位にあるからにちがいない。

応接セットのソファにスーツ姿の男性が二人向かい合わせに座っていた。

場所を間違えたろうか。欣秋はどこだろう。

ドアのそばでおろおろしていると、「仄香さん、こっち」と窓際の席から聞き慣れた美声が響いた。ネクタイはせず、白いシャツの襟を立て、ネイビーのスーツを着た男性が座っている。オフィスビルには珍しいスキンヘッドを見てほっとした。欣秋だ。今日も黒い紗の間衣だと思ったのにスーツ。しかも、格好いい。スーツとスキンヘッドは、実は相性がいいのか。欣秋の向かい側にいた男性が立ち上がり、仄香の瞳をまっすぐ見て、「汐見大成です。よろしくお願いします」と挨拶した。

身長は欣秋よりやや低いが、その分がっしりした体つきで、紺色のベストと半袖の青いシャツ、濃いブラウンのネクタイが、自信に満ちた雰囲気にぴったりだ。欣秋ほどではないが、容貌は整っていて、微妙に押しつけがましい男らしさがある。苦手なタイプだ。仄香のようなイケてない女は眼中にない感じ……、と偏見にまみれた想像をする。仄香は気圧(けお)され気味に「村木仄香です。よろしくお願いします」と挨拶し、欣秋が自分の隣を叩いた。

仄香は安堵の笑みを浮かべ、欣秋の隣に腰を下ろした。柔らかいソファに体が沈み、のけぞりそうになったが、かろうじて持ちこたえる。

欣秋を間近に感じ、心地よさが広がった。

「今日はお坊さんスタイルじゃないんですね」

「坊主の仕事じゃないですから」

欣秋が仄香を見つめ、仄香は欣秋の視線を正面から受け止めた。

福井から東京に戻って八日しか経っていないのにずいぶん長い間欣秋と離れていた気がする。寂しさで削られた心が、欣秋の笑顔で満たされていく。

いま自分は途方もなく幸せだ。

「もうお話はおわったんですか。その……、土地と建物の……」

「納骨堂の」とは訊けず、語尾が小さくなる。欣秋はにこやかに答えた。

「転職したばっかりでわからない、と言われました。担当部署を教えてもらって終了です。今度仄香さんに会いがてら、また来ます」

えへへ、と小さく喜ぶ。次に必ず会えるのが「彼女」の特典だ。大成が口を開いた。

「俺は海外の販路拡大のために呼ばれたから、日本国内のことはよく知らないんだよ。それに今日の目的はお前の彼女に会うことだからな」

欣秋が「ぼくの彼女に無礼なまねはしないでよね」と返した。

欣秋の一人称は「ぼく」なんだな、と記憶に刻み、会話の内容に緊張する。欣秋の彼女にふさわしいかどうか査定されるのだろうか。

仄香が気後れしていると、大成は気さくに微笑んだ。

「シュウが、彼女ができたって言うから、紹介しろってしつこくせがんだんです。こいつの彼女、ろくでもない女性が多いから、今回もどれだけろくでもないんだと思ってたら、まともで驚きました」

大成が口にした「シュウ」は、「欣秋」の「シュウ」だろう。

褒められているのかどうかよくわからないが、褒められていると考えていいはずだ。

過去の女性の話が出てきて、心臓が苦しくなる。

欣秋は三一歳。過去に誰かがいて当然だ。

「ろくでもないってどんな方ですか……」

探るように質問すると、大成ではなく、欣秋が答えた。

「大成君に言い寄るとか、私が寝ているすきに私の全裸写真を撮ってSNSにアップするとか、女友達に私を高額で貸し出すとか……」

「そ……、それはろくでもないですね」

想像していなかったろくでもなさだ。確かにそんな女性たちと比べたら、仄香はまともな方だろう。

福井で会った美女が眼前で瞬いた。画像を見るかぎりまともとは思えないが、もし彼女がまともでないなら、画像をフォルダーに保存する欣秋もまともではないことになる。

相手が欣秋なら、まともでなくてもかまわない、と考えてしまうも、まともではない女性とまともではない関係を築いているなら、そう簡単にはわりきれない。

欣秋が仄香の懸念を無視して言った。

「相手がいないときに告白されると、まあ、いいかな、と思ってつきあっちゃうんだよね。そうすると大体ろくでもないんだよ。やっぱ自分からちゃんと好きにならないとだめですよね」

欣秋が仄香に優しい目を向け、しつこい不安が薄まった。大成が提案した。

「そうだ。今日、自社ビルの改築記念パーティーがあるんだよ。要は宣伝なんだけど、海外基準とやらでパートナー同伴ＯＫなんだよね。せっかくだから二人で来ないか？」

壁にかかった時計を見ると、いい時間だ。このあとは、欣秋と二人で東京デートの予定だが、店を予約しているわけではない。欣秋が屈託なく訊いた。

「高くておいしいもの、出る？　残ったやつは弁当箱に入れて、持って帰っていい？」

「まずくはないよ。ただ、食品ロスを出さないようにするのも目標の一つだから食べ物は残らないと思う。飲み食いするだけでいいんだけど。しょせん職場のパーティーだから、その格好で十分だし。――だめですか?」

大成が仄香をうかがった。欣秋の友人によくできた彼女だと思われたいから、なるべく出席したいが、この会社には叔父と皇華がいる。

叔父は間違いなく出席。皇華はバイトだから来ないと思いたいが、「party」という華やかな語感を皇華が見逃すはずがない。

香奈恵伯母の仲介でお見合いした以上、欣秋は皇華一家といずれどこかで会うことになる。だったら、逃げ場のある広いパーティー会場がいい。

叔父は上司の相手をしないといけないだろうし、皇華だって仄香にいじわるするより若手エリート男性社員と親交を深めたいはずだ。

仄香は悩みを振り切り、大成に「では、お願いします」と言った。

大成が即座にデスクに行き、白電話の受話器を取った。――プロジェクト企画室の汐見です。パーティーの出席者を二名追加してください。私の昔からの友人と、彼のパートナーです。名前は入澤……。

「名前、なんだっけ」

大成が受話器を耳から外し、欣秋に訊いた。欣秋が「欣秋だよ。こういう字」と宙に字を書く。高校時代からずっと「シュウ」と呼んでいたため名前を忘れたのだろう。

大成が仄香に目を向け、仄香は「村木仄香です。こういう字です」と宙に字を書いた。

大成は「これでノルマが果たせる」と冗談めかして言い、ソファに戻ってきた。

ふと廊下から二人分の靴音が近づき、ドアの前で止まった。

控え目なノックの音がし、「失礼いたします」と声がかかる。

大成が「はい」と答えると、先ほど仄香を案内した女性が現れた。

「お話し中、申し訳ございません。法務部に新しく着任した法律事務所の担当者がご挨拶いたしたいとのことです。お断りしましょうか」

「挨拶だけだろうし、通して」

ふいに仄香の胸元を不健全な冷たさが通りすぎた。冷房に長くあたりすぎたのだろうか。

女性がドアノブを持ったままいったん引っ込み、近くにいる人物に何か話した。

黒いスーツの襟に金色のバッジをつけた男性が、挨拶にしては大きな声で「失礼いたします」と言い、室内に入ってきた。

ぞわりと、仄香の右手の甲に芋虫が這うような気味の悪さがやってきた。

仄香は自分でも気づかないうちに左手首にはめた輪ゴムを右手の指で弾いていた。

「このたび法律担当として着任いたしました二之宮学志と申します。よろしくお願いいたします」

男性と大成が名刺を交換する。

男性が室内に響く「パチン、パチン」という音に気づき、仄香に目を向けた。

「仄香、なんでここに……」

男性の声に驚きが滲む。身長は大成と同じぐらいで、細身だが、スポーツジムにこまめに通っていることがわかる。整った容貌は人目を引くのに十分だ。仄香以外のほとんどは、彼の笑みに誠実さを感じるにちがいない。

仄香は顎の動きだけで挨拶し、大成が仄香と学志を交互に見た。

「お知り合いですか？」

「小学生のときからの幼なじみです。彼女が大学に入ってからあまり会わなくなりましたが、受験のときは、よくぼくのところに勉強を教わりに来てました。——な、仄香！」

大成にアピールするように仄香に不自然なほど親しげな声をかけた。

仄香は輪ゴムを強く弾き、うつむいたきり、顔を上げることができなかった。

＊＊＊

学志と初めて会ったのは、仄香と皇華が九歳、学志が一二歳のときだ。

皇華一家が仄香を引き連れて引っ越した新築マンションの近所に学志一家が住んでいた。学志の父は弁護士で、東京大学法学部在学中に親しくなった友人と共同で法律事務所を経営し、一人息子の学志も同じ道を志して中学受験の真っ最中だった。

仄香は、初対面の学志を見て、皇華が「あの黒縁めがね、超キモい」と言ったのを覚えている。

学志は中高一貫の名門男子校に合格し、中学二年生のとき研修旅行先のホテルでクラスメイトたちと女性風呂をのぞきに行って従業員に取り押さえられた。

高校三年生のときは、自宅の窓から望遠鏡を使って近所の女子大学生の着替えをのぞいていたとして、交番勤務員が事情を訊きに来た。

それぞれ「男の子のちょっとしたイタズラ」「女子大学生の勘違い」ですまされた。

学志は順調に東京大学文科一類に合格し、一人暮らしを始め、法学部に進学した。

久しぶりに実家に戻ってきたときには黒縁めがねをコンタクトにし、はやりの服に身を包み、まじめさと爽やかさを兼ね備えた社交的な男性になっていた。

皇華は「学志さん、超カッコいい」と学志にじゃれつき、大学が長期休暇のときは、仮住まいのマンションのダイニングルームで皇華に勉強を教えるようになった。

高校三年生の夏休み――。

仄香は未来の目標に向けて受験勉強に勤しんでいたが、夏期講習がおわると公立高校は休みになり、無料で長居できる場所は一つしかない。仮住まいのマンションには、ありがたくも自分の部屋はあったから電気代のことで文句を言われないよう窓を開けっ放しにし、バイト先の先輩にもらった扇風機をつけて勉強した。

大学三年生の学志は、司法予備試験の合格発表待ちで、手持ちぶさたを解消するため、よく仮住まいのマンションを訪れた。

ある日、皇華がいないときを狙って仄香のもとに来ると、インターフォンのテレビモニター越しに「受験勉強は得意だし、教えてやるよ。東大生の家庭教師ってプレミアだから断ると損だよ」と言った。新学期が始まるまで高校の先生に訊くことはできず、一人でがんばるから大丈夫、と言える状況ではない。

仄香は「じゃあ、プレミア、お願いします」と言い、ドアのロックを解除した。

「ダイニングルームでは集中できない」という学志の言葉に、仕方なく自分の部屋に通し、エアコンを入れ、冷気が逃げないようドアを閉めた。

数学の応用問題を教わっていたとき、ふいに学志が右手で仄香の右の手の平を包み込んだ。左手を仄香の細い左肩に回して強く引き寄せ、仄香の顔に自分の顔を近づけた。

生暖かい息が頬にかかり、吐き気がした。

「皇華なんかよりお前の方がずっといいよ。どうせまだ誰ともしたことがないんだろ」

学志が仄香の右手を握る指に力を込めた。頭が真っ白になり、動くことができなかった。

学志の左手が下方へと動いたとき、ドアが開き、「ただいまー」という皇華の声が聞こえた。即座に学志が立ち上がり、仄香の部屋から出て行った。――来てくれて助かったよ。仄香に勉強教えてくれって頼まれてさ。ちょっといいか……。

皇華に寄生虫と呼ばれたのは、その夜だ。仄香は学志に勉強を教えてくれるよう頼み、ダイニングルームでは集中できないからと自室に入れて学志に迫り、学志が拒絶すると、「レイプされたって言いふらす」と学志を脅した、という。

仄香は皇華に反論することなく、ずっと沈黙していた。

仮住まいのマンションを出て、一人で生きていく勇気はなかったから我慢するしかなかった。

祖父の三回忌の法要はそれからほどなくだ。

せっかくの個室は消臭剤をまき散らすことでなんとかかたえたが、受験勉強に集中できず、結婚するしかないと思いつめていたとき、「まーくん」に出会い、輪ゴムを手渡された。

あのときもらった輪ゴムはどこかに行ったが、仄香の左手首にはいまだ輪ゴムがはまっている――。

＊

仄香は学志から目をそらし、左手首の輪ゴムを弾き続けた。

息がどんどん荒くなり、唇から聞き苦しい呼吸音がもれたとき、右手の甲に温かい力を感じた。欣秋だ。仄香は輪ゴムを弾く指を止めた。

欣秋が仄香の指を自分の指で絡め取り、優しく、強く、心地よく、仄香の苦痛をとかしていく。

仄香は息を深く吸い、ゆっくり吐いた。やがて恐怖が消え、不安がどこかに弾け飛んだ。

欣秋が瞳だけで大成を促し、大成が学志に目を向けた。

「今日はありがとうございました。またよろしくお願いします」

強引に話をおわらせる。これ以上部屋にいることを許さない声だ。

学志は「じゃあ、またな、仄香」とにこやかに言い、頭を下げて廊下に出ると、部屋に向き直ってもう一度礼をし、ドアを閉めた。靴音が遠ざかり、欣秋が口を開いた。

「申し訳ないけどパーティーは欠席するよ。久しぶりの都会で疲れたし。ぼくたちの分、キャンセルして、友達のいないかわいそうな陰キャって思われないかな」

「もう思われてるから平気だよ」

大成は特に不快そうな様子を見せず、欣秋は仄香に視線を戻し、「大丈夫ですか」と訊いた。パーティーをキャンセルするのは仄香のためだということがはっきりわかる。

仄香は欣秋の指を自分から強く握りしめた。欣秋がいれば恐いものはない。

「私は平気です。パーティーに行ってもいいですか。欣秋さんがいいんだったら、ですが」

欣秋は仄香の表情をうかがった。学志が法律担当に着任したばかりなのであればあちこちに顔を売る必要があるし、仄香の相手をする余裕はないはずだ。

「タダメシを食いに行きます。弁当箱は持ってないけど」

仄香の言葉を聞き、欣秋は少しだけ口角を上げた。

「気分が悪くなったらすぐ言ってくださいね」

＊＊＊

大成はまだ仕事が残っていると言って仄香たちのためにハイヤーを呼び、欣秋は床に置いていたボストンバッグを肩にかけ、仄香の手を握りしめた。

帰宅ラッシュにはやや早いが、ハイヤーの車窓から見える車の流れがたえることはなく、厳しい西日が高いビルの隙間から鋭く視界に差し込んでいる。ハイヤーが止まり、車外に出ると、灼熱の空をうがつように真新しいビルが立っていた。ガラス張りの壁面は太陽光パネルが導入されていて、建物の周囲には青々とした濃密な植栽が施されている。

仄香たちは車いすが何台も入れそうなエレベーターに乗り、パーティー会場のある五階に行った。クロークに荷物をあずけて受付で名前を告げ、大きく開かれたドアを通るとバーカウンターがあり、きっちりと化粧をした黒いベストの女性がトレイを持ってシャンパングラスを配っていた。採用基準に容姿が入っている気がする。

端麗な女性は欣秋を視界に入れると、吸い込まれるように近づき、口を半分開いて欣秋にトレイを差し出した。

欣秋はシャンパングラスを受け取り、女性を無視して仄香に視線を向けた。

仄香は自分だけを映す欣秋の瞳に安心し、整った容貌をした黒いベストの男性からシャンパングラスを受け取り、欣秋にぴったり寄り添った。

フロアにはずいぶん人が集まっていた。半数以上が年配の男性で、服装は男女ともスーツがほとんどだ。耳に届く言語は日本語が多いが、ごくたまに英語や中国語がまざっている。参加者はかなりの人数で、会いたくない人物を見かければ、すぐ逃げられるし、逃げられなくても欣秋がいる。

定年間際とおぼしき恰幅(かっぷく)のいい男性が正面のステージに立ち、退屈な前置きのあと、「当社のさらなる発展とみなさまのご健勝を祈り、乾杯」とシャンパングラスを掲げた。出席者がシャンパングラスに軽く口をつけてから近くのテーブルに置き、盛大に拍手した。

隣でシャンパンを飲み干しかけた欣秋が慌ててグラスをテーブルに置き、拍手したが、そのときにはあちこちで雑談の声があがり、人々が料理に向かって動き始めていた。

こういったパーティーは初めてなのだろう。お坊さんのパーティーもあるとは思うが、拍手ではなく、合掌するのかもしれない。

欣秋は安堵とともに最後の一口を飲み干した。酒が苦手なのかと思ったらそうでもないようだ。

黒いベストの女性がすかさずやってきて、ビールやウイスキーの載ったトレイを差し出した。会場に入るとき、欣秋にシャンパングラスを渡した女性だ。

欣秋は、女性のトレイにシャンパングラスを置き、「日本酒ありますか」と訊いた。

女性は欣秋の顔を見てしばしぼんやりしたあと、はっと気づいて、「取ってきます！」と言ったが、欣秋は「自分で取ってきます。失礼しました」と丁寧に返し、女性に背を向けた。

仄香はほっとし、欣秋を見上げた。自分がこんなに嫉妬深いとは思わなかった。

欣秋が仄香に言った。

「ドリンクコーナーに行ってきます。何かほしいものはありますか」

仄香は「私はオムレツに並んでます。オムレツいりますか」とすぐそばを指さした。ライブキッチンで料理人がオムレツを作っている。

「私は、今日はお酒に集中します。一人で大丈夫ですか。私も一緒に……」

「行列が長くなると困るので、私一人で行ってきます」

「じゃあ、あったかいうちに食べてください。すぐ戻ります」

欣秋はドリンクコーナーに向かい、仄香はトマトの入ったオムレツを作ってもらって、テーブルに戻った。

遅れて会場に来た大成が仄香の隣で何人もの男性に囲まれ、名刺の交換に勤しんでいた。ずいぶんな人気だ。

仄香はトマトの酸味と半熟卵のハーモニーに満足し、あいた皿をテーブルに戻した。

そのときだった。

「プロジェクト企画室の汐見室長ですか」

胃に優しいはずのオムレツが腹の底に沈み込んだ。バターが効いたのかもしれない。

「不動産管理部の村木と申します」

叔父だ。揉(も)み手(て)をしそうな勢いで愛想笑いを浮かべている。男性の平均より小柄だが、容貌は整っていて、スーツの着こなしは大手不動産会社の課長という地位にふさわしい。

仄香は叔父に気づかれないよう、大成に背を向けた。

「汐見室長は、以前シンガポールにいらっしゃったとか。そのお若さで課長職ですから相当優秀ということでしょう」

欣秋は「転職」と言ったが、要はヘッドハンティングだ。自信満々なだけはある。

「私の娘は一年間カリフォルニアに留学していて、私などよりよほど海外事情に通じています。お仕事で何かあれば、好きなだけ娘を使ってください」

背中に気味の悪い不快感がやってきた。

突然動いたら不審に思われると考え、じっとしていたが、不審だろうがなんだろうが、とっとと欣秋のいるドリンクコーナーに行くべきだった。

仄香が逃げ場を探して瞳をさまよわせていると、柔らかな声が響いた。

「お父さん、やめてよ。アメリカで、父親が自分の娘を使ってくださいなんて言ったら虐待だからね。すみません、こんな父で」

仄香の前ではいつも超音波かと思うような甲高い声だから、超音波みたいに耳障りな話し方しかできないと思っていたが違ったようだ。

「村木皇華と申します。総務部総務課で秘書的な業務をしています。海外のことだったら多少は知っていますので、何かあったらお声がけください」

大成が「それは心強いですね」と礼儀正しく返答した。目の前の二人が仄香と同じ名字だと気づいたはずだが、表情には一切出さず、「では――」と話を切り上げようとしたが。

「こちらは娘の彼氏です。先ほどご挨拶にうかがったと聞きました。時間がなくてあまり話せなかったというので連れてきました」

「二之宮です。先ほどはお忙しい中、失礼しました。改めてよろしくお願いいたします」

とにかく逃げよう。このままでは、なかなか帰ってこない欣秋が憎くなってしまう。

スマートフォンなる文明の利器があれば、会場の外でもちゃんと会える。

仄香は三人に気づかれないよう、談笑する人の波にこっそり潜り込もうとした。

「仄香ちゃん? 仄香ちゃんじゃない。なんでここにいるの?」

仄香は踏み出しかけた足を止めた。刺すような痛みが胃に走ったが、食中毒ではないはずだ。仄香はあきらめの深い息を吐き、胃痛をこらえてゆっくりと振り返った。

「お久しぶりです。こんにちは」

叔父と学志が大成の前に立っている。

中心でひときわ華やかな光を放っているのが、いとこの皇華だ。

膝丈の青いフレアワンピースに黒いストラップサンダルは、職場で浮かないぎりぎりの節度を保ち、職場には合わないノースリーブからすっきりした腕が伸びている。

ゆるく波打つ豊かな髪は、セミロングより少し長く、きめ細やかな白い肌と潤んだ唇は、女性である仄香が見ても目を奪われるほどだ。

葬儀のときには控え目だったメイクは、華美になる寸前の愛らしさを醸し出していた。

「さっき室長室にいたんだよ。それで俺が挨拶できなかったんだ」

学志が小さな声で言い、叔父が仄香と大成の間で視線を行き来させた。

仄香は左手首の輪ゴムを弾き、むりやり話を切り上げようとした。

「私はもう帰ります。では――」

「仄香ちゃんは私のいとこなんです。同い年で、高校三年までうちのマンションに住んでました」

戸惑いを浮かべた大成に皇華が媚びを含んだ笑みを向け、仄香に声をかけた。

「仄香ちゃん、お見合いうまくいったんだって？　香奈恵伯母さんから聞いたよ。おめでとう」

仄香は絶望のこもった息を吐いた。苦痛が極限に達し、頭が痛くなる。欣秋がいれば大丈夫だと思ったのに、欣秋はドリンクコーナーから帰ってこない。

全然大丈夫じゃない。

仄香は皇華に弱々しい声で「ありがとう」と答え、左手首の輪ゴムを右手で弄んだ。

皇華が大成に説明した。

「仄香ちゃん、この間、田舎のお坊さんとお見合いしたんです。ものすごいお金持ちで、自分は三〇すぎてるのに二四歳の女性と結婚したいっていうキモい人。私は女性の人生をお金で買う男は受け付けないんですけど、何を重視するかは人それぞれですから」

大成が眉間にしわを寄せ、ん？　という顔をした。皇華の後方で会話を聞いていた学志が、仄香に視線を移動させた。

「もしかしてあの部屋にいたスキンヘッドの男って……」

「ものすごいお金持ちのキモいお坊さんって……」

学志と大成の声が重なった。指が震えて輪ゴムを弾くことができなくなり、きーん、と耳鳴りがしたとき、誰かの手の平が仄香の右手に重なり、優しく指を絡め取った。

「それは私です。ものすごいお金持ちでも、お金持ちでもないですが。キモくないとは言えないです」

官能を含んだ美声が間近で鼓膜をくすぐった。不安が一瞬で弾け飛び、手の平を通じて体中に安らぎが行き渡る。

欣秋が仄香の隣に寄り添い、皇華たちに愛想よく微笑んだ。

「入澤欣秋と申します。仄香さんのご親族の方ですよね。今後ともよろしくお願いします」

欣秋が叔父と皇華を交互に見て会釈し、学志にも瞳と笑みで挨拶した。

叔父と皇華が欣秋の容貌に目を奪われ、ぽかん、とした顔をする。学志は眉間にうさんくさそうな影を滲ませたが、大成の友人だと判断し、すぐ表情を改めた。

欣秋は仄香に「遅れてすいません。ドリンクコーナーが混んでまして」と謝罪した。

右手には日本酒が入ったグラスを持っている。グラスを持つ指まで美しい。

目を奪われて当然だ。

「……ほんとに仄香ちゃんのお見合い相手ですか?」

「はい」

皇華の疑念に、欣秋は断言した。皇華は礼儀正しさと艶美さのこもった笑みを作った。

「失礼なことを言ってすみませんでした。仄香ちゃんから話を聞いて誤解してしまいました。仄香ちゃん、お金お金ってうるさかったから」

一言も言ってない、と思うも、皇華の中では言ったことになっているにちがいない。世界は皇華の基準で回っている。

欣秋は、皇華の言葉に表情を変えることなく質問した。

「村木さん、……はこちらで働いてらっしゃるんですか」

「皇華って呼んでください。この会社で総務部長秘書をしています」

大成に挨拶をしたときは「秘書的な業務」だったはずだが、さすがにいま「秘書じゃなくて、的だろ」と言う者はいない。

「欣秋さんって別の人と仄香ちゃんを間違えてお見合いしたんですよね？　仄香ちゃん、欣秋さんにご迷惑をおかけしていませんか。この子、ちょっと空気の読めないところがあるから。欣秋さんはお坊さんだから檀家さんの親族だと断りたくても断れないですよね」

断ってもいいんですよ、という口調。「別の人」というのは要するに自分のことだ。

欣秋は仄香の手を握ったまま、檀家ではなく門徒です、と訂正することなくにこやかに返答した。

「私は、誰とも間違えてません。仄香さんの伯母さんは私の寺とは無関係ですし、一生のことですから断りたいときは断りますよ」

正直、あまりに断言しすぎて、詐欺ではないかと思ってしまう。

審美眼が普通とは異なっているのだろうか。それならそれで納得がいく。

皇華が少しだけ意外そうな表情をしたあと、欣秋に非礼なほど接近し、輝く瞳をのぞき込んだ。どの角度からどんな風にどんな視線を投げかければ、男性が自分を見るか熟知している。

可愛く生まれたからこそ習得できる技だ。仄香には不可能。だから、嫉妬もできない。

けれど、苦痛はやってくる。

「仄香ちゃんがしつこく言い寄って、仕方なくＯＫしたのかと心配しました。仄香ちゃん、高校のとき学志さんのことが好きで、つきまとい続けたから」

胃がきゅーっと痛くなった。苦しくて倒れそうだ。仄香をとらえる手を振りほどいて、走ってどこかに逃げたいが、欣秋は仄香の指に自分の指をしっかりと絡めている。

これまで仄香に恋人がいたことはなかったため、皇華に大切な人を奪われるという経験をしたことはない。だが、欣秋と結婚すれば、仄香にとって何よりも大切な存在を奪われる不安と日々戦わないといけない。

いまこの瞬間でさえ恐くなる。欣秋が仄香を見なくなること。皇華から視線を離せなくなること。皇華に優しい声をかけ、皇華にだけ微笑むこと……。

「仄香ちゃん、私がいないときに、私に会いに来た学志さんをむりやり自分の部屋に連れて行って、好きだって告白して、学志さんが断ったら、学志さんにひどいことをされたって言いふらしたんです。学志さん、それが原因で司法試験に落ちてしまって、弁護士としてのスタートがずいぶん遅れてしまいました」

仄香は口ごもり、強く奥歯を噛みしめた。

あのときの事実を知る者が学志と仄香だけである以上、仄香が否定したところで意味はない。皇華も叔父も、仄香ではなく、学志の言葉を信じている。

目尻に小さな水滴が浮かんだ。こんな話、欣秋に聞かれたくなかった。

仄香と結婚すれば、いずれ欣秋は皇華と会い、皇華はこの話を欣秋にしただろう。

だが、仄香がもう少し長く欣秋と時間をともにし、欣秋が多少なりとも仄香に信頼を寄せてくれたときに、仄香の口から直接説明したかった。

坊守になる将来は消えたかもしれない。それならそれであきらめがつく。

明日からはずっと目指してきたとおり、仕事に邁進し、海外勤務を果たし、恋愛とは無縁の穏やかな人生を送ろう。

仄香が涙の粒を瞬きで払いのけようとしたとき、欣秋が不思議そうな顔をした。

「仄香さんが高校のときに司法試験、ですか？　予備試験、ではなくて？」

欣秋が意外な部分で引っかかった。

「予備試験、です」

学志が渋々といった様子で答えた。

「司法試験のことをご存じなんですか。あなたに関係あるとは思えませんが」

嫌味のこもった言い方だ。欣秋が「願書を取り寄せたら合格すると評判の頭が悪い底辺大学」の出身だと聞いているのだろう。司法試験を受けるのはエリートで、お前はエリートとはほど遠い、という意味合いがやんわりとこもっている。

欣秋は棘のあるやんわりをあっさりと受け流した。

「僧侶と弁護士を兼業する人は結構いますからね。私は違いますけど。大学のとき一回予備試験に落ちたぐらいでは、弁護士としてのスタートが遅れたとは言わないと思いますが」

司法試験を受けることができるのは、法科大学院で学んだ者か、司法予備試験に合格した者だ。予備試験の合格者は大学三年生と四年生が多く、三年生のときに落ちても、四年生で受かれば問題ない。

が。

学志が不機嫌そうに口を閉ざした。皇華が言った。

「予備試験は三回目で合格したんです。司法試験は二回受けて、二回目で合格です。二五歳で司法修習生になって、二六歳でお父さんの経営する法律事務所に入りました。東大法学部卒でも、司法試験に落ちる人は多いですから」

欣秋は、微妙な間を置いたのち、なるほど、と頷いた。

学志は、大学三年生のとき予備試験を受けて落ち、四年生のとき予備試験を受けて落ち、大学を卒業してから予備試験を受けて合格し、大学卒業二年目で司法試験を受けて落ち、大学卒業三年目の二五歳で司法試験に合格した。

皇華の言葉どおり、仄香がつきまとっていたから弁護士としてのスタートが遅れたのであれば、仄香は五年間学志につきまとっていたことになる。

仄香だって、さすがにそこまで暇ではない。

「欣秋さんは仄香ちゃんにしつこく言い寄られて嫌な思いはしてませんか。田舎だったら、若い女性はあんまりいないと思いますが、東京に来たら、欣秋さんのお相手をしたがる女性はいっぱいいますよ」

「しつこく言い寄ってるのは私の方です。仄香さんが嫌な思いをしていなかったらいいんですが。それに、若ければいい、というわけではないですし」

苦痛に苛まれたかと思うと、すぐ嬉しさがこみ上げる。彼は常に仄香の味方だ。

皇華の愛らしい笑みを見ても、欣秋の態度は変わらない。

欣秋のすべては仄香への誠実さで溢れている。

体の底から愛情がこみ上げ、快い熱となって仄香の指先にまで伝わった。

欣秋とずっと一緒にいたい。明日も、あさっても、その次も、ずっと――。

欣秋が日本酒の入ったグラスを空にすると、すでに顔を覚えてしまった黒いベストの女性が待ってましたとばかりにトレイを差し出した。トレイには日本酒の入ったグラスが載っている。どうやら欣秋のグラスがあくのを待っていたらしい。

欣秋は「ありがとうございます」とグラスを置き、日本酒は受け取らず、「次はワインにしようかな」とつぶやいた。

女性は「取ってきます！」と言い、欣秋に背中を向けたが、歩き出す前に若い男女に声をかけられた。女性がトレイを持ったまま困った顔をし、人混みの中に同僚を探した。

二人の言葉は、標準シンガポール英語だ。内容は「何か温かい食べ物はありますか」。

仄香はざっと周囲を見回した。食品ロスをなくすという目標を見事に達成し、会場の中心に置いてある銀色の盛り皿はほとんどがからだ。

オムレツゾーンにはまだ料理人が立っていて、仄香は、あそこにオムレツがあります、と英語で言って指をさした。

右の列がトマトとチーズ、左の列がポテトとベーコンです、と説明すると、欣秋が、少し大きな声で、仄香の言葉を二人に向かって復唱した。

欣秋と仄香では、言葉は同じだが、発音が見事に違う。

男女のアクセントに気づいたのだろう、欣秋が、シンガポールご出身ですか、と訊き、女性が、はい、シンガポールで土地開発への事業投資を行っています、と答えた。

欣秋が大成に視線を投げかけると、大成がやってきて英語で名刺を交換した。

シンガポールに住んでいた大成はもちろん、欣秋も英語圏に長期留学していたことがはっきりわかる流暢(りゅうちょう)さだ。特に欣秋は喋(しゃべ)るのがやたらと速く、語句を区切ってハキハキ話す仄香とは明らかに異なっている。

日本で英語教育を受けた者が聞き慣れているのは、欣秋の英語だ。

学志が、仄香たちの会話を皇華に大ざっぱに通訳していた。おおむね間違いないが、一年間カリフォルニアに留学していた皇華にどうして学志が通訳するのかは謎だ。

皇華がどんどん不機嫌になっていき、とうとう仄香たちの会話をぶった切った。

「仄香ちゃんの英語ってなまりがひどいよね。まともに海外に住んだことがないから仕方ないけど。欣秋さんはアメリカに住んでたことがあるんですか。きれいな発音ですよね」

仄香の心臓に無数の棘が突き刺さる。悪意が潜んでいるのが丸わかりだ。

欣秋が口を開いた。

「きれいって言ったら、仄香さんの方だと思いますよ。私の英語は完全なアメリカンですから、仄香さんからしたら下品に聞こえるんじゃないですか。仄香さんは典型的なブリティッシュ・イングリッシュですよね。まともに住んだことがないっていうのは、こまめに行き来していた、ということですか」

皇華の悪意をさらりとかわす。仄香の心臓に突き刺さった無数の棘が抜けていく。

欣秋は仄香の不安をすぐ解消してくれる。温かさが忍び寄る。

欣秋がいれば大丈夫だと感じる。愛情がどんどん増殖する。

昨日より、おとといより、初めて寺で会ったときより、ずっと好きだ――。

「海外は、就職してからは出張で何度か行ってますが、仕事以外では大学の研修プログラムで三週間カナダに行っただけなんです。それ以上バイトを削ると、生活に支障が出てしまうので……。発音は、大学で最初に英会話の授業を受け持った先生がイギリス出身だったので、こうなりました。欣秋さんはニューヨークにいらしたんですか」

喋り方がものすごく速いので、と付け加える。

ニューヨーカーがせっかちで、早口なのは有名だ。

「はい、ちょこっとだけ。ボルティモアにもちょこっといたことがあります」

ボルティモアは、ニューヨークを少し南に行ったところにある。

何かあったっけ？　と首を傾げたとき、黒いベストの女性が白ワインと赤ワインの載ったトレイを差し出した。職務にずいぶん忠実なようだ。

欣秋は、オムレツを楽しんでください、と男女に声をかけ、飲み物はもう結構です、と黒いベストの女性に言い、仄香を見た。

「ロビーで休みますか。疲れたでしょう」

「欣秋さん、今度ニューヨークのこと、教えてください。一度しか行ったことがなくて」

欣秋が仄香とともに立ち去ろうとしたのを見て、皇華が強引に引き止めた。

自分がもっとも愛らしく見える角度で欣秋の瞳をのぞき込む。

フロアには欣秋しかいないというように。

自分こそ欣秋にふさわしいというように。

欣秋は皇華の視線をしっかりと受け止め、微笑んだ。

「一度行けば十分です」

シンガポールの投資家二人がいなくなり、叔父がすかさず戻ってきた。欣秋が仄香の手を引いた。仄香を叔父から引き離してくれたのだろう。

欣秋が仄香の背後でドアを閉める間際、遠くからこちらに向けられた皇華の目が見えた。

欣秋をとらえるまなざしには、ほしいものを手に入れたという満足感が滲んでいた。

＊

パーティー会場の外は閑散としていて、広いロビーにソファと大量の観葉植物が並んでいた。喧噪から離れたソファに欣秋と並んで腰を下ろし、疲労のこもった息を吐く。

欣秋が間近で仄香を見つめ、乱れた髪に指を入れた。欣秋の指がふれただけで寒気がするような官能が訪れた。仄香は身震いし、欣秋が指を離した。

欣秋のことはまだよく知らないと思っていたが、どうも本当に知らないようだ。アメリカで何をしていたのか訊きたいが、二人でいる時間が惜しい。

「もう帰りますか。疲れたでしょう」

欣秋が仄香の瞳を見返し、仄香は吐息で同意した。

「マンションまで送ります。タクシーの方がいいかな」

仄香は欣秋の背中に腕を伸ばし、シャツに包まれた胸に頬をすり寄せた。

離れたくない。放したくない。欣秋とふれあえる時間は限られている。いまは欣秋とすごす大切な時間の中にいる。

「私のマンションに……、泊まってください。嫌じゃなかったら——。すごく古くて、汚いですけど……」

欣秋が仄香のマンションに泊まったからといって、何かがあるわけではない、のかどうか知らない。

仄香が欣秋の答えを待っていると。

「嫌、——ではないです」

欣秋が微妙な間とともに口にした。仄香は安堵したが、欣秋の言葉はおわらなかった。

「嫌ではないですが、することをしてもいいなら行きます」

すること……、と仄香は小声でつぶやいた。することです、と欣秋が言った。

要はそういうことだろう。経験はないものの、することってなんですか、と訊くほどピュアではない。

「何もできないなら、仄香さんをマンションに送ったあと、一人でカフェバーに行き、ショートケーキをつまみにビールを飲みます」

「……それっておいしいんですか？」

「私の知るかぎり最強にまずい組み合わせです」

仄香は、欣秋のまじめな顔をのぞき込んだ。整っているが、それだけではない。説教くさくて、小うるさくて、優しくて……。ずっとずっとそばにいたい。

仄香は深呼吸をして緊張をときほぐし、ゆっくりと口にした。

「でき、ます……。泊まりに来てください」

欣秋は合掌しそうな勢いで「じゃあ、行きます」と恭しく頭を下げた。

＊＊＊

パーティーがおわり、ドアが開いて、大勢の参加者が会場から排出された。大成はドアの近くでシンガポールの二人と歓談している。欣秋は仄香の肩に自分のジャケットをかけて大成のもとに行き、シンガポールの二人に挨拶してから大成に何か言った。

大成が心配そうな目で、離れた場所にいる仄香をうかがう。疲労で体調を崩したと思ったようだ。間違いではない。

欣秋が早足で戻ってきて、「ハイヤーを呼んでくれるそうです」と伝え、仄香の背中に手の平をそえた。

ちょうど帰宅ラッシュが緩和された頃合いで、まだ道路は混んでいたが、渋滞にはまり動けない、ということはなく、メトロを乗り継いで帰る時間とさして変わらず仄香のマンションに着き、階段を上って三階に向かった。

「すいません、古くて。エレベーターないんです。中も汚いです」

「兄の書斎と比べて、どの程度?」

「そういう意味の汚さではありません。古いっていう意味です」

なるほど、と欣秋が頷く。

大きめのシリンダー錠を使って鍵を開け、ドアのそばの電気をつけた。

「きれいじゃないですか」

そういう意味での汚さではない、と説明したのに。

欣秋は、きれい、というより、もののないダイニングキッチンを見回した。テーブルもいすもなく、天井にライトもつけていないから暗い。

普段は、シンクの上方にあるキッチンライトでまかなっている。家具らしきものと言えば、壁際に置かれた収納ケースと衣類をかけたハンガーラックだけだ。

ほのかに冷気が漂っているのはエアコンをドライにしてつけていたからだ。いつもならエアコンをつけっぱなしにすることなど絶対ないが、今日はもしものときに備えておいた。

夏の夜は、窓を閉め切れば蒸し風呂になる。備えておいてよかった。

「入って……、あっ」

仄香が靴を脱いだのとほぼ同時に欣秋がボストンバッグをフローリングの床に置き、仄香の腰を両手で持ち上げ、何もないシンクの上に座らせた。

足が完全に浮いている。下りるとき、相当気をつけなければならないだろう。

欣秋が仄香の肩からショルダーバッグを取ってボストンバッグの上に重ね、肩にかけたままのジャケットを脱がせ、シンクに広げた。仄香の腰を再び持ち上げ、ジャケットの上に座らせる。

欣秋の持ち物は大体どれもカジュアルだが、ジャケットはそれなりに高そうだ。

仄香はジャケットから腰をどけようとしたが、欣秋が仄香の両脇に太い腕を立て、仄香を逃がすまいとした。

待ちきれないように仄香のブラウスに手をかけ、唇に唇を押しあて傲慢なキスをした。上下の口唇を同時に嚙み、舌をねじりこませ、口内をたっぷり味わい尽くす。

快感がすぐに眠りをほどかれ、全身に浸透した。大して何もしていないのに陶酔感が行き交い、体の中心がわななないた。

玄関ライトは小さいながらも威力を発揮し、頭上のキッチンライトをつける必要はない。

欣秋は仄香のブラウスのボタンを手早く外し、セージグリーンの下着に包まれた胸の曲線を淫らな視線で堪能した。

仄香がブラウスの胸元を閉じようとすると、欣秋の両手が仄香の細い両手首をつかみ、左右に開く。灰香は欣秋の顔をうかがい、腕から力を抜いた。欣秋は長い黒髪に顔をうずめ、首筋に軽く唇をあてたあと、顔を上げて、しみじみと口にした。

「ほんとになんにもないマンションですね。布団もないんですか」

「ここはダイニングキッチンですっ。リビングはあっち！」

部屋の奥に白いふすまがある。薄暗がりに紛れているため、慣れていなければ壁だと間違えるだろう。欣秋は灰香から体を離し、「開けていいですか」と訊き、ふすまの取っ手を見つけ、横にスライドさせた。エアコンの冷気が押し寄せた。

「右手に電気のスイッチがあります」

壁に手を伸ばし、ぱちりと音を立てライトをつける。ダイニングキッチンと同じぐらい広い部屋にベッドとローテーブルが並んでいた。ローテーブルの上にノートパソコン。ベッドとは反対側の壁に本棚。テレビはない。

ベランダに通じる窓にはレースのカーテンがかかり、静かな夜がひしめいている。

「いろいろあるじゃないですか。キッチンもリビングもずいぶん広いですね」

「安さを重視し、築年数を無視した結果、間取りが広くなりました。お兄さんの書斎に比べたら、何もないに等しいかと」

「ベッドがいいですか。それともここでしますか」

灰香のもとに戻ってきて、正面から灰香の表情をのぞき込む。いたずらげな微笑。尻に敷いたジャケットは明日も着るのに、型崩れしてシワができては困る。

「ベッドで……お願いします。……きゃ！」

返事と同時に欣秋に抱え上げられ、がらにもない声をあげた。

お姫様だっこだと思ったら、米俵のように肩に担がれる。

思わず足をばたつかせると、欣秋が「落ちますよ」と言い、灰香は大人しくなった。

「マンネリ化したときのためにバリエーションは取っておいた方がいいですよね」

「ジャケット……！」

欣秋の肩で体を二つ折りにしたままジャケットを指さしたが、欣秋は振り返りもせず、リビングルームに入って、灰香の体を優しくベッドに横たえた。律儀にふすまを閉め、ライトを消す。室内が暗闇に閉ざされる。

ずっとつけたままだと思ったから安心した。白いレースのカーテンからオレンジ色の街灯が差し込み、目が慣れてくると、室内が形をなしてくる。

欣秋が灰香を見たまま自分のシャツのボタンを外し、灰香に覆いかぶさって、スカートのホックに手をかけ、するりと脱がせて床に置いた。

人に見せることのない真っ白な大腿(だいたい)が夜気に沈み、恥じらいを生む。

灰香にはない筋肉から発せられる熱が、空調にさらされた灰香を欲情とともに温めた。

欣秋が大きな手の平を灰香の頬にあてがい、乱れた髪を指ですく。ぞくぞくするような快感が髪から頭皮を伝い、つま先にまで下りてきた。

欣秋のまなざしが射るように灰香をとらえる。きれいな瞳を見て、鋭い痛みが胸を刺した。

皇華は、灰香が学志につきまとっていたと欣秋に言った。欣秋の態度は変わらないが、どう思っているのだろう。

灰香が言い訳したところで、所詮言い訳だ。幸せすぎて、つらくなる。人生はつらいのことの連続だ。幸せが訪れたら、あとは奪われるだけ――。

「どうしました?」

欣秋が驚いたような声を出し、灰香から上体を離した。人差し指で灰香の目尻にふれ、目の前に持ってくると、水滴がついている。

自分は泣いているのだ。幸せすぎて……。

誰かに奪われるかも、灰香を嫌いになるかも、愛してくれなくなるかも、皇華を愛し、灰香を自分の人生から追い出すかも、美女と親密な時間をすごし続けるかも、……いろんな「かも」が灰香を苛しめ、苛むのに、幸せでたまらない。

「幸せな、だけです……。ものすごく幸せで……。もうこんな幸せはないと思って……」

次から次に涙がこぼれ、目尻からシーツへと流れていく。二度と来ない幸せだったら、浸りきった方がいい。つらくなったとき、思い出すことができるように。

欣秋から、つい今し方とはまったく異なる気配が漂う。まぶたを開いて欣秋を見ると、欣秋は理屈っぽい口調になった。

「いまは幸せの序の口ですよ。というか、まだ入口です。一時間から一時間一五分ほどあとに幸せの最高潮が来るはずなんで。いまそこまで幸せだと、プレッシャーを感じるというか、実はそんなに期待されてないのかとか、いろいろ考えてしまうんですが——」

何を言っているのかわからず、しばしの間、きょとーんとする。一時間から一時間一五分、という言葉に一時間一五分後を想像し、やっと気づいて真っ赤になった。

「何を言ってるんですか！　そういうことじゃないですっ」

シャツを持っていた手を離し、両手で拳を作り、ぽかぽかぽかと欣秋を叩くまねをする。欣秋は楽しそうな笑い声をあげたあと、仄香の両手首をまとめてつかみ、涙の残る瞳をのぞき込んだ。

「二人で幸せの園に向かいますか」

楽しそうな双眸。恥ずかしいし、バカバカしいと思うも、好きで好きでたまらない。

恋に落ちた人のほとんどは、いまの仄香と同じように自分の気持ちが永遠だと思い込むのだろう。

恋、という言葉にやっと気づく。自分は欣秋に恋をしているのだ。

一緒にいると幸せで、笑顔を見ると自分も笑顔になってしまう。声も、言葉も、たくましい腕も、何もかも大好きだ。

欣秋が、仄香の左手首にはまった輪ゴムを見て左手の甲にキスをした。器用な舌がするりと伸び、指の付け根をくすぐった。

「ぁあ……」

感じたことのない悦びが欣秋の愛撫で引き出される。欣秋ははだけたままのブラウスを取り、ストッキングと下着をなんなく剝いだ。羞恥にたえきれず、足元のタオルケットを胸に引き寄せる。欣秋は仄香から離れ、手早く服を脱いだ。

彫像を思わせる裸身が近づいた。胸元から腹へ、更に視線を動かすと、猛(たけ)り狂(くる)った部位が目に入り、慌てて顔をそらしたが、気づかないふりをすることはできない。

欣秋がベッドに乗りあがり、改めて仄香の上に体を重ねた。

タオルケットの布地を隔て、硬く屹立(きつりつ)した熱が柔らかな大腿に突き刺さる。

これが自分の中に入ると思うと恐怖があったし、期待と悦びもあった。

欣秋が仄香の眉間に優しいキスをした。両のまぶたに、鼻梁に、鼻の先に、頬に。どこもかしこも愛(いと)しくてたまらないというように舌を出し、輪郭に滑らせる。

仄香が誘うように唇を開くと、舌先を奥にまで差し込み、舌にも口唇にも歯を立て、慎重に吸い上げた。指と手の平で耳をなぞり、首筋を下り、ふれあうすべての部分で仄香を魅了し、惑わせる。

　手の平が脇腹から腰に下りると、刺激の強さに体が小さく跳ね上がった。欣秋は反対の腕を背中に回し、仄香が逃げないようしっかりと固定した。

　熱い唇が、しなやかな喉から鎖骨のくぼみへと移動する。誰にも侵入を許したことのない秘められた部位がはしたないほど動き、いやらしい蜜を吐き出した。

　手の平がひくつく中心を無視して脚をゆるくなでていき、舌と唇が胸の間へと忍び込む。

　欣秋はタオルケットをつかみ、仄香の上体から静かにはいだ。

　半円形のきれいな曲線を描く乳房が薄闇の中であらわになる。

　欣秋は整った膨らみとほのかに色づいた尖りをしみじみと眺めた。恥ずかしさにたえきれず、腕で隠そうとしたが、欣秋が仄香の手首をしっかりとつかみ、放さない。仄香が抵抗をやめて力を抜くと、欣秋は手首を放し、右の乳房を包み込んだ。

　焦(じ)れったいほどゆっくりと指を動かし、胸の形を変えていく。先端のこわばりが乳房と手の平に押され、強烈な刺激をもたらした。

「んふ……。んん……」

もどかしい甘さに悩ましく顔を歪めたとき、欣秋が潰すような勢いで丸みをつかみ、縦横無尽にこね回した。

「あぁ……！」

声を抑えることができず、口を開くと、舌が容赦なく入ってくる。仄香は胸に訪れる淫らな誘惑にさらわれるように自分から強く舌を絡めた。

親指と人差し指で胸の尖りをつままれ、背中を大きく引きつらせる。快感というには強すぎ、気持ちいいのかどうかわからない。

欣秋は両手でそれぞれの胸を弄び、下方から持ち上げ、片方の先端を唇で包み込んだ。先端が舌先で転がされ、反対の尖りは指でいじられ、淫らに、確実に、情動がこみ上げる。舌と唇、指と手の平からもたらされる愉楽の波は強烈で、自然と腰が揺れ、意思に反して背中がくねった。

欣秋が尖りから口を離して乳房の柔肉を吸い、舌先でちろちろとなぶりながら唇を移動させ、下へ下へと下りていく。きめ細かな肌を舐め上げられると、内股の喘ぎは切ないほどになり、腫れたようにひりひりと痛み始めた。

欣秋はとうとう胸を解放し、あいた手の平を体の側面に這わせて膝の裏に差し入れた。真っ白な脚を引き寄せ、上体を曲げて膝頭にキスをする。

「ンン……」

欣秋と出会って、まだ二週間も経っていない。

死ぬまで誰かを好きになることはなく、誰からも傷つけられることはなく、愛されなくなることも嫌われることもなく、ずっとずっと一人で幸せに生きていくのだと思っていた。なのに、ある日突然、人生は変わってしまった。いま自分は、一人っきりの大事な部屋に男性を招き入れ、優しい支配と官能的な情熱に溺れている。

心も、体もとろかされ——。

「ふぅ……んっ」

欣秋は、わずかに開いた内股を決して見ることなく唇をつま先に移動させた。足の裏に手の平をそえて軽く持ち上げ、溢れるような愛情で足の甲にキスをする。

仄香の快感を引き出すばかりで、自分はさして気持ちいいことはないはずなのに欣秋の息は確実に荒くなり、温かい風となって仄香に快い安心をもたらした。

欣秋が仄香の片脚を大きく持ち上げ、しきりに波打つ内股をさらけ出した。反射的に脚を引こうとするが、欣秋の手が仄香を放さない。

一瞬で仄香は抵抗をやめ、薄い茂みの深部をうがつ淫らな視線を全身で受け止めた。

欣秋が吐息で愛撫するように下腹に顔を近づけた。仄香が背中をこわばらせると、欣秋が仄香の片脚を更に高く上げ、自分の肩に乗せた。

「やっ……」

反射的に身じろぎし、腰をよじったが、ふくらはぎを肩に乗せられ、身動きできない。

「嫌ですか」

欣秋が仄香の中心を目でなぶりながら質問した。灰色の双眸がまだ硬いつぼみをやいばのように貫き、えぐる。もっと違うものを自分は望んでいる。別の何かで貫かれたい。

「嫌じゃない、です……」

次の機会があると確信できるなら、ここでおえてもいいけれど、もう二度とこんなことはないかもしれないという気持ちが仄香を焦らす。

この瞬間、燃え尽きてもいいように。

「お願い……。もっとして、ください」

「はい」

律儀な返事と同時に欣秋が唇をすぼめ、濡れて光る花芽に小さく息を吹きかけた。

身悶(みもだ)えする中心にたまらない悦楽が訪れた。ほんのわずかな刺激なのにえも言われぬほど甘美で、濃密な予感をたたえている。

欣秋は脚を抱えるのとは反対の手で仄香の脇腹をなぞり、胸の柔肉をつかみ上げた。

「……っ」

勢いのままこね回し、先端を指でこすって、ゆるくたわんだ部分を手の平で押し潰す。胸の刺激に身をくねらせると、熱い唇が蜜を溢れさせる縦筋にふれた。

「あぁ……！」

うなじから頭頂に閃光(せんこう)が駆け上り、心地よい接触に背中が大きく反り返る。びくびくと腰が跳ね、行為のおわりに到達したのがわかったが、欣秋はまだ始まってもいないというようにうごめく中心に唇を押しあて濃厚な接吻をした。

「ふ……」

欣秋が舌先を伸ばして、痙攣する秘孔を軽くつつき、くすぐった。仄香が恥じらいに慣れたのを確認し、大腿の付け根に可能なかぎり深く顔を潜り込ませて媚肉(びにく)を吸い上げ、左右の花弁を舌と唇、歯と吐息であますところなくなぶっていく。

いやらしい水音が静寂の夜を震わせ、どれだけ舐められても快楽が薄れることはない。

もっと違う摩擦がほしいと思ったとき、少しばかり強引な、だが優しい唇が左の花びらをぱくりとくわえ、軽く挟んで引っ張った。舌で花びらの外側にある溝をつつき、仄香が

もどかしさを覚えると、絶妙のタイミングで右の花びらに移り、同じ悦びを繰り返す。

欣秋は花びらをたっぷり堪能してから、愛蜜を溢れさせる秘孔に舌を差し込んだ。

「ぁああ……」

自分でも知らない艶美な声が喉の奥から吐き出される。恥じらいを脱ぎ捨てると、解放感に満ちた安らぎが仄香を至福に導いた。

欣秋が舌を尖らせ、ひくひくと喘ぐ入口をなぞり、つき、こする。秘裂を何度も舐め上げてから上部にある秘密の粒にふれ、仄香は腰を跳ね上がらせた。

「んん……」

欣秋が、包皮からわずかに顔をのぞかせた頂に唇をあてた。

舌を出し、揺するように動かすと、それだけで至福の世界へと到達しそうになる。欣秋は簡単なエクスタシーを許さず、すぐに舌を外すと、仄香の興奮をいったん押しとどめた。

波が少しだけ引き、もどかしさと安心感に満たされる。ほうっと深い息をもらすと、欣秋は再び舌を出し、濡れて光った肉襞(にくひだ)をなぶりながら快楽のためだけの小さな突起をしゃぶり、転がし、優しく、甘く、弄んだ。

欣秋は乳房をこね回していた手を下腹へと持ってきて、官能の粒の上部に指をそえて力を込め、包皮から粒を露出させた。

「こんなに小さいのに気持ちいいんですね」

欣秋が面白そうな声を出す。言葉に合わせて息がかかり、思わず脚を閉じようとしたが、それより早く肉粒が舌でなぞられ、仄香は肩をこわばらせた。

鋭敏すぎるほど鋭敏な淫芽に痛みのような興奮がもたらされ、意識が高みに押し上げられる。欣秋はわななく粒を口内に包み込み、舌の表層をこすりつけた。

「ぃあ……、あぁあっ！」

めくるめくような陶酔の渦が仄香を呑み込み、脳裏で閃光が弾け、腰が何度も浮き上がった。余韻なのか、行為の最中かわからないほど快楽は果てしなく、欣秋は仄香の歓喜が簡単に去らないよう小さな刺激を送り続けた。

欣秋は恍惚(こうこつ)とした到達が気怠い疲労へと変わるのを見届けたあと、仄香の脚を下ろし、ベッドから離れてどこかに行った。

どうして自分を置いていくのだろう、やっぱり幸せはなくなるんだ、と泣きそうになったとき、欣秋が現れ、再び仄香に覆いかぶさった。

仄香を包み込むように甘やかなキスをする。そのまま体を重ね合わせると、熱した鋼が大腿に食い込み、さっきとはわずかに違う感覚がやってきた。先ほどダイニングキッチンに消えた理由にやっと気づく。

仄香は小さな声を出した。

「いつも……、そういうのを持ってるんですか……」

欣秋が少ししてから仄香の言葉を理解した。

「いつもではないです。期待を込めて用意してみました。あるに越したことはないですし」

欣秋が仄香の意向をうかがうようなまなざしを向け、仄香はゆっくりと目を閉じた。

すでに肉襞はほころび、大腿にめり込む灼熱を待ちわびて、はしたなくうごめいている。

もう我慢できない。欣秋は仄香の表情を瞳で慎重に探りながら、下腹でたぎる自分の欲望に手をそえ、先端を潤った秘裂にあてがった。

「ぁ……」

恐怖に近い不安が体を震わせ、欣秋が動きを止めた。まだ入ってもいないのに欣秋を逃すまいとして秘孔がすぼみ、いざなうようにゆるんだ。

「目をつぶって力を抜いてください。またしたくなるようにゆっくりしますから」

なんだか恥ずかしい言葉だ。恥ずかしいのではない。嬉しいのだ。

仄香は欣秋の言葉どおり、目をつぶり、体の力を抜いた。

欣秋は先端を縦の筋に沿って行き来させ、仄香の緊張を可能なかぎりといてから、焦ることなく熱塊を沈めていった。

「んん……んあ……！」

仄香が顔を歪めると、すぐに止まり、仄香の様子を確認し、また緩やかに入っていく。

かたくなな膣壁（ちつへき）は硬いながらも蠕動（ぜんどう）し、欣秋を奥へと導いた。

仄香の下腹に鋭い痛みが刺さったが、欣秋が止まり、やがて進むと、多幸感がいっぱいに広がり、疼痛（とうつう）を覆いつくした。

欣秋が更に深く押し開くと、肉壁が収縮し、欣秋をしっかりとくわえ込んだ。

「――ッ」

小さな声を放ったのは欣秋の方だ。痛みを感じているように眉をひそめ、仄香はベッドに組み敷かれたまま薄く目を開いた。欣秋が言った。

「……もう少し緩められますか」

秀麗な眉がわずかに歪んでいるが、苦しいわけではなさそうだ。剛直な楔（くさび）は決して開かれることのなかった部位に侵入し、痛みとは異なる何かをじわじわと生み出した。

仄香は少し考え、更に考え、どうにかしようとしたができず、逆に強く締めつけた。

欣秋が吐きかけた息をつまらせ、小さく背中をこわばらせた。

仄香はうろたえ、欣秋の下で身じろぎし、なんとか力を抜こうとした。

「痛い……ですか？」

「痛くは、ないです。わかりました。大丈夫です。そのままじっとしててください」

何がわかって、何が大丈夫なのかわからないが、じっとしていろと言うからにはじっとしているのが一番だ。他にできそうなこともないし。

欣秋に命令されるように、また懇願されるようにまぶたを下ろすと、内部を押し広げる熱杭(ねっくい)が前に進み、少し止まって後ろに戻った。

内側から溢れかえる淫蜜が慎重な動きを容易にし、きつい締めつけの中で妨げられることなく、確実な摩擦をもたらしていく。入口から奥へ、いったん引いて、また入口から更に奥へと突き進み、欣秋は仄香の表情に目を凝らしながらあらゆる角度からついていった。

「ンふ……、んんん……」

仄香は無意識のうちに大腿に力を入れ、欣秋の腰を深く挟み込んでいた。

命のこもった圧迫が内側から膨張する。欣秋は仄香の深部が自分の形になるように雄渾(ゆうこん)な先端で深くつき、浅く戻し、強くさし、弱く抜いた。仄香の呼吸が速くなり、至福の交合をあますところなく受け止めようとするように両脚が突っ張り、背中が弓なりになった。

欣秋が最奥をうがったとき、真っ白な閃光がうなじから頭頂に突き抜け、仄香を忘我の彼方(かなた)へと突き放した。

＊＊＊

Ｆｒｏｍ　課長

件名〈海外赴任について〉

お休み中のところ、失礼します。

村木さんが希望していた海外赴任の件ですが、人事課に、誰か優秀な人材はいないかと訊かれ、村木さんを推薦しておきました。

来週の夏休み明けに人事課長から直接打診があると思います。

現時点で勤務地の候補は、アメリカ合衆国です。

村木さんはわが課の主力ですので、なるべく日本にとどまってほしいのですが、ご自身のキャリアのこともありますので、前向きにご検討いただけたら幸いです。

よろしくお願いいたします。

＊

Ｆｒｏｍ　香奈恵伯母

件名〈土地について〉

皇華ちゃんから会社のパーティーのこと聞きました
うまくいってるようで安心しました
そろそろあっちの親御さんとの顔合わせの日取りを考えないとね
家と土地の話はしましたか
相続の放棄は相続の開始があったことを知ってから三カ月以内にしないといけません
結納(ゆいのう)のときは私が同席するから、ご住職さんと九月中には話をつけておいてください

＊

Ｆｒｏｍ　ややつ
件名〈件名なし〉

錦秋さん、パーティーのとき、エロい目で私のおっぱい見てたよ
私、おっぱい出すような服、着てなかったんだけどね草
錦秋さんが仄香ちゃんとの結婚を取りやめて、私とつきあいたいって言ってきても私に
嫌がらせしないでね
私、錦秋さんみたいなタイプ、好みじゃないから
どんなに顔がよくて、お金があっても、底辺大学はね～
頭が悪い人って、私、むりなんだ～
私が錦秋さんに言い寄ってるって、学志さんに言わないでよ
言い寄ってきてるのは錦秋さんの方だから

錦秋さんにも、私のことで嘘つかないでよ
錦秋さんは私のこと、全部わかってくれてるから

仄香ちゃん、もうちょっと女磨きした方がいいよ
あのワンピと口紅の色、全然合ってないから
男の人に相手にされないの、そういうとこだよ

5章　今日の決意「今日もいたす。」

灰香はダイニングキッチンの床に座ったまま、スマートフォンの画面をぼんやり眺めた。のぼり始めた太陽は、ベランダに面したリビングルームを明るく照らし、新しい一日の始まりを告げている。

ハンガーラックから白いリネンのシャツワンピースを取って裸体に羽織ったものの、できた動作はそこまでだ。床に座り込むと、もう立てなくなってしまった。

立たねばならない。いまの灰香には朝食作りという重責がある。

といっても、実は大体できている。欣秋があるに越したことはない、と考えたように、灰香もひっそり期待を込め、朝にぴったり、栄養ばっちり、胃に優しく、消化にいい、季節感溢れるミネストローネ雑炊を用意しておいた。

ミネストローネは簡単にできる適当な料理だ。適当に作ったミネストローネに炊飯器で炊いたご飯をぶっ込み、火にかけて温め、といた卵を入れると、朝食に出して、文句を言われる余地のない完璧なメニューになる。

料理のことでむりをしてはいけないのはわかっているが、人間関係を成り立たせるには多少のむりは必要なはずだ。恋愛であれば、特に。

そんな恋愛の不安定さなど軽く吹き飛ぶ現実の憂鬱が、怒濤のごとくメールで来た。三通も。

採用されて二年経たないうちに海外勤務の打診があるのはずいぶん早い。だからといって優秀さとは関係ないから適任者がいなかったのだろう。

課長のメールに「前向きに」と書かれてはいるものの、転勤は断っても構わない。

また、結婚や帰省などなんらかの理由があれば、地方の事業所に転勤し、永住することも可能だ。全国転勤があるのも、この会社を選んだ理由の一つになる。

海外がだめなら、日本国内でできるかぎり遠い場所に――。

仄香はメールを見て、はー、と深い息を吐いた。

一ヶ月前だったらアメリカ赴任に飛びついたはずだが、いまはどうすればいいのか判断できない。欣秋がアメリカに住んでいた経験があるなら、仄香とともにアメリカに行ってくれないかな～、……と都合のいいことを考えてしまうが、欣秋は住職だ。

寺のあととりで、福井に大勢の門徒がいる。アメリカで何をしていたのかは知らないが、住職業を継いでいるからには、人生の居住先は日本。

今後アメリカに行くことがあってもせいぜい旅行程度だろう。

スマホ画面をスワイプし、香奈恵伯母のメールを見る。「九月中には話をつけろ」というのは、九月中には抵当に入っている家と土地のため、借金を返す契約書にはんこを押させろ、ということだ。期限はせいぜい二ヶ月。

香奈恵伯母の妄想としか思えない話を欣秋にしたからといって、仄香が嫌われるわけではない、と思いたいが、いくらなんでもいま持ち出すのは気が引ける。

仄香は三通のうち、もっともどうでもよく、もっとも破壊力のあるメールを開いた。吐きそうだ……。

ふすまを開く音がし、背後に人の気配がした。欣秋が腰を下ろし、後方から仄香を抱きしめた。

「ここってシャワーありますか。一緒に入りませんか」

欣秋が仄香の首筋に顔をうずめ、あくび交じりの息を吐く。身悶えするような熱の余韻が背中から全身に伝わった。安堵が背中からやってくる。恥ずかしい接触も。

欣秋の手が脇の下から滑り込み、薄いシャツワンピースに包まれた仄香の乳房をつかみ上げた。五本の指が動き、柔肉をいやらしくこね回す。

仄香は、官能のつまった息を吐き、気力を振り絞って欣秋の両手を手で封じた。

首をねじると、欣秋の目がぶつかりそうな距離にある。

眠気でかすみ、何をしているかあまり理解していなさそうだ。

「入りません。ユニットバスがあっちにあります。タオルは……」

「持ってるから大丈夫です。ほんとに一緒に行きませんか」

「欣秋さんがシャワーを浴びてる間に朝ご飯の用意をします。ゆっくり浴びててください」

欣秋が沈黙した。不穏な気配が全身から漂った。

「用意というのは、朝ご飯をいまから作る気ですか？　買うのではなく？」

「作ります。……というか、もう作ってあります。あとは温めて、卵を入れるだけです」

仄香がキッチンの隣にある冷蔵庫に目を向けた。欣秋が「見ていいですか」と訊き、仄香は「どうぞ」と答えた。

欣秋が仄香を解放して立ち上がり、背中をかがめて冷蔵庫を開いた。

夏のナイトガウン代わりだろう、紺色の浴衣を羽織り、昨日よりぐっと僧侶っぽくなっている。着崩れた襟や帯が普段着らしくていい。

欣秋は仄香に許可を取り、巨大な鍋を冷蔵庫から出してガス台に置いた。蓋を開ける。

「ミネストローネ雑炊です。適当に作ったミネストローネにご飯を入れた簡単なやつです」

欣秋は一週間は食いつなげそうな大量の雑炊を見て、しばし口を閉じていた。玉ねぎ、人参(にんじん)、セロリ、ニンニク、なす、キャベツ、ほうれん草、トマト缶、ハーブ各種、ベーコンではなく豚バラ肉……。誰が作ってもまずくなりようがなく、栄養面も完璧。

「あの……、食べたくなければ食べなくて大丈夫ですよ……」

無言のまま雑炊を見ている欣秋に言う。欣秋はずいぶん経ってから口を開いた。

「私、中学二年のとき女の子に手作り弁当をもらいまして、深く考えずに食べたら、おにぎりの中に巨大な『ゴ』のつく『ブリ』が入ってました」

欣秋が妙に淡々とした口調になる。「ゴ」のつく「ブリ」の意味がわからず小さく首を傾げたあと、「ゴ×ブリ」だと気づく。うっ……。

「そのときの強烈なトラウマ体験以後、私に対する恋愛的な好意のもとに作られた料理は、バレンタインのチョコレートを含め、すべて食べられなくなったのでございます。外食や婦人会の人たちみたいな商売だったら平気なんですが」

「バレンタインのチョコレートを捨てていた、というのはもしや……」

はい、と欣秋が頷いた。

「うちはお寺だからそういう行事はしないって断ってたら、手渡しはなくなりましたが、宅配で寺に送りつけられるようになりました。全部捨てたかったんですが、両親が缶に入ったやつは大丈夫と言って兄と三人で食べてたんですよね」

紙箱だと注射針で刺して毒物を混入できるから未開封でも危険です、と注射針を刺す動作をした。婦人会の女性陣が、缶に入った高いやつ以外、全部捨てていた、と話していたのはこういうことか。

「バレンタインのチョコレートとお寺って何か関係あるんですか」

「ないです。だから、そういう行事はしないんです」

意味が違う気がするが考えまい。

「トラウマってなんとかならないんでしょうか？　中二のとき、ですよね」

「なんとかなるときはなります、としか——。トラウマ体験によりＰＴＳＤを発症した場合、生活に支障が生じるレベルなら抗鬱剤を投与しつつ、暴露療法やＥＭＤＲを試すことになりますが、お金と手間暇がかかりますからねえ。治療の過程でトラウマが強化されるのもよくあることだし。子どもの頃はさておき、いまは避けて通ればすむ話なので、積極的に治療する気はないんですよ」

仄香がぼんやりしていると、欣秋が、暴露療法は正確には持続エクスポージャー療法と言って、認知行動療法の一種、ＥＭＤＲは眼球運動を利用した心理療法です、と説明した。

仄香は、ふーん、と適当な相づちを打った。詳しく訊くと、もっと詳しく返されて、余計わからなくなりそうだから訊かない。

欣秋はなんだかずいぶん物知りだ。確か仏教の教えをもとにしたカウンセリングがあるのだっけか。以前、アルバイトで学生の人生相談みたいなことをしている、と言っていたから、それが仏教カウンセリングにちがいない。

トラウマ治療の一つとしてカウンセリングは欠かせないだろうし、大きなトラウマを抱え、生活に支障が生じるレベルの学生がいたら、ナントカ療法を提案するのだろう。

欣秋が探るような声を出した。

「トラウマは克服せねばならぬ、という信念のもと、むりやり手料理を食べさせようとした女性もいましたが、それがトラウマになりました。仄香さんは料理を作ってむりやり人に食べさせ、トラウマを増やす派ですか？」

「正直に告白すると、料理は義務感からしか作らない派です。食べないなら食べないで問題ありません。朝ご飯買ってきますか？　近くにコンビニもカフェもあります」

「その前に車を取ってきていいですか。いま大成君のマンションの近くに置いてるんで、このあたりのコインパーキングに移動させるついでに朝食を買ってこようかと」

欣秋は「車で来ました」と付け足した。仄香は不安に満ちた顔になった。

「欣秋さんは今日の夜にはお寺に帰るんですよね……。明日は大事な嫌がらせだし」

欣秋の得意分野であるハラスメント講習、別名嫌がらせ講習、だ。

下ネタとセクハラの違い、のようなことを話すのだろうか。

「車ですので、明日の早朝に出ても構いません」

「私……、欣秋さんのお寺に行きたいんですが……。一緒にお勤めしたり、欣秋さんの法話を聞いたりできませんか」

一緒にいたい。少しでも長く……。そうしないと不安でいてもたってもいられなくなる。

欣秋が寺に戻れば、本堂にあの美女がいるかもしれない。彼女の話はなんだかおかしいと思うものの、欣秋と美女の間に仄香の知らない時間がたくさんあることは事実だ。

アメリカ行きの回答は週明け。こんなにすぐ決断しなければならないとは思わなかった。猶予はない。

欣秋は仄香の懸念をよそにいつもどおりの優しい笑みを作った。

「一緒にお勤めはできますが、私の法話は聞けません。いまから行きますか？　木曜と金曜は大学ですが、夕方には寺に帰ってきます。土日はずっと寺にいます。日曜まで滞在していただけたりしないでしょうか。観光するところは、もうさほどないですが」

喜びが瞳の中にぱっと広がり、いっぱいの幸せとなって仄香の全身を包み込んだ。

いまから！　と叫ぶ。

＊＊＊

スマートフォンで課の共有カレンダーにアクセスし、木曜日と金曜日に「○」を入れて、メールで上司に「木曜日、金曜日にお休みをいただいてよろしいでしょうか」と送信した。

本当は了承を取る必要はないが、まだ就職して二年目だし、形だけでも了承を取るふりをする。ほどなく上司から「ゆっくり休んでください。新事業推進部に伝えておいて大丈夫ですか」という返信があった。

正直大丈夫なわけはないが、突然の連休だし、なんせいまは気分がいい。

仄香は「特に問題ありません。ただ、メールをいただいても返信できないかもしれませんのでよろしくお願いいたします」と返した。これでメールを無視しても大丈夫だ。

欣秋はざざっとシャワーを浴びると、「じゃあ、行ってきます」と仄香のこめかみに軽くキスをし、マンションを出て行った。幸せがこめかみに浸透した。

ふと胸に寒々しいざわめきがやってきた。

破壊力のあるメールの文面が超音波かと思う甲高い声となって鼓膜に響く。

欣秋は本当に皇華の胸を見ていたのだろうか。皇華とは身長がずいぶん違うから見下ろす格好になるのは当然だ。角度的に胸が視界に入るのは避けられない。

欣秋は、高校三年生のときの皇華の話をどう思っただろう。仄香が学志につきまとい続けたと教えられても、まったく動じなかった。

まーくんの思い出が脳裏をよぎる。六年とちょっと前、寄生虫と呼ばれた、と仄香が言ってもまーくんは驚かなかった。

普通、あんな話を突然されたら、少しは表情を変えるだろうに……。

仄香は気怠いため息をついた。思い出より、現実だ。

いまは欣秋への恋心がまーくんの記憶を凌駕している。まーくんが嫌いになったわけではない。思い出すと心がぽかぽかしてくるが、欣秋がそばにいる情熱には代えがたい。

仄香は重い体を動かし、リビングルームに行ってベッドの上に律儀に畳んであるシーツをはいだ。赤いしたたりが小さなしみを作っている。恥じらいとともに昨夜の痛みと快楽を思い出し、仄香は慌ててシーツを洗濯ネットに入れ、洗濯機に放り込んだ。

シャワーを浴びて愛撫の残滓を洗い流し、髪を乾かして、くすんだピンクのシャツにデニムパンツを身につける。

荷物を用意したところで欣秋が戻ってきて、欣秋は特盛りカツ丼を、仄香はミネストローネ雑炊を食べ、夏休みに突入した。

＊

欣秋と一緒にいると、高速道路の退屈な風景も楽しく感じられる。

だが、道の駅に寄り、浮かれた気分で揚げたてのコロッケを買い、突如憂鬱に襲われた。

三通のメールの返信をしていない。

後回しにしても人生は変わらず、仄香は助手席に座り、「職場からメールが来たので返信します」と言い、スマートフォンを操作した。

課長には「メールの件、了解いたしました」と返し、香奈恵伯母には「お金がめあてだと思われたら破談になるかもしれないので、もう少し待ってください。また連絡します」ときわめてまっとうな返信をした。

残りの一通をどうするか。

パーティーで皇華が欣秋に言った言葉が脳内を駆けめぐった。——学志さんのことが好きで、つきまとい続けたんです……。

鋭い痛みがこめかみを覆う。車酔いではないだろう。

昨夜の疲労と睡眠不足もあって気分が落ち込み、さして広くはない車内に仄香の鬱が暗雲のように立ちこめた。つらいことは何もかも忘れたいと思うけれど、思えば思うほどつらさは増幅されていく。

「そういえば、パーティーで会った仄香さんのいとこ氏ですが」

「皇華ちゃん、ですか」

どきりと心臓が跳ね上がった。仄香の内心を読み取ったようだ。もしかして表情に出ていたかもしれない。スマートフォンを見ながらついた重いため息は仄香の耳にも聞こえた。

「その方です」

欣秋はハンドルにゆるく手を乗せ、同じ速度で動く車列の中でまっすぐ前を見つめていた。胃に刺すような痛みが走る。皇華の勝ち誇ったような笑みが記憶で瞬く。

忘れたいのに忘れられない。

仄香は道の駅で買ったペットボトルに手を伸ばした。苦しくて息が止まりそうだ。

「悪口を言ってもいいですか？」

仄香は、ぶっ、とペットボトルの茶を噴いた。欣秋がダッシュボードのティッシュケースからティッシュを引き抜いて仄香に渡し、仄香はありがたく受け取って口を押さえた。

「だめですか？　じゃあ、やめます」

「やめなくて、いい、です。……何かありましたか？」

「あるも何も、あの人、性格悪すぎでしょ。いけずと呼ぶにふさわしいですよ。普通、頭がいいか、性格がいいかのどっちかじゃないですか。どっちも悪いって、どういうことだよって感じです。あ、すいません。いとこでしたね」

仄香は「大丈夫です」と小声で言った。「いけず」は「いじわる」を意味する京都の言葉だ。いけずはさておき、頭が悪いと思っていたのか、と仄香はしみじみした。

皇華のいいところは──。

「皇華ちゃん、可愛いから……」

「私と比べて、どっちが？」

「はい⁉」

「私は子どもの頃、よく可愛い可愛いって言われてたんです。事実かどうかはさておき、私に向かって誰かを可愛いと言うからには、比べる対象は私ですよね？」

「そ、そうでしょうか……」

仄香の反応に、欣秋が、そうです、と断言した。そうなのか……。

「私といとこ氏とどっちが可愛いですか」

「…………欣秋さん」

「ですよね。私より可愛くない人のことを私が可愛いと思うと思いますか?」

仄香は沈黙し、少ししてから口を開いた。

「皇華ちゃん、欣秋さんが皇華ちゃんの胸をいやらしい目で見てたって言ってました……」

声に出したとたん、嫌になる。メールにあったのは事実だが、わざわざ欣秋に話すのはモテない女の醜い嫉妬だ。

仄香が自己嫌悪に駆られていると、欣秋が妙に理屈っぽく説明した。

「人間は、目で見たものを見るんじゃありません。目で見たものを、脳で理解して、見るという行為にいたるんです。いいですか? 目で見るのではなく、脳で見ます。リピータフタミー」

「目で見るのではなく、脳で見ます」

「私に続いて繰り返しなさい(Repeat after me)」と言われ、素直に繰り返す。

欣秋が、そうです! と頷いた。

「あの人は、世の中の男性という男性は自分の胸をいやらしい目で見る、と思っていらっしゃるんです。だから、私があの人のつむじを見て、こいつが仄香さんをいじめたやつのつむじか、底意地の悪そうなつむじだぜ、と思ってるときに、あの人の脳は、私が自分の胸をいやらしい目で見ている、と認識し、あの人には私があの人の胸を見てるように見えたんです」

とりあえず、ふむ……、と相づちを打つ。

「二之宮君もいろいろと厳しいんじゃないですか」

「二之宮……君……？」

「いとこ氏の彼氏君、です。そんな感じの名前じゃなかったでしたっけ」

欣秋は三一歳。二七歳の学志は、欣秋からすれば「君」だろう。

「そんな感じの名前、です」

仄香は欣秋の口調をまねて言った。

なんだか上から目線な気がするが、「君」とはそういうものだ。

「三回も試験に落ちた人が、父親の経営する法律事務所に入所するって、実力のないコネ感満載ですよ。全国規模の不動産会社を担当するぐらいだから、相当有名な事務所でしょうし。ガッツリ業績あげていかないと、所長の息子だからって言われ続けて人生終了です。大体弁護士になるのに五年もかかっといて人のせいにすんなよって感じ。そこまで来たら、いくらなんでも自己責任だろ。すいません、言いすぎましたね」

「いえ……」

少しの間言葉を失う。どす黒い。腹の中が真っ黒だ。仄香を慰めてくれているのか、皇華たちのいけずさに腹を立てているのか、悪口を言いたいだけなのか、そのすべてか。

仄香は小声で説明した。

「二之宮さんの事務所ですが……、お父さんの法律事務所じゃなくて、お父さんとお父さんの友人が共同で経営する法律事務所なんです。二之宮さん、早くいまの法律事務所から独立したいみたいで……」

仮住まいのマンションにしょっちゅう来て、皇華や叔父叔母の機嫌を取るのは、独立資金を援助してもらうためだ。

欣秋が正面を向いたまま、なるほど、と頷いた。

「お父さんも、息子君に大口顧客を引っ張ってきてもらわないと困るでしょうね。まあ、がんばれ」

なんだか食欲が湧いてきた。ミネストローネ雑炊は結局少ししか食べなかったし。

仄香は膝の上に置いていた白いレジ袋を開き、道の駅で買った黒毛和牛のコロッケを出した。透明なフードパックを触ってみる。まだ温かい。

仄香はおいしそうなにおいを嗅ぎ、胸に沈んだ痛みをゆっくりと絞り出した。

「皇華ちゃんが、私が二之宮さんにつきまとったって言ってましたが、あれは――」

皇華ちゃんの思い過ごしです、と言いたいが、相手が迷惑していることに気づかないのが「つきまとい」だ。仄香は気づかなかった。

欣秋がどす黒い声で淡泊に言った。

「あの人にはそう見えたってだけでしょう。私には仄香さんが二之宮君を嫌ってるようにしか見えませんでしたから」

体がふわっと軽くなる。欣秋は仄香を理解してくれている。

この先、欣秋が何をしようと、仄香は常に欣秋の味方だ。

仄香が一番つらいときに、欣秋は仄香の味方になってくれたのだから。

いや、二番か、と思い直す。一番つらかったのは六年とちょっと前だ。

あのとき、仄香のそばにはまーくんがいた。彼への想いは過去のものだと振り切ったはずなのに、ふとした隙に蘇る。

まーくんに会いに行かねばならない。ちゃんとお礼を言い、切ない思い出を完全な思い出にするために。どこにいるかはもうわかった。欣秋との時間をさいて会いに行くのはもったいないが、これ以上まーくんの記憶に惑わされたくない。

まーくんは、おそらく五〇歳前後。父の享年より上だ。欣秋より格好よくて、欣秋より優しくて、パートナーがいなくても、仄香が好きになる余地はない。

それはさておき。

「私、皇華ちゃんにいじめられてるって欣秋さんに言いましたっけ」

「……言い方は違ったかもしれません。私の脳がそのように認識した、ということで」

そもそも自分は欣秋に皇華の話をしたことがあったろうか。

お見合いの日、ご住職さんがお葬式で見たのは、私ではなく、いとこです、と言ったような記憶はあるが、いとこはいけずで、私をいじめます、とは言っていないはずだ。

皇華のことを持ち出すのになんの感情も込めなかったつもりだが、仄香の声音に潜むものがあったのかもしれない。欣秋の脳は鋭いから、お見合い相手はいけずないとこにいじめられている、と認識したのだろう。脳みそ、すごい。

「コロッケ食べますか。さっき道の駅で買いました。少し冷めてしまいましたが」

欣秋がちらりと仄香の手元を見て、「ありがとうございます、いただきます」と答えた。

仄香はショルダーバッグからウエットティッシュを出して丁寧に手を拭き、更にダッシュボードのティッシュを取ってコロッケをつかみ、一口サイズに割った。欣秋が「素手でいいですよ」と言ったので、ティッシュを取って、欣秋の口元にコロッケを持っていくと、欣秋が軽く仄香の方を向いて口を開け、仄香は欣秋の口にコロッケを入れた。

なんて幸せなんだろう。幸せすぎて、残ったコロッケを欣秋の口にねじ込みたい。

アメリカ行き。家と土地の話。仕事。車の免許。美女のこと。

考えなければならないことは山ほどある。

だが、いまは欣秋と二人でいる幸せにどっぷり浸ろう。そのぐらいは許されるはずだ。

そして、大事なのはもう一つ。まーくんだ。

「この間送っていただいた和食レストランに出入りしているお花屋さんってご存じですか。お花やっていう名前の花屋さんで、お寺の近くにお店を構えてらっしゃるそうなんです。もしご存じだったら、弟さんがどんな方かお聞きしたいんですが」

「知ってるっちゃ知ってます。お姉さん夫婦は普通ですが、弟さんはやなやつですよ。ゴミは分別しないし、歩きたばこはするし、しょっちゅう猫を虐待してます」

妙な情報が入ってきて、欣秋を横目でうかがった。表情がない。

灰香が沈黙していると、「嘘です。普通の人です」と欣秋は素直に告白した。

「どんな方」というのは見た目のことだったのだが。

「お花やさんにご用ですか」

「どういう人かな、と思っただけです。いまの嘘はなんなんですか」

「特に何も」

「名前はわかりますか」

「忘れました」

仄香は欣秋の横顔をじっと見た。欣秋の言動の端々から判断して、彼は嫉妬心が豊富な気がする。まーくんの話をしたら仄香の持っている輪ゴムをすべて引きちぎりかねない。

まーくんのことは婦人会の女性陣に訊こう。一人もいれば、誰かは面識があるはずだ。

仄香たちは道の駅を見つけると車を降りて、休めるところでは休んだ。何を話したのかわからないまま楽しい時間はずっと続き、寺に着いたときにはお腹(なか)がいっぱいで、太陽がずいぶん傾いていた。

まずはお勤めだ。

欣秋は「始める前に雲版を鳴らしますから、それまで休んでてください」と言い、仄香は欣秋から宿坊の鍵を受け取って熱のこもった客室に行き、荷物を置いた。

室内を見回すと、ローテーブルに『THE　僧侶』が載っている。また婦人会の誰かが片付け忘れたようだ。片付けねば。

欣秋に怒られてしまう。

仄香は客室を隅々までチェックして、埃(ほこり)一つないことを確認してから、リビングの書棚に『THE　僧侶』を差し入れた。

カーンという音が鳴り響き、待ってましたとばかりに宿坊の外に出た。

庫裏の玄関が開き、欣秋が壁にかかった鉄の板を木槌(きづち)で打っている。あれが雲版だ。寺らしい調度品だと思っていたが、ちゃんと利用しているようだ。

欣秋は、紗の間衣を着て首に紺色の畳袈裟をかけていた。私服に慣れたせいか、法衣が妙に新鮮で、剃髪した頭部と合わせ、僧侶なのだと実感する。

剃髪はしなくていいのだが。

「これがお勤めを開始する合図です。朝、私がこれを鳴らさなければ、今日は寺を閉める、という意味になります」

なるほどー、と感心する。欣秋が手の平を本堂に向け、灰香は早速本堂に行って靴を脱ぎ、堂内に足を踏み入れた。

防犯を考え、普段は閉ざされている扉や窓が開け放たれ、ぬるい空気を追い出している。

正面の奥に安置してある金色の阿弥陀如来立像は見事で、金灯籠、輪灯、蠟燭(ろうそく)に火が入り、線香が焚(た)かれていた。立像の前に青々としたしきびが飾られ、左右の花瓶には黄色い菊、青紫と白が交ざったトルコキキョウが生けられている。

花立の世話は坊守の仕事だ。欣秋と結婚すれば、灰香の仕事になる。

坊守になれば、華道を習いに行った方がいい。

坊守になれば――。

みぞおちがキリキリと痛んだ。忘れていたストレスが内臓を直撃する。

回答は月曜日。いまは夏休みを楽しもう。

仄香は現実から目をそらし、本堂を見回した。どこも掃除が行き届いている。

掃除も坊守の仕事だ。目をそらすのは難しいかもしれない。

本堂の夏の空調設備は扇風機。火と線香にあたらないよう欣秋の座る斜め前から首を振り、ゆるい風を送っている。

相当景気がいいという香奈恵伯母の言葉を信じるなら、エアコンぐらい設置すればいいと思うも、そもそも香奈恵伯母を信じるのが間違いなのだろうか。

欣秋は、パーティーで残り物を弁当箱に入れて持って帰っていいか大成に訊いていたが、冗談にしたところで、相当景気のいい人はあんな発想はしない気がする。

まあ、いい。いまは夏休みだ。

仄香は座布団に正座をし、ハンカチで汗を拭いてから手元にあった紙をつかんだ。

今日のお勤めで唱える文章だ。上段に漢文、下段に書き下し文があり、ありがたくもルビがついているから仄香でも読める。

欣秋が優雅な足音とともに入ってきて軽く礼をし、仄香に背中を向け、高座に座った。

欣秋には「座ってるだけで大丈夫です」と言われたが、まねできるところはまねをする。お勤めはぶじ終了。誰も人が来ないのが切ないが、通常のお勤めの時間はすぎているからこんなもんです、と欣秋は言った。

すべての火を消し、窓を閉め、扇風機も電気も消し、本堂を出て鍵をかけた。

欣秋と並んで宿坊への短い距離を歩く。いつのまにか日は暮れ、紺色の空に無数の星が光っていた。外気は涼しく、東京の夜とは何もかも違う。

バチバチと記憶が弾けた。本堂の扉の前で左右を見回し、音を立てないようこっそり中に入った美女の姿だ。夏休みなのだから考えまい、と思うも、すでに考えてしまっている。

欣秋とお見合いをした翌日の夜。欣秋はお通夜に備えて読経の練習をしていた。

仄香には入ってはいけないと言ったのに、美女は入った。

フォルダーにつまった数々の画像が浮かんでは消える。裸体の脚を開いた画像。口の端に黒いあざをつけ、涙を流す画像、欣秋を熱いまなざしでとらえる画像。

まーくんと欣秋は、かろうじて比較可能だ。仄香と皇華も、いとこという血のつながりがあるから比較は可能。だが、あの美女はどうがんばっても比較の対象外。

欣秋があの美女に少しでも愛情があるなら、仄香には太刀打ちできない。

誰にも気づかれないようにしている時点で、少しどころか多大な愛情がある証拠だ。

浮気でも本気でも、何か言ってくれればいいのに。

やましい趣味を隠したいから地味な仄香と偽装結婚すると言われても、いまの仄香は受け入れる気がする。美女と結婚するからお前とはここまでだ、と言われれば、そのときは仕事に邁進だ。

欣秋に、私とは偽装お見合いですか？　と訊いた方がいいだろうか。アメリカ行きを断ってから、他に結婚を決めた女性がいる、と告げられたら、さすがに浮かばれない。

訊くにしろ、日曜日にしよう。せっかくの夏休みを台無しにしたくない。

宿坊のドアの前にたどり着き、仄香が、夏休み、夏休み、とつぶやいていると、欣秋が口を開いた。

「ここで待ってますから、着替えを持ってきてください。下着だけで十分です。いっそ下着も必要ないですが、明日の朝、婦人会の人たちが来たとき、何をどう言われるかわからないので、覚悟の上ご自身で必要だと思うものを持参してください。お勤めの前に掃除をしてお湯張りボタンを押しておきましたから、いまお風呂に入り頃です」

宿坊のドアの鍵を開けた欣秋が、立ち止まったまま動かない仄香を見返した。

「なんでここで待ってるんですか」

「仄香さん一人で宿坊から庫裏に来るのは危険です。境内に忍び込もうと思えばいくらでも忍び込めますから」

「宿坊から庫裏に行くのに欣秋さんがついてこないといけないぐらい治安が悪いんだったら、私、ここに住めないですよね」

ひっそりと「ここに住む」という言葉を入れてみる。要は結婚したら、だ。

何か反応があるかと思ったが、欣秋は特に気にせず、「確かに」と同意した。

「そこまで治安は悪くないですから大人しく庫裏の浴室で待ってます。服を脱いで、お湯につかって、どきどきしながら仄香さんを待っているか、服を着た状態で、——袈裟と法衣は取りますが、脱衣所で浴槽には入らず待っているか、どちらが……」

「一緒に入るんですか！　ていうより、いきなりお風呂⁉」

「汗をかいたのでお風呂です。追い炊きは気候変動の原因になります。ガス代もむだです」

きっぱりと言われ、返す言葉が見当たらない。

お坊さんなのだから地球には優しくせねば。ガス代の節約も重要。汗もかいた。

「下着とルームウェアを取ってきます。お風呂の電気は消しといてください」

「了解しました。仄香さんがなかなか来なかったら雲版を鳴らします」

仄香はドアが閉まるのを見届けてから客室に走っていき、ビニール素材のショルダーバッグに下着と洗面用具、黒いギンガムチェックのパンツとグレーのTシャツをねじ込んだ。

庫裏に駆け込み、鍵を閉め、フットライトで照らされた廊下を進んでいく。壁に突き当たって場所を見失い、右を向き、左を向いたとき、背後から抱きかかえられ、天井が見え、端麗な顔が見えた。むき出しの腕に横抱きにされ、仄香は体をすくめた。

「欣秋さん……、もしかして服、脱ぎましたか？」

「仄香さんに脱がせていただくのは忍びないので。お湯につかって待ってようと思ったんですが、それだと雲版が打てないなー、と悩んでいるときに仄香さんが来ました。下はタオルを巻いてるんで安心してください」

欣秋が仄香の体を軽く弾ませ、仄香は慌てて欣秋の首にしがみついた。片腕で抱き上げられる格好だ。欣秋は左手の突き当たりに行き、あいた手で引き戸を開いた。

頭上のライトがつき、広々とした脱衣所を照らし出す。天井近くまである収納棚、シャワーのついた洗面台、ドラム式洗濯機。仄香のマンションのダイニングキッチンより広く、フローリングの床と浴室のタイルが脱衣所に冷気を送っている。

景気がいい、というより、リフォームした、という感じだが、仄香には十分贅沢だ。

欣秋は仄香の腰を洗面台の横のカウンターに下ろし、ショルダーバッグを取って床に置かれた籠に入れた。

昨日、シンクに座ったときと同じように、正面に欣秋が立ち、仄香を見つめている。昨日とは違い、上体がむき出しになり、下半身は本人が言ったとおり白いバスタオルを巻いているが、中心がすでに隆起しているのが見て取れた。

仄香は欣秋の下腹を視界に入れないよう、不自然に首をねじった。

欣秋が細いあごに指をかけ、仄香の顔を正面に向き直らせた。

「電気を消してくださいって言ったのに」

「人感センサーだから消えないいんですよ」

そうだった、と反省する。欣秋の笑顔が間近にある。恥ずかしくなって洗面台に目をそらすと、欣秋が再びあごに指をかけ、首の下をくすぐった。

「あ……っ」

喉から背中にまで快さが到達し、たえきれずに身震いする。朝起きたときは痛みを放っていた部位が快楽を思い出したようにひくつき、バスタオルに包まれた熱を欲した。

欣秋が、仄香の穿いたデニムパンツに手をかけた。細い腰に腕を回し、軽く持ち上げると苦もなく脱がし、籠に入れる。

真っ白な脚がライトを浴びて一層白い輝きを放つ。欣秋はシャツの下からつま先まで視線でじっくり堪能し、仄香の膝の下に両手を入れ、脚を曲げてカウンターに乗せた。

「あ……っ、や」

内股を開いて膝を折り曲げた格好になる。仄香は身じろぎして欣秋の手から逃げようとしたが、振りほどくことができず、カウンターの上で体勢を崩しかけた。

後方に腕をつくと、腰を突き出す形となり、羞恥で顔が真っ赤になる。

欣秋は仄香が脚を閉ざすことができないよう、カウンターに自分の体をぴったりと押しつけた。あごにかけた親指を唇に移動させ、ピンク色の輪郭をじっとりとなぞる。

指で柔らかくこすられているだけなのに快感は止まらず、唇がゆっくり開いていった。

欣秋が親指を唇から外し、手の平で頰をなぞった。五本の指があごの輪郭をたどり、首筋を通って、シャツの上から乳房の膨らみにふれる。欣秋は手の平を更に下方に動かし、シャツの裾を留めるボタンを下から順に外していって、へその上まであらわにした。

淡いラベンダーの布地に淫蜜が染み込み、ぬらぬらと光っている。布地の下ではまだ慣れない膣口がうねり、布地にあたって鈍い情欲を放っていた。

「びくびくしてるのがわかりますよ」

「や……っ」

欣秋の言葉に反応するように中心の挿入口だけでなく、左右にある盛り上がりから内股の付け根にいたるまではっきり息づき、うごめくたびに愉楽の針が突き刺さった。

「下着が邪魔ですね。指でめくって見せてください。これだと仄香さんの好きなことができないです」

「え……」

朦朧（もうろう）とする情欲の中で欣秋の言葉が徐々に意味をなしていく。

眼前に焦点をすえると、笑みをかたどったいたずらっぽい瞳がきらめいていた。

「嫌ならいいですよ」

仄香が逡巡（しゅんじゅん）していると、欣秋が笑みを浮かべたまま口を開いた。

仄香の瞳をのぞき込み、不安が瞬いたのを見て、欣秋は仄香から退こうとした。

「行かないで……！　嫌……、じゃないです。見て、ください……」

恥じらいが悦びをいや増しにする。胸の尖りは苦しいほどで、少しでも身じろぎすると着たままのシャツが肌をこすり、悦びとなって仄香を襲う。

仄香は、焦らすような不確かさで右手を内股に伸ばし、中心を隠す布に指をあて、ゆっくりとずらしていった。

恥ずかしさでまぶたを開くことができない。柔らかい股関節はライトの下で極限まで開かれ、秘めやかな部位を欣秋に見せつけている。

「色も、形も、きれいですよ」

「嫌……」

あらがうような声を出すが、本当に嫌なら仄香が下着から指を離せばいいだけだ。ひりひりとした痛みを放つけれど、もっと見てほしい。充血して内側からはれあがり、ひりひりとした痛みを放つ快楽の部位を、あますところなくすべて。

欣秋がカウンターに腕をついたまま上体を曲げ、秘部に顔を近づけた。

恥ずかしくて気を失いそうだ。

「深呼吸して。指を入れますよ」

欣秋がわざわざ予告し、仄香の不安を和らげる。長い中指が布地をずらす仄香の指を押しのけ、開きかけた秘裂にふれた。

「ぁあ……」

なまめかしい声が熱を帯びて浴室に広がった。シャツで遮られたままの胸が震え、こわばった先端が悦びを放つ。

欣秋は中指を立てて左の花びらの溝をなぞり、右の花びらの溝をこすり、何度も同じ動作を繰り返してから、左右の盛り上がりを指でつかんで中心に集めた。

「んふぅ……」

蜜口が肉によって押さえられ、甘い圧迫が癒しのような官能を芽生えさせる。

恥ずかしくてたまらないのに気持ちよく、穏やかで、安心できる。

灰香は、気づかないうちに腰を上げ、次の行為をねだっていた。

「気持ちいいですか」

「はい……、すごく……」

欣秋の冷静な声に正直すぎるほど正直な返答をする。普段だったら言葉を失ったにちがいないが、もうそんな時間じゃない。

「力を抜いて」

「はい……」

こわばった背から力を抜くと、中指で蜜口をくすぐられた。また硬い部位をほぐすように指を回しながら注意深く沈めていく。清楚さを残した秘部は抵抗するように縮んだが、欣秋が動きを止めると誘うように緩まった。

ぬめりに合わせて第一関節が入ったところで侵入をやめ、灰香の表情に目を細めた。

「痛いですか」

「痛い……、けど、気持ちいい、です」

消え入りそうな声で言い、「イタ気持ちいい、です」と付け足した。

欣秋が不思議な語彙を聞いた、というように、「イタ気持ちいい……」と復唱した。

「続けてもいい、ということでいいでしょうか」

「いいです……、ぁあぁ……」

了解したとたん、甘美な侵入がやってきて陶酔するような声を出す。整った中指が膣壁をほぐしながらあちこちをくすぐり、仄香が全身を引きつらせるといったんとどまり、人差し指を慎重に加え、仄香の感じているものが快楽なのか痛みなのか見極めながら隅々までふれていった。

「ふぅう……、あぁ」

息はどんどん恥じらいを失い、二本の指でもたらされるきつい愉楽に溺れていく。

仄香がねだるように背中をのけぞらせると、欣秋が上体をかがめて仄香の脚の間に顔をうずめ、指を入れた蜜口の上部に舌先をあてがった。

「あぁあ！」

硬直し、包皮から顔を出した肉芽がぬめらかな舌の圧迫を受け、想像もつかない快楽を放つ。欣秋が二本の指を前に進め、後ろに戻し、手首を回してあらゆるところを摩擦し、肉粒を舌でくすぐった。どうにかなってしまいそうだ。

下肢がすべての淫楽を呑み込もうとするように大きく突っ張り、首筋がのけぞった。

欣秋が入口のもっとも鋭敏な部位をこすり、舌の腹で肉粒の上部を舐め上げた瞬間、眼前で青白い炎が弾け飛び、全身が激しく痙攣した。

「ぁあ、ぁああ……！」

潤んだ瞳が愛欲の狭間を漂う。体の力が抜け、カウンターで倒れかけたところで欣秋が仄香を抱きしめ、温かい唇で唇を覆い、甘やかなキスをした。到達したあとの気怠い余韻に浸っていると、体が宙に浮かび、穏やかな振動ののち、熱い湯に包まれる。

うつろなまぶたを開くと、靄のけぶる白い空間で上体を少しだけ起こし、仰向けになっていた。背中から腰、大腿の下にあるのは、硬いタイルではなく――。

「おはようございます」

欣秋だ。広い浴槽で長い脚を伸ばし、自分の上に仄香の体を乗せている。

仄香はまどろみに誘われながら、腰をねじって欣秋を見た。

「おはよう……ございます、ぁあ……」

欣秋が両手で形のいい乳房を背後からすくい上げ、洗うとも愛撫するともつかない動きで仄香の欲望を煽りたてた。内股には欣秋の屹立した部位があたり、仄香を貫きたくてたまらないというように下方から威嚇する。仄香は薄ぼんやりした瞳で周囲を見回した。

「あわあわのお風呂……」

胸元に目を下ろすと、真っ白な泡が噴き上がり、胸から下を隠している。

いやらしく動く欣秋の手も泡の中に隠れていた。

「お歳暮でもらったバスセットの中にあったから使ってみました。これだと仄香さんの体が見えませんね。まあ、さっき見たから、今日は満足ですが」

今日はね、と欣秋がわざわざ念押しし、小さな尖りを軽くつまんだ。

「ぁあ！」

苦痛めいた官能が全身を駆け巡る。欣秋は指の力をゆるめ、優しく乳房をこね上げた。

「私は……、見てないです」

もごもごとつぶやく。欣秋は目や唇や手やさまざまな箇所で仄香を探索しているのに、仄香はせいぜいキスをしたぐらいで欣秋の裸体を大して知らない。

「じゃあ、見ますか」

欣秋が、仄香を片手で支えたまま泡から立ち上がろうとし、仄香は慌てて「いいです！今日はいいです！」と引き止めた。欣秋が浴槽に体を戻した。

「いまは見ても楽しくないと思いますから、次の機会でいいでしょう」

「楽しくない、……って？」

「触って」

欣秋が乳房を弄んでいた手をほどき、仄香の手の甲に重ねた。仄香を怯えさせないよう気を遣いながら、柔らかな大腿にあたる熱杭を握らせる。欣秋の部位は湯の中で仄香の内部を侵略するのが待ち切れないというように硬く、強く反り返っていた。

仄香は、形を確かめるように根元から先端に向けてたどっていき、途中で動きを止めた。

なんだか妙に滑らかだ。

あ……、とつい声を出す。庫裏にたくさん用意してあるのか、三〇歳をすぎれば、このぐらい普通なのかよくわからない。

「触りすぎて破れると困るので、そのあたりで。もっと触りたいですか？」

「このあたりで……いいです」

泡の風呂で隠されているから恥ずかしさは普段よりずいぶん和らいでいるが、それでもやはり恥ずかしい。

「時間はまだたっぷりありますよ。仄香さんが見たいと言ったら、すぐに見せますし、したいことがあるならさせてあげます」

「明日は講義だからちゃんと寝ないとだめです。学生さんの前で眠くなったら困るし」

後半の言葉は恥ずかしいので無視する。欣秋は微妙な表情を滲ませた。

「たっぷりって言うのは、あと六〇年ぐらいっていう意味です。仄香さんは年齢的にこれから熟して美しくなっていきますが、私は衰える一方なので、なるべく早いうちに私の体のあっちこっちを堪能していただかねば」

「六〇年、ですか」

後半の言葉はやはり恥ずかしいので無視する。欣秋としたりしなかったりするのかは置いておき、少なくとも六〇年は一緒にいる、ということだ。

「私の天寿は一〇〇年ちょっとだと仮定し、換算しました。仄香さんはもう少し生きる、ということでお願いします」

「……あっ」

仄香が考えていると、欣秋の右手が腹をなぞり、下腹に到達した。秘部が強く痙攣し、欣秋の手に仄香の興奮を伝える。

欣秋は、大きく開いた恥部に二本の指を滑らせ、充血した花びらを弄んだ。

好きで好きでたまらない。まだ会って大して経っていないのに、時間が経つごとに好きになり、言葉を聞くごとに好きになる。もうこれ以上好きにはなれないと思うのに、昨日より、さっきよりいまの方がずっと好きだ。

「好き……、です」

欣秋が耳元でくすくすと笑い声をあげ、仄香は怯えたような目を向けた。

何かバカなことを言っただろうか……。

「仄香さんが私のことを好きだと言ったのは初めてですね」

「そんなことはないです！　……と思います」

心の中で好きだ好きだとつぶやいているから声に出しても言っていた気がするが、もしかして違ったのかもしれない。

「一人行動が好きなのは聞きました。そこでおわったので、私のことは好きではないのかよ、と思いました」

「一人行動は好きですが、欣秋さんのことは……、もっと好きです」

比べる対象だろうか、と思うも、比べてしまったのだから仕方ない。欣秋は「まあ、いいでしょう」と言い、後方から仄香の体をゆっくりと起こし、自分も起き上がった。

「あっ……」

仄香が泡の下に沈まないよう片腕でしなやかな体を支え、体勢を変えていく。

気づくと、浴槽のへりに両腕をかけ、四つん這いになっていた。

湯の中で膝立ちになり、欣秋に尻を突き出す格好だ。欣秋が膨張した杭に手をそえ、仄香の尻の割れ目に沿って先端を滑らせ、秘裂にまで到達した。

「ぁあ……」

欣秋がとろけた秘裂に何度も自分を行き来させてから、ほころんだ花の中心に下腹を慎重に押し進めた。

「あ……、あぁ」

一度指を受け入れた箇所はずいぶん柔らかくなっていたが、それでも熱した肉塊を受け入れるには未熟で、欣秋は仄香がうめくたび動きを止め、安堵すると押し進め、焦れるほど緩慢に奥底にまで到達した。

最深部にたどりついたのを確認し、先ほど指で知った官能のありかを今度は熱杭でついていく。欣秋の下腹は硬く、仄香がどれだけ締めつけても彼に快楽を与えることができないのではないかと思ったが、仄香の後方から届く欣秋の吐息は、痛みとも快楽ともつかぬ余韻を含みながらどんどん荒くなっていった。

欣秋が肉粒を押さえ、奥底に突き入れたとたん、稲妻のような衝撃が背筋を駆け上がり、仄香は忘我の境地で全身を痙攣させた。

6章　人生の目標「健やかなるときも　病めるときも　一蓮托生。」

ご飯ですよ～、という声が聞こえ、仄香は大きなベッドの上でうっすらと目を開いた。開け放たれた窓から朝の太陽が部屋を明るく照らしている。仄香の隣に欣秋はいない。

仄香さん、ごは～ん、という声がリビングダイニングから聞こえる。

ベッドのそばで充電していたスマートフォンを手に取ると、お勤めの時間はすぎていた。

昨日は疲れ切った体で欣秋に手伝ってもらいながら髪を洗い、手伝ってもらいながら髪を乾かし、手伝わなくていいというのに手伝われながら下着とルームウェアを身につけ、横抱きにして欣秋のベッドに連れて行ってもらった。

ベッドの中で欣秋に張り付きながら横になったとたん、まどろみに誘われ、意識消失。いまに至る。

仕事がないとどうしても寝坊してしまう。この先、朝のお勤めが仕事になればどうなってしまうのだろう。

スマホ画面をタップすると新事業推進部からメールが入っていた。

スマートフォンを壁に投げつけたくなったが、ぐっとこらえ、わずかな葛藤ののちメールを開いた。来年の今頃はお花のお稽古に通いつめ、自分が有能と思える場所にいたことを懐かしく思い出しているかもしれない。

メールの内容は予想どおりだ。だが、予想とは別に何かがふっと閃いた。

もう一度メールを読み、ぼんやりと考える。頭がうまく働かない。

ご飯～、ご飯～、という声が響き、灰香はメールを閉じて朝の支度を始めた。


朝ご飯はパンだった。正確に言えば、トーストだ。

四枚切りのトースト、バター、イチゴジャム、櫛形に切ったトマト、スクランブルエッグが一つの皿に盛られている。欣秋はホットコーヒー。

灰香は、欣秋にどうしますかと訊かれ、アイスカフェオレをお願いした。朝食は灰香が作ると思っていたので、なんだか申し訳ない。何を作るかは考えていなかったのだが。

「食パン、まだあるんで、足りなかったら言ってください」

欣秋はローテーブルの向かい側に腰を下ろした。スキンヘッドに黒いTシャツ、グレーのスウェットパンツだ。見慣れても見慣れなくても格好いい。

欣秋と向かい合い、いただきます、と合掌してから改めて大きなプレートを見た。

「朝は白いお粥とお漬け物って聞きました。昼食は白ご飯とお味噌汁とお漬け物。夜は一汁五菜って」

「どこの妄想ですか？　お腹すきますよ。大体そのメニューだと、夜は暴食になるから健康に悪いです」

確かに、と納得する。婦人会の女性陣の話を真に受けてはならないのは、お見合いの件ではっきりしている。もしかしてまだ真に受けてはならないことがあるのだろうか。

確実なことは一つ。欣秋と結婚すれば、坊守になることだ。

欣秋はこの寺の住職なのだから。さすがにこれが妄想ということはないだろう。

新事業推進部から来たメールの文面を思い出す。仄香の人生に打開策が見えた気がした。

坊守業は忙しい。忙しいが、もしかして……。

新事業推進部は脇に置く。

仄香は、正面で食パンをかじり、コーヒーを飲む欣秋にちらりと視線を走らせた。

気になる。

欣秋の高校時代からの友人である汐見大成氏は、見るからに高そうなハイブランドで全身を固めていた。スーツ、ネクタイ、靴、時計、その他もろもろすべて。

欣秋は、法衣以外は仄香でも手の届くカジュアルブランドだ。仄香が手を伸ばすのはセールのときのみだが、少なくとも一緒にいて気後れするような格好ではない。

一人暮らしの平均的な会社員の一般的な消費状況と言える。普段着はカジュアルだが、たまに着るジャケットぐらいいいものにしよう、というような。

車もきわめて普通。車のことはわからないが、高級車でないことぐらい判別できる。

仄香の人生の最大の目標は自分で自分の生活費を稼ぐことだ。

欣秋が自分の生活を自分でまかなえるなら、結婚しても働くつもりの仄香にはなんの問題もないが、香奈恵伯母は違うだろう。

金で苦労してきたのに、また金で悩むとは。

仄香は、はー、と深いため息をもらした。

「……まずいですか？」

顔を上げると、欣秋がトマトにフォークを刺し、不安そうに仄香をのぞき込んでいた。

「おいしいです」

トーストを一所懸命かじり、スクランブルエッグを一所懸命口に運び、アイスカフェオレをぐびっと飲む。とたんに、ふう……、とため息をついた。

欣秋が仄香を促すように待つ気配。

「欣秋さんに野望はありますか」

待ち望んだ海外赴任。仄香にとっては都合のいい英語圏だ。

カリフォルニアに留学経験のある皇華はもちろん、子どもの頃から海外に行き慣れた学志にとって、アメリカは決して遠い地ではない。が、日本国内に比べればはるかに遠い。

少なくとも東京から車に乗り、五時間で行くことはできない。

仄香がアメリカ行きを辞退したあと、欣秋が「実は本当の結婚相手はこの人なので～す」と言って、画像の美女をみんなに紹介したらどうしよう。

欣秋に美女との関係を訊いた方がいいのはわかっている。

見ないふりをしていいレベルの秘密ではない。

だが、恐くて訊けない。隠さねばならないやましい趣味友にしろ、なんにしろ。

「野望というより野心はあります」

笑われるかと思ったが、欣秋はまじめに回答した。

「どんな野心かお訊きしていいですか？」

「教科書の記述を一行変えること、です」

へ～～～～～～～、と心の底から感嘆の声をもらす。

何をどう変えるのか知らないが、こんな答えが即座に出てくるところがすごい。

「世の中にはそんな野心があるんですねえ。感心しました」

「仄香さんの野心はなんですか。出世？　世界征服？」

「野心というより、希望というか、ただの欲望なんですが……。いまみたいな幸せがこの先ずっと続くこと、です」

沈黙が下りた。バカにされただろうか。欣秋が教科書を変えるという壮大な野心を持っているのに、自分は自分だけの小さな幸せを求めている。

ずいぶん経ってから欣秋が口を開いた。

「すいません、いまのくだり、もう一回やり直させていただいてよろしいですか？」

「……。欣秋さんに野望はありますか」

「野望というより絶対なしとげると心に決めていることがあります。仄香さんと、身体が健やかなるときも精神が病めるときも人生をともにし、極楽浄土で同じ蓮の華の上に生まれ変わることです」

「気を遣っていただかなくて大丈夫です。私と教科書を比べたら、教科書の方が大事だって小学生でも知ってます」

「野心と決意の二つがあるということです……。野心は教科書、決意は仄香さんとの人生」

欣秋の言葉を待たず、またため息。

「怒ってます？　それともあきれてます？」

「疲れただけです……。早朝とか、昨日の夜とか」

早朝は寝ていた気がするが、夜の話を持ち出せばしつこく訊かれまい、と計算する。

「そ、そうですね。仄香さんは特に……。まだ慣れないでしょうし。失礼しました」

欣秋が焦りとともに口にした。ここまで焦られるとなんだか恥ずかしい。

仄香が何度目かのため息をつくと、欣秋が仄香を心配そうにうかがった。

「……大変申し訳ないんですが、私は今日、明日と大学の講義があって実はそろそろ出発しないといけないんです。朝のお勤めのとき、婦人会のみなさんに仄香さんの存在を知られてしまって、どこかに行くのであれば、私が送るか、嫌でないなら婦人会のみなさんが相手をしてくださいますが――」

どうします？　という顔をする。

朝夕とも決まった時間に雲版を鳴らせば、門徒が集まってくるのだっけ。

「実は職場からメールが入ってまして……。せっかくの夏休みで申し訳ないんですが、出勤扱いにして、夏季休暇はまた取らせてもらえそうなんです。とりあえずモールのネカフェで仕事の内容を確認します」

いいでしょうか、と了承を得るように欣秋の瞳をのぞき込む。結婚したらあなたの仕事は寺を守ることになるんですよ？　とでも言われるかと思ったが、欣秋は気軽に答えた。

「じゃあ、私が送っていきます。婦人会のみなさんには、仄香さんは出かけたと……」

「ネカフェには婦人会のみなさんに送っていただきます。挨拶もしたいですし」

ここに住み、坊守になるのであれば、挨拶はきっちりせねばならない。

ここに住むなら――。

＊

欣秋は婦人会の女性陣にメールを入れ、半袖の白いシャツとネイビーのチノパンというきわめてカジュアルな服に着替えて、運転席の窓を開け、シートに腰を下ろしたまま、何かあったらすぐメールしてください、と言い、仄香のうなじに手の平を回し、軽く引き寄せ、唇を合わせようとした。

反射的に仄香はかがみかけた上体に力を込め、欣秋のキスにあらがった。

欣秋はすぐ手を離し、運転席から車外に立つ仄香を見上げた。

仄香の沈黙と欣秋の沈黙が重なった。欣秋が「夜は鮎しゃぶでも食べに行きましょう」と言い、仄香は思わず「鮎しゃぶ⁉」と訊き返した。

「ってなんですか⁉」

「鮎のしゃぶしゃぶです。鮎は嫌いですか」

「食べたことないからわかりません！　鮎しゃぶ食べたいです！」

「じゃあ、行きましょう。宿坊に予約が入っているので少し早く戻らないといけませんが」

欣秋がもう一度仄香のうなじに手の平をかけた。力を入れられていないのに今度は仄香の方から上体をかがめ、欣秋に唇を合わせた。ふれるだけの甘いキス。

上体を起こそうとすると、欣秋の手の平ががっちりと仄香をホールドし、唇が強く押しあてられた。欣秋が何もせずにいると、仄香の方が焦れて、つい舌を伸ばしてしまった。

「ん……」

互いに舌を出し、生き物のようにうねらせ、欣秋が舌を引っ込めると、その舌を追って唇を重ね、自分から吸い上げる。官能の残り火が再び熱を取り戻し始める。

うなじにかかっていた手の平が首筋を通って下方に移動し、ゆるい膨らみの先端にある敏感な部位にふれたとき、ワゴン車のエンジン音が轟いた。

仄香は反射的に欣秋から離れ、ついでに車からも飛び退いた。

欣秋が運転席に腰を戻し、楽しそうな笑みを浮かべ、「夕方には戻ります」と言ってエンジンをかけ、駐車場から車を走らせた。入れ替わりにワゴン車が入ってきて、仄香の前で止まった。サイドドアがスライドし、懐かしい女性陣が現れた。

「坊守さん、お帰りなさーい。モールに連れて行けってご住職さんからメールがあったの。日曜日までいるんですって？　行きたいとこがあったら言ってちょうだい」

仄香は腰を折って丁寧に挨拶した。

「お手数をおかけしますが、よろしくお願いします。あの……、実はさっき宿坊の部屋の鍵をご住職さんに渡してしまったんですが……」

宿坊の鍵は、正確には欣秋に渡したわけではなく、昨日庫裏に置いてきて、持ってくるのを忘れただけだ。

客室はオートロックではないため、部屋の鍵は宿泊者がチェックアウトするまで持っていることになっている。宿坊に客がいて、かつ欣秋が寺にいないときは、婦人会の女性陣が庫裏にいるから、いま受け取らなくても大丈夫なのだが――。

「いま渡しておくわ。念のため」

一人がいったん外に出て、小走りに庫裏に行く。ついていった方がいいだろうかと思っている間に女性が戻ってきて、「はい、これ」と息を切らしながら仄香に鍵を渡した。「ありがとうございます」と礼を言い、女性の様子を心配しつつ鍵を見た。

「鍵が違うようですが……」

正確には、鍵についたキーホルダーが違う。これまで使っていたのは、旅館やホテルでよくある細長い角棒だったが、いま渡されたのは長方形のプレートだ。

「合い鍵は三つぐらいあるからね。坊守さんの部屋は一番だから、『一』って書いてあったら大丈夫よ」

プレートに刻印されているのは「一」。

なら、大丈夫だ。

さあ、乗って、という声に従い、ワゴン車に入り、車内にいた女性陣が奥に、後ろにと席をつめる。仄香は「失礼します」と声をかけ、空調の効いた車内に腰を下ろした。

女性陣は運転席、助手席、仄香の隣、真後ろの計四人だ。

三人は見覚えがあるが、仄香のすぐ隣に座った一人がわからない。ワゴン車がスムーズに走り出し、古いプレハブ小屋や廃屋を通りすぎ、見慣れた県道に入った。

「これが噂の坊守さんね。ほんと可愛いわね」

初対面の女性がいつもの会話を始めた。最初は恐縮していたが、もう慣れた。

年齢は八〇歳前後かそれ以上。七分丈の赤いカットソーに赤い口紅を引いている。

女性がにこやかに言った。

「初めまして、坊守さん。主人が死んだとき、ご住職さんとお見合いしてたのよね」

ん？　と考え、あー、と気づく。老老介護の果てに九〇歳の夫が浄土に往った女性だ。

欣秋の誘いに応じ、婦人会に入ったようだ。

介護に明け暮れている間、同じ年代の女性と楽しくすごす時間は取れなかっただろう。

表情が明るく見えるのは、服と口紅のせいではなく、実際に明るいのにちがいない。

九〇歳で亡くなった夫よりずっと長く生きてやる、ぐらいに思っている気がする。

「何十年も一緒にいらっしゃったんですよね。本当にご愁傷さ……」

「あのときはご住職さんが大変だったのよ」

お悔やみを述べようとしたが、欣秋の名前が出て言葉を止めた。親子でずいぶんもめているようだったから、家族の話に口を出すなと言われて殴られたか、けんかを止めようとして殴られたか、理由はさておき、遺族の誰かに殴られたのかもしれない。

仄香は顔中に不安を滲ませ、小さく身を乗り出した。

「ご住職さんに何かあったんですかっ？」

「みんなご住職さんのお見合いの話を訊きたがってね。ご住職さん、お通夜とお葬式のときは貝みたいに口を閉じてたんだけど、初七日のお斎で問い詰められて白状してたわ」

予想外の話に不安が軽く引っ込んだ。何を白状したか訊きたいが、噂話に飛びつくのは上品さに欠けるかもしれない。

なんてなんてー？　と真後ろの女性が好奇心をあらわにし、他の女性陣も目を輝かせた。

仄香の内心を代弁してくれてありがたい。仄香は興味を持っていることが知られないよう注意しながら、一言も聞き漏らすまいと耳に全神経を集中させた。

「ご住職さんはずっと前に坊守さんを見かけて気になってたんですって。お葬式で運命の出会いを果たし、紹介してもらったら、想像以上に可愛くて面白かったから気になってた甲斐があったって言ってたわ」

女性の言葉を脳内でかみ砕く。欣秋が仄香を見かけたという「ずっと前」とは一体いつのことだろう。運命の出会いを果たした「お葬式」はどう考えても祖母の葬儀のことだ。それ以外に長らく葬儀には出ていない。

ならば、「ずっと前」は祖母の葬儀ではないことになる。

皇華のことを「可愛くて面白い」と評する人はいないから、欣秋が気になったのは、皇華ではなく、仄香で間違いない。

「そう言えば、お花やさんから業務連絡があったわ。今日から二泊三日で泊まりに来るお客さん、自分たちで観光するから、最初と最後以外、送迎はいらないって」

突然の業務連絡に意識を引き戻される。

仄香は、運転席に座る女性を後方からうかがった。

「お花屋さんって、お寺に出入りしているお花やさんと同じ方ですか」

「そうよ。お花やの弟さん、コンピューターに詳しくて、宿坊の予約やらネットのいろいろは、全部お花やの弟さんにお願いしてるの」

確か本職はウェブデザイナーだったはずだ。欣秋はさして親しくなさそうな口ぶりだったが、宿坊のサイト関係全般を任せているなら普通に親しいではないか。

「お花やさんの弟さんのお名前は……」

会話に割り込もうとしたが、夫を亡くした女性が仄香に気づかず質問した。

「まーくんもコンピューターには詳しいんじゃないの？　宿坊のことだったら、わざわざお花やさんに頼まなくても、まーくんがすればいいのに」

「お花やさんは本職だから、自分よりいいって、まーくんが言ってたわ」

「まーくん⁉」

運転席と隣の席を交互に見た。

「まーくんって、どなたですか？　私の知ってる人？　ご門徒に『ま』のつく名前の人がいらっしゃるんでしょうか？」

立て続けに質問する。助手席の女性が口を開いた。

「まーくんっていうのは、ご住職さんのことよ。『欣秋』は出家してからつけた法名なの。ご住職さんの俗名は『脩真（しゅうま）』。まーくんの『ま』は、『しゅうま』の『ま』よ」

こういう字よ、と宙に文字を書く。仄香は女性の指先を目で追った。

欣秋の俗名は「脩真」だ。入澤脩真。

仄香は呆然（ぼうぜん）とつぶやいた。しゅうまのまーくん……。

「ご住職さんって、六年とちょっと前、すごく痩せてらっしゃいませんでしたか？」

仄香の質問に真後ろの女性が思い出すような顔をした。

「六年ってずいぶん前よね。痩せてたってことはないんじゃないかしら。いまと同じぐらいだったと思うわ」

仄香は小さく落胆した。

記憶に刻まれたがりがりの腕は、いまの欣秋と同じぐらいとは言えない。

「ついこの間はがりがりじゃなかった？　骨と皮だったときがあったでしょ」

運転席の女性が口にし、三人が「あー、確かにー」と頷いた。

仄香は一瞬身を乗り出し、また背もたれに戻った。「ついこの間」は、普通に考えれば、せいぜい数ヶ月前だ。数ヶ月の間にがりがりからいまの体形になるとは思えないから、婦人会の女性陣が言う「がりがり」は、仄香のイメージする「がりがり」ではないのだろう。

「ひげを生やして、山男みたいになってた時期よね。ひげを剃って、白ご飯をいっぱい食べて、色男に戻ったのよ」

「ひげ⁉」

再び上体を起こし、腰をひねって真後ろを見た。感情と理解が追いつかない。

「ついこの間にひげってどういうことですか‼　何歳のとき？」

「子どものときよ」

「子ども⁉」

仄香はひっそりパニックに陥った。なぜ子どものときにひげが生えるのか。

しかも、「ついこの間」。

何かがおかしい。いや、何もかもおかしい。

「って、いつですか⁉」

「いまの坊守さんと同じぐらいの年よ」

いまの私……、と口内で復唱する。

仄香は二四歳。婦人会の女性陣からすれば、孫の年であり、「まだ子ども」だ。六年とちょっと前は、昨日かおとといと同じ感覚にちがいない。

仄香は冷静さを取り戻し、脳内で事実を整理した。

「ついこの間の六年とちょっと前、欣秋さんは二五歳で、骨と皮みたいで、ひげを生やしていて、その後ひげを剃って、白ご飯をたくさん食べて、いまみたいになった、ということでよろしいですか?」

全員が「よろしいわ」と同意した。

「がりがりだったときにお花やさんのお手伝いをしてたりしましたか」

そのときはもう住職だったはずだから、剃髪し、ひげを剃ったのはそのあとになる。

鼓動が暴れ、息が苦しくなってきた。

「いまもしてるわよ。弟さんがいないときは、ご住職さんが弟さんの飼ってる猫のお世話をしたり、お姉さんのお手伝いをしたりするの。代わりにご住職さんがお寺を離れるときは、弟さんがお寺のお留守番や宿坊のお世話をするのよ」

欣秋の話に突然猫が出てきたのはそのためか、と納得する。だが、猫はどうでもいい。

大事なのは過去と現在で、仄香の思い出と欣秋だ。

過去といまが結びつき、何もかもが鮮明になった。

仄香の人生がとだえ、自分に叶(かな)えるべき未来はない、と思ったとき、まーくんが現れ、仄香をすくい上げてくれた。彼からすれば、誰にでも行う何気ないアドヴァイスかもしれないが、仄香にとっては未来への希望だった。

あのときから、まーくんは仄香の中にいた。欣秋に会い、彼に心が揺さぶられるたび、まーくんは色褪せた。だが、消えることはなかった。

どうして消えなかったのか。欣秋にどんどん惹かれるのにまーくんはそこにいて、仄香の想いを引き戻すようだった。だが、違う。

まーくんは仄香の気持ちを引き戻していたのではない。

仄香が気づかなかっただけだ。まーくんへの淡い想いも、欣秋への濃い愛情も、どちらも同じものだということに。

欣秋はお見合いをした日、「もう二四歳ですよね」と訊いてきた。

あの「もう」は、欣秋と初めて会ったとき、仄香が「まだ」一七歳だったからだろう。

六年とちょっと前、仄香は「まだ一七歳」だったが、いまは「もう二四歳」、――そういう意味だ。

仄香はまーくんに「私と結婚してもいいという気持ちはないでしょうか」と訊いた。

お見合いのとき、欣秋が口にしたのは「結婚してもいいです」という言葉だ。

あれは、仄香に対するプロポーズではなく、仄香がしたプロポーズの返事に他ならない。

私と結婚してもいいという気持ちはないでしょうか、結婚してもいいです、——だ。

欣秋は、ずっと前に仄香を見かけて気になった、という。

「ずっと前」とは、欣秋が二五歳、仄香が一七歳のときだ。

仄香は左手首にはめた輪ゴムに視線を下ろした。欣秋が輪ゴムのことを一切訊かなかったのは、かつて自分が教えたことだったからだ。

大成が、欣秋の名前を覚えていなかったのは、出家する前の友人だからだろう。大成が口にした「シュウ」は、「欣秋」の「シュウ」ではなく、「脩真」の「シュウ」だ。

まーくんの「ま」は、脩真の「ま」。

がりがりで無精ひげを生やしたまーくんと理想的な体軀で剃髪した欣秋の姿が記憶の中で重なった。

まーくんは仄香が突然プロポーズしても決してバカにせず、ブランド物のワンピースを見て的確な推測をし、ストーカー扱いされたと話しても驚くことはなかった。

欣秋は会ったその瞬間、奇妙なことを口走った仄香をバカにすることなく、的確な知識を放った。

二人に共通するのは仄香の言葉を聞いてくれる圧倒的な優しさといたわりだ。

欣秋を愛している。

そして、まーくんであり、欣秋である男性を。

もっと早く気づいていればよかった。そうすれば、まーくんにお礼を言わねば、だが、もしまーくんに嫌がられたらどうしよう、というプレッシャーに胃が痛くなることもなく、欣秋への愛に突っ走ることができたのに。

せめて声ぐらい覚えていればよかった、と思うも、仄香の耳に蘇るのは「とりあえず深呼吸しようか」という言葉で、声ではない。

早く帰って、欣秋にお礼を言わねば。

六年前はありがとうございます。あなたのおかげで私は自分の人生を取り戻しました。

気づかずにいてごめんなさい、も必要だ。

あごしか見えなかったし、と付け加えて許してもらおう。

祖母の葬儀に遅れて行ってよかった、としみじみ思った。

葬式に時間どおり参列していたら、仄香が祖母の家に着いた時間と欣秋が兄を迎えに来た時間が重なることはなく、欣秋は香奈恵伯母に仄香のことを訊くことはなかった。

仄香は晴れ晴れした気持ちで太陽の輝く窓の外に目を向けた。中学校とおぼしき制服にヘルメットをつけた少年少女が自転車でどこかへと向かっていく。

自転車があれば、当面はなんとかなる。

当面は。

「みなさんは月一回の法話会にも参加されるんですよね」

思い出したように質問した。法話は聞かれたくないと欣秋に言われ、事実上、仄香は法話会に出入禁止だ。

寺の正式な行事なのに坊守が出禁というのはどう考えても問題がある気がする。

まだ坊守になると決まったわけではないが。

「あんなの行くわけないじゃない！　時間のむだむだ」

運転席の女性がきつい声を出し、背後の女性が内緒話をするような口調になった。

「ご住職さん、法話がものすごく下手でね、法話が必要なときは掃除しながら一日中悩んでるの。おかげで、お寺がぴかぴかよ」

「住職の仕事が致命的に合わないのよね。いまだに一人で袈裟が着られないんだから」

次々と新しい情報が繰り出される。仄香は後方から助手席と運転席を交互に見返した。

「ご住職さん、自分のお仕事が嫌いなんですか？　すごくがんばってると思うんですが」

「どんなにがんばっても、合わないものは合わないわよ」

「昼間は時間があったら寝てるしね。寝て、現実逃避をするか、掃除をして、現実から目をそらすかのどっちかよ」

仄香は、ふむう、と口内でうなった。これまで昼間に寺にいたことはないため、時間があったら寝ているかどうかは知らない。だが、そんなことはどうでもいい。

欣秋にはなるべく好きな仕事をしてもらいたい。住職業が嫌なら別の仕事を、……と思うも、家業なのだからそういうわけにはいかないだろう。

仄香だって仕事が常に楽しい、とは言いづらいし、眠いときは寝た方がいい。

欣秋が住職業を苦痛に感じているなら、仄香にできるのは、欣秋の負担を少しでも減らすことだ。袈裟を着る手伝いをし、本を書棚にしまうこと。

坊守として——。

仄香は小さなため息をついた。決断の日はすぐそこまで迫っている。

ワゴン車が路肩に停まり、運転席の女性が口を開いた。

「じゃあ、坊守さん、私たちはふれあいカフェに行ってくるから、お寺に戻るとき電話かメールをちょうだい」

仄香は「ありがとうございます」といつも以上に丁寧に礼を言い、車外に出てから女性陣に合掌した。女性陣は神妙に合掌を返した。

ネットカフェに行って、まずは新事業推進部のメール内容を再度ウェブメールで確認した。――お休み中のところ、失礼します。帰省されているとお聞きしましたが、実は週明け、ご滞在中でいらっしゃる福井県の隣県にある石川事業所に外国人を含む他社の担当者が視察に来ることになりました。大変申し訳ないのですが、明日の金曜日に準備のお手伝いをしていただくことは可能でしょうか。村木さんの上司からは出勤扱いにしていい、という旨了承を得ています。大丈夫であれば、近くまで車でお迎えにあがります。よろしくご検討お願いいたします。

夏季休暇中の行動を上司に報告する必要はないが、まだ二年目ということもあり、福井県に帰省すると伝えておいた。新事業推進部から何かあるかもしれない、と考えたのは事実だが、石川県にある事業所に来てほしいと言われるとは思わなかった。

仄香はデスクトップパソコンで地図サイトを立ち上げ、石川事業所の場所を確認した。寺からの経路を調べると、車で約一時間二〇分。心臓がざわざわする。

悪くはないざわざわだ。

仄香は石川事業所までの経路を頭に叩き込み、「どういったお手伝いになりますでしょうか」と返信した。ほどなくメールが返ってきた。

作業内容は日文、英文、それぞれの資料のチェックです、という文面に添付ファイルがついている。ファイルを開くと、資料はさほど多くはない。欣秋が寺に出る頃に仄香も寺を出れば、欣秋が戻る時間には仄香も寺に戻れる。これなら引き受けてもいいだろう。

新事業推進部の担当者に資料をプリントアウトしていいか確認し、備え付けのプリンターで印字してから個別ブースに腰を下ろした。

「ヒト細胞加工製造にかかる新たな研究開発拠点（仮）の視察」というタイトルで、視察の目的、日時、出席者、タイムテーブル、見学施設の地図に加え、専門用語満載の表が載っている。

専門用語はもうわかる。仄香のこれまでの人生とまったく関係ない内容は、知らない世界に入り込むようでワクワクする。

退職し、坊守業をするのにためらいを生じるのは、海外に住めなくなるとか、坊守業が合わない、といった理由以前に根本的な問題がある。

いまの仕事が好きなのだ。会議通訳や翻訳は楽しいし、充実感がある。技術翻訳は常に新しい知識を入れていかねばならないが、新しい知識を入れるのも楽しい。

日曜日の夜は憂鬱になるし、給料はもっとほしいし、しばしば上司に苛々（いらいら）するが、会社をやめたいと思ったことは一度もない。

美女の笑みが脳裏をよぎった。あの美女は欣秋と何かを天秤（てんびん）にかけて悩むことはないだろう。

そう言えば……、と考える。

美女はおはぎの差し入れをした、と言っていた。だが、欣秋は恋愛的な好意のもとに作られた料理は食べられない。

彼が美女の手作りおはぎを食べたはずがないし、受け取って喜ぶこともない。

もし美女が直接差し入れを持っていったのなら、欣秋は、食べ物の差し入れは受け取れない、と美女に言ったはずだ。中学生のときすでに言っていたのだから。

どうもおかしい。うーん、と首をひねるも、何一つ浮かばない。

美女のことは脇に置こう。

大事なのは目の前に迫った仕事のことだ。石川事業所まで約一時間二〇分。

欣秋が了承すれば、もしかして……。

昼食は、婦人会の女性陣に勧められたモールのそば屋に行った。おろしとろろそばに大満足し、ネットカフェに戻って再びチェックに集中する。

一通り作業をおえてから、女性陣に「そろそろ仕事がおわります」とメールすると、「いまから行きます」と返信があった。

ネットカフェを出て、モールをざっと見て回る。本当になんでもそろっている。

スマホに「いま着きました」という着信が入り、慌ててモールを出て、いつも車を停める路肩に行った。仄香がスライドドアを開くと、お疲れ様ー、という明るい声が仄香を迎えた。朝、仄香を送ってくれた四人だ。運転席の一人以外、座席を交替している。

仄香はドアのそばに座り、「ありがとうございます」と頭を下げた。

明日は石川県にある事業所に行く、と伝えると、私たちが送り迎えをするわー、と女性陣が答えた。新事業推進部の担当者にどこまで迎えに来てもらおうか悩んでいたから、行きは婦人会に、帰りは新事業推進部の担当者に近くの駅まで送ってもらうことにした。

すでに慣れ親しんだ景色が窓の外を流れている。仕事の疲れが心地よい。

仄香は、新しく追加された薬の話、墓じまいをどうするか、引きこもりの孫の話などを聞きながら、鮎しゃぶに期待しつつ、ふと宿泊客のことを思い出した。

「今日、お客さんが来られるんですよね。迎えは私を送ったあとですか?」

「別の班が行ってるわ。二階の部屋を二つ取ってあるから話し声やなんかは聞こえないはずよ。男性二人、女性二人で二部屋」

仄香の真後ろの女性が答え、助手席の女性があとを継いだ。

「昨日の夜、予約が入ったの。東京からなんだけど、婚約パーティーの下見だって」

不快さが胸にこみ上げた。仕事で疲れただけだろうか。

夜は欣秋と鮎しゃぶだ。楽しいことだけを考えよう。

欣秋と一緒にいる間は——。

狭い県道をそれ、何度か曲がるとプレハブ小屋の向こうに高い瓦屋根が見えてきた。

駐車場に黒いSUV車と白いミニバンが停まっている。欣秋の車を見てほっとし、女性陣に「ありがとうございました。またあしたお願いします」と声をかけ、ドアをスライドさせて片足を外に出したとたん、うっと全身を硬直させた。

「仄香ちゃん、お帰り。ほんとにここにいたんだね」

手間暇かけてナチュラルメイクを施した女性が仄香に愛らしく微笑んだ。オレンジ色のオフショルダーのワンピースは、誰もが胸元に目を奪われるデザインになっている。皇華だ。

仄香は職場で使うもっとも便利なフレーズを捻出した。

「お疲れ様です」

視線を動かすと、黒いニットのキャミソールにマキシ丈の白いフレアスカート、白いレースのカーディガンを羽織ったミドルヘアの女性が本堂に背中を向けて立っていた。

ややつり上がり気味の目元は愛らしさの中に気の強さが滲み、細身の体は女性らしさを十分に備えている。皇華とは違うタイプの美人だ。

女性の手前で長身の若い男性がスマートフォンを構えていた。銀縁めがねに白いTシャツとデニムパンツを合わせ、整った顔立ちは「爽やか」という表現が似つかわしい。

女性が仄香に気づいて、こちらを向いた。

仄香の胃に刃物でえぐり取られるような痛みが訪れた。

「仄香さん、だよね。久しぶり。高校のとき、よくマンションに行って勉強させてもらってたの、覚えてる？」

覚えている。皇華が仄香に人差し指を向け、「あれが、東大法学部の幼なじみにストーカーしたいとこ」と言ったとき、声を立てて笑った美少女だ。

大人になったいま、化粧技術が向上し、すっかり垢抜(あかぬ)け、ずっときれいになった。

「うん……、久しぶり……」

六年前に感じた苦痛と恐怖がまざまざと蘇る。

仄香は自分でも気づかないうちに左手首にはめた輪ゴムをパチパチと弾いていた。

昨日まではまーくんが教えてくれた輪ゴムだった。けれど、いまは欣秋の輪ゴムだ。

「外資系の商社で働いてるんだって？　すごいね。私は国立大学の医学部教授秘書。秘書って言ってもバイトだから大したことないけど。彼は警察署の副署長なの」

仄香の背後から皇華が言った。

「学志さんの大学時代の友達だよ。東大法学部卒で、警視庁の警視」

銀縁めがねの男性が社交をたっぷり含んだ笑みを向けた。

「警察庁で採用されて、いま警視庁に出向しています。これでも警察官ですよ」

「キャリア組っていうやつですね」

ドラマで得た知識を口にする。男性は優雅な仕草で、はい、と頷いた。警察官というだけあって、背筋がまっすぐ伸びている。

学志の大学時代の友達ということは、いま二七歳。エリートの友達はエリートだ。

仄香は瞳だけでこっそりあたりを見回した。

欣秋はどこだろう。欣秋がいれば、安心できるのに。

「学志さんはいまトイレ。目で捜すの、やめてくれない？」

皇華が軽蔑したように言う。捜していたのは、欣秋であって学志ではない。そうは思うも、学志の名を聞いたとたん心臓がどくどくと脈打ち、声を出すことができなくなった。

もう自分は大人で、働いていて、自分で生計を立てているのに、皇華を見ると過去の自分に戻ってしまう。生活費と教育費を出してもらい、何を言われても反論することができなかった高校三年生までの気弱な自分に。

四人で予約したのに三人しかいなかったら、普通捜すでしょ。

ふいにどこかから声がして、仄香は慌てて顔を上げた。

声に出して言ってしまったか？　と思ったが、仄香の声ではなかった気がする。

「皇華ちゃんたちはなんでここに？」

「私と学志さんの婚約パーティーの下見。ここに決めたわけじゃないよ。婚約パーティーの下見に行きますって言ったら有給休暇が取りやすくなるからね」

「婚約パーティー」という言葉に感銘は受けず、アルバイトにも有給休暇があるのか、とつい思う。あるところはあるだろう。

「婚約おめでとう」と言うべきなのかもしれないが、本当に婚約するのではなく、仄香が驚くところを見たいだけな気がする。

大体皇華がこんなところで婚約パーティーを開くわけがない。

彼女の目当ては仄香へのいじわると、あとは……。

「仄香さん、どこ行ってたの？　私たち、いま着いたばっかりで境内をうろうろしてたの。そろそろお勤めの時間だっていうし」

医学部教授秘書が親しげな目を向けた。皇華は、自分が知る中でもっとも見栄えのいい男女を連れてきたのだろう。職業も顔も、皇華の自尊心を満足させるのにふさわしい。

「仕事してたの。モールにネカフェがあって……」

皇華が鼻先で笑った。

「モールって、いかにも田舎って感じ。私、そういうダサいとこ、行ったことないんだ」

恐怖のあとにやってくるのはあきらめだ。いままでもこれからも自分はいろんなことをあきらめていくのだろう。ネットカフェでは希望の光が見えたと思ったのに。

仄香は、皇華ちゃんにはダサいよね、と言おうとした。が。

「行ったことがないんだったら、ダサいかどうかわかんないじゃん」

教授秘書が苦笑しながら皇華の悪意を受け流す。

仄香は、あれ？　と小さく首を傾げた。高校三年生までと何かが違う。

教授秘書はスマホ画面を見ながら副署長に向かって口を開いた。

「迎えに来てくれたおばあちゃん、鮎しゃぶのお店とモールの割烹がお勧めって言ってたよね。鮎しゃぶと割烹、どっちがいい？」

こっちが鮎しゃぶ、こっちが割烹、とスマホ画面を副署長に見せる。

おばあちゃんというのは駅まで迎えに行った婦人会の女性陣だ。地元のグルメを紹介するのも仕事のうちだが、何も鮎しゃぶをお勧めしなくてもいいのに。

「いまは鮎が旬だから、鮎しゃぶの方がいいんじゃないかな。この季節だったら鱧しゃぶもいいけどね。でも、実は、夏って鱧の旬じゃないんだよ」

教授秘書は、そうなの？　知らなかったー、と感心することなく言葉を続けた。

「やっぱ鮎かな。予約しなくても大丈夫って言ってたもんね」

副署長は特に不快な様子を見せず、提案した。

「モールに行って割烹をチェックしてから決めよう。学志もモールに行ってみたいって言ってたし。ぼくも田舎のモールに行って見識を広めたいしね」

友達二人がどんどん話を進め、皇華が不機嫌さを増していく。

自分が話題の中心にいないと気がすまないのだ。

「仄香ちゃん、モールで仕事の続きをするって言って私たちについてこないでよ。油断したら、すぐ学志さんに言い寄るんだから」

きりきり、と胃が痛んだ。教授秘書が「二之宮さんに言い寄る？」とバカにしたような声を出し、今度は、ぎりぎりぎり、と胃がよじれる音がした。

昔と同じ怯えと苦痛で何も言えずにいると、教授秘書が爽やかな笑い声をあげた。

「あるわけないじゃん。仄香さん、ここの住職とお見合いしてうまくいってるんでしょ。皇華が住職に言い寄ってるんじゃない？　昨日から住職、住職ってうるさいし」

「欣秋さんが私に言い寄ってるの！」

仄香は、余裕たっぷりの教授秘書と苛立（いらだ）った皇華を交互に見た。高校生のときはこんな感じではなかったはずだ。二人ともいじわるで、二人とも仄香をバカにしていた。

そういうことかとやっと気づく。仄香を笑った美少女は大人になったのだ。指をさして聞こえよがしに悪口を言うなんて、大学を卒業し、就職してまですることじゃない。

「私、休憩してきます。夜はいつもぐっすり寝てるから、うるさくしてくれて大丈夫です。じゃあ」

仄香は皇華の口撃が来る前に礼をし、三人に背を向けた。教授秘書が朗らかに手を振り、副署長が腰を曲げてお辞儀をした。私服の警察官が行う敬礼だ。

仄香は足早に本堂から離れ、宿坊に向かった。

欣秋は本堂の掃除かもしれない。普段の皇華なら寺の行事に参加することはないだろうが、導師は欣秋だし、教授秘書はバカンスを楽しむ性格のようだ。

副署長も知的好奇心は旺盛そうだから喜んで読経をするだろう。

客室の窓から庭を見て、欣秋が出てきたら自分も出よう。

明日は石川事業所に行き、仕事に集中だ。

今日の夜は庫裏に泊まらせてもらおうか。四人が宿坊で学生のときのようなバカ騒ぎを繰り広げるのか、節度ある大人として振る舞うのかは知らないが、ぐっすり寝ると言っておけば仄香が客室から出てこなくても不審がられることはないだろう。

仄香は客室の鍵を出してから、宿坊のドアノブに手をかけた。

後方に大きな影が近づいた。慌てて振り向こうとしたが、影が背中に覆いかぶさり、ドアに押しつけられるような格好になる。

欣秋ではない。

「二之宮、さん……」

学志がドアに片腕をつき、上方から仄香を見下ろした。逃げようと思うも学志に動きを封じられ、足を踏み出すことができない。

仄香は恐怖と緊張の中で、震える声を絞り出した。

「……皇華ちゃんとの婚約パーティーの下見なんですよね。おめでとうございます。私は宿坊で休んで……」

「あんなの嘘に決まってるだろ。婚約パーティーって言いたいだけだよ」

学志が上体をかがめ、体温が届きそうな距離に来る。

リネンの黒いカジュアルシャツと黒いストレッチパンツは、大手とはいえ、法律事務所に入ったばかりの新人が着る値段ではないはずだ。

「お前、何号室?」

仄香が持っていた鍵をさっと取り上げ、プレートを確認した。

仄香は体をびくつかせ、学志はシリンダー錠をしげしげと見て仄香に返した。

「皇華に行かれると嫌だろ。お前の部屋にはなるべく近づかないようにするからさ」

学志は気遣うような声を出したが、仄香の客室は玄関ドアのすぐそばだ。宿坊を出入りするときは必ず通る。

学志は硬直した仄香を見下ろし、優しく言った。

「皇華がお前に嫌な思いをさせてるけど、俺はあんな風に考えたことは一度もないから。おじさんに開業の支援をするって言われて、仕方なく合わせてるだけだよ。俺の父親の法律事務所は年功序列だから、どれだけ成果をあげても先輩の実績にされちゃうんだよね。弁護士としてがんがん稼ぐには開業するしかないし、開業するんだったら支援は必要だからさ。俺が見てるのは、昔からずっとお前だけだ」

早くここから抜け出さねば――。

いまの仄香と学志を見れば、欣秋はどう思うだろう。仄香は怯えて動けずにいるだけだが、拒絶できない以上、喜んでいると受け止められても仕方ない。

「私、ご住職さんを捜してこないと……」

かろうじて口にする。欣秋のことを持ち出せば学志が離れると思ったが、学志は上体をかがめ、息がかかる距離で囁いた。

「その住職だけど、おかしくないか？　この寺、どこもかしこもぼろぼろじゃん。ばあさんたちに聞いたら宿泊客で混み合うなんて滅多にないし、電気代だけで大赤字だって。門徒希望者が殺到してるって言うけど、どうせ若い女ばっかりだろ。門徒の女を洗脳してわいせつ動画の配信でもしてるんじゃないのか？」

どきりと心臓が飛び跳ねる。

わいせつとしか言えない裸体と殴られたとおぼしき姿が蘇った。まさかとは思う……。まさか——。

「大金持ちなんて嘘に決まってるよ。俺は弁護士だし、有名な法律事務所に勤めてる。学歴も、社会的地位も、あいつよりずっと上だ。こんなところにいたって将来なんかない。年食った坊さんなんかより、お前を楽しませてやれるし……」

「やめ……」

学志が更に上体を折り、恐怖で全身が固まった。仄香がまぶたをぎゅっと閉じたとき、すぐ横で、ガン！　と派手な音が轟き、宿坊の壁が震えた。

学志が背後を振り返り、仄香から距離を取る。顔を上げると、黒い夏用の間衣を着て首に畳袈裟をかけた欣秋が合掌し、仄香たちに頭を下げていた。

「本日はよくお越しくださいました」

灰香は少し離れた位置にいる欣秋を涙の浮かんだ目で見つめた。

大したことはされていないのに六年前のできごとはいまだ灰香を怯えさせる。あのとき、灰香を助けてくれたのはまーくんだ。まーくんは、いまもまた灰香を助けてくれた。

欣秋の目に、灰香と学志はどんな風に映ったろう。学志の体で灰香の姿は隠れているから、恐怖に満ちた表情は見えなかったはずだ。

欣秋は学志に職業的な笑みを向けた。

「これから本堂でお勤めです。みなさんもどうですか」

「あんた、ほんとにちゃんとした坊主なのか？　大金持ちだって聞いたが、とてもそうは見えないぞ。俺は弁護士だし、あっちにいるのは警察庁のキャリアで、いまは警視庁の警察署の副署長だ。他の省庁にも、議員にも、同じ大学出身の友達は大勢いる。叩けば埃が出るってあんたのことじゃないのか。俺の友達を連れてきてほしいんなら、すぐにでも連れてきてやるよ。いったい誰がいい？」

友達が電話をしたからといって、忙しいエリートがすぐ来るわけはないが、田舎の住職だったら十分な脅しになる、と学志が考えているのは間違いない。

欣秋は、表情を変えることなく、口にした。

「ぼくの友達は汐見大成君です」

学志は何か言おうとして唇を開きかけたが、そこまでだ。

欣秋が、皇華たちのいる本堂の方向に人差し指を向けた。

「行（ゴウ）け！」

学志は顔中で怒りを表したが、結局は何も言わず、皇華たちのもとに走っていった。

欣秋が仄香のそばに来て、「遅くなってすいません」と神妙に謝罪した。

「本堂の準備をしていたら汗をかいてしまって、シャワーを浴びていました。大丈夫でしたか？」

欣秋が優しい目で仄香を見る。

誤解されたのでは、と不安だったが、その必要はなかったようだ。

「平気です。欣秋さんが来てくれるってわかってました」

「ほんとかなあ」

軽い口調で言う。仄香は欣秋に抱きつくような距離に立ち、顔を上げて欣秋を見た。どれだけがんばって見上げても、視界に入るのはあごまでだ。

想像の中で無精ひげを剃ってみる。欣秋だと思えば、欣秋のあごになる、気がする。

あのときと同じTシャツを着ていたら、Tシャツで判別がついたかもしれない。

「J-HOP」だったか、「JOHOP」だったか、「PUMPKIN」だったか、そんな文字が入ったシンプルなTシャツだ。

仄香が欣秋を見ていると、欣秋が不思議そうな顔をした。

さっき浮かべたわずかな涙が、別の涙に変わっていく。不安と怯えから安心と愛情へ。

押しとどめていた感情が体の底から泡のようにこみ上げた。六年とちょっと前のピースが、欣秋への想いの欠けた部分にぴったりと収まった。

ここにいるのは、まーくんだ。

一七歳のあのときから、彼はずっと仄香の心の中にいた。

いまは仄香の前にいる。仄香のそばにいて、仄香を支え、仄香の味方でいてくれる。

明日も、あさっても、その次も――。

欣秋と仄香は一蓮托生らしいから、往生したあともそばにいる。

仄香が欣秋から離れることはない。永遠に――。

「欣秋さん……、愛してます」

愛する気持ちをこらえきれず、切実な声を出した。

まーくんと言葉を交わした六年とちょっと前は愛ではなかった。一七歳の高校生が感じる淡い淡い恋心だ。

欣秋に会ったときも、まだ愛ではなかった。彼のまなざしに強く惹かれ、彼のすることすべてを受け入れたが、自分のすべてを彼にゆだねたわけではない。

けれど、欣秋が仄香に微笑み、仄香に優しい声をかけ、仄香をかばい、助けてくれるたび、欣秋への想いは深まり、淡い恋心が明確な恋になり、いまは深い深い愛になった。

欣秋を愛している。誰かをこんなに愛おしく思ったのは初めてだ。そして、最後だ。

欣秋はなけなしの勇気を奮い起こした仄香の告白を聞き、さっくりと返した。

「はい、どうも」

欣秋は特に感慨のない様子で仄香を見下ろしている。勇気を振り絞り、愛を告げたのになんとも思っていないようだ。

仄香が不満そうな顔をすると、欣秋ははっと気づいて返答した。

「あ、すいません。私も愛してます。——こういうことですよね？」

仄香は渋々頷き、欣秋は言い訳がましい声を出した。

「最初に私たちが会ったとき、私が仄香さんに愛してるって言ったから、その続きかと思いました。そう言えば、仄香さんからは初めてですね」

「欣秋さんが言ったのは、最初じゃなくて、会って二回目のときです。最初は輪ゴムを渡してくれただけで、愛してるなんて言ってません」

欣秋が面白そうな表情で片方の眉を上げた。

「思い出しましたか。私にとっては忘れがたい記憶ですが、灰香さんには大して重要ではないエピソードの一つだと思ってました。輪ゴムをくれた変な人、ぐらいの感覚で」

「なんで言ってくれなかったんですか。六年前、私に会ったのは自分だって」

「むりに思い出すようなことでもないですからねえ。お花やさんに改めてプロポーズされたら、さすがに困りますが」

欣秋が灰香の左手を取り、手首にはめた輪ゴムに軽くキスをした。中指が手の平をくすぐり、思わず背筋を引きつらせる。

六年とちょっと前はこんな未来があるなんて考えてもみなかった。大学に合格し、仮住まいのマンションから抜け出して、就職し、海外赴任を果たし、皇華一家からおさらばすることだけを目標にしてきた。

海外赴任が決まったら、引っ越す前にまーくんを捜し、お礼を言う予定だった。灰香とまーくんは年が違う、何かがあるはずがない、と言い聞かせながら将来の道筋を思い描いていた。まーくんとは年が違うと言い聞かせる時点で、何かの期待を抱いていたのだ。

期待は、期待でなくなった。

いままーくんはここにいる。

欣秋が灰香の手を握り、優しい瞳を向けた。あのとき、灰香の位置から欣秋の……、まーくんの目は見えなかったが、この視線だ。優しくて、温かい。

「あのワンピースはどうなりました？　お祖母様のお葬式に着てたのはワンピースじゃなくて、スーツでしたよね」

「あのワンピースはゴミ袋に入れて、クローゼットに押し込んであります。ほとぼりが冷めた頃にネットで売ろうと思って。お葬式に着ていったスーツは、就職して初めての給料で買いました。——なんであんなに痩せてたんですか」

「食生活が乱れてまして」

「ひげは？」

「格好いいかな、と思って生やしてましたが、不評だったのでやめました。私だとわからなかったのは、ひげと体形のせいですか？」

嫌味っぽい声で言い、探るような表情をした。あのとき灰香が見たかった顔だ。あごしか見えなかったから容貌はわからなかった。

灰香が憧れ続けたまーくんは、灰香が愛する男性として灰香の目の前にいる。

灰香は申し訳なさそうな声を出した。

「私、あのとき一七歳で……。二〇歳を超えた大人の男性は、みんなおじさんに見えたんです……。欣秋さんが四〇歳ぐらいに見えてしまって……。いま四〇代後半か五〇代前半ぐらいかな、と。……すいません」

欣秋が不本意だというように顔を曇らせる。不機嫌そうな欣秋も好きだ。

「欣秋さんは、私がすぐわかったんですか？　つむじしか見えなかったと思うんですが」

欣秋が薄暗い感情を吹き飛ばし、楽しそうな口調になった。

「レストランからふらふら出て行くところを見てましたし、しっかりした足取りで戻るところをちゃんと確認しましたから」

仄香は欣秋の手を握る指に力を込めた。

「私のこと、六年前に気に入ってくれてたんですか」

「気に入ったというか、気になったというか。自殺志願者だと思って声をかけたら、プロポーズしてくるおもろ可愛い子なんて初めてだし。私の倫理観では二〇歳未満はだめなので何事もなくお別れしましたが、その後どんどんどんどん気になっていきました。数年後にレストランに訊きに行き、初めての予約だから知らないって言われて終了です」

おもろ可愛い、という言葉を口内で繰り返す。おもろ可愛い……。

「たまたま兄を迎えに行き、それらしき人を見かけて伯母さんに訊いたら、紹介すると言われ、会ってみたら六年前以上におもろ可愛かったので、ここで逃してはならない、と思い、改めて六年前のプロポーズの返事をしてみました。ほんとはあの和食レストランがよかったんですが、婦人会に邪魔されてしまいました」

おもろ可愛いは褒め言葉なのだろうか、と悩んでみる。欣秋が好きになったのがおもろ可愛かったからだとすれば、褒め言葉ではなかったとしても構うまい。

「人の顔を見て、ゲシュタルト崩壊を起こし、しかも、その順番が目と鼻まで来たら、普通は口なのに眉毛に戻るところがなんとも面白く、そして愛らしかったです」

少なくとも皇華が「おもろ可愛い」と表現されることはまずないから、欣秋が皇華に心惹かれることはないだろう。

では、あの美女は？

初対面で破廉恥としかいいようのない話をするのだ。「おもろ美女」と言えば言えるかもしれない……。

「私以上におもろ可愛い人は他にいるんじゃないでしょうか。世の中は広いです」

「愛は早い者勝ちですから世の中の広さは関係ありません。褒め方が変ですか？　もうちょっとちゃんと褒めましょうか。清純で一途で努力家でまじめで単純に顔も可愛いしスタイルもいいし感度も抜群だし喘ぎ声もいいし粘り強くて芯が強くて締まりも強くて濡れ具合も最高だし優しくて親切で笑顔が素敵で色も素敵で形も動きも素敵で」

「気持ち悪いんですけど……」

「すべてひっくるめて仄香さんという存在が可愛くて好きなんです」

満面の笑みを浮かべてしまう。存在が好きと言われては喜ぶしかない。

仄香はつま先を上げて、勢いよく口にした。

「私も！　すべてひっくるめて欣秋さんが好きです。いまはあごしか見えないけど」

そこまで言って、「あ」と思い出したような声をあげた。

「今日の晩ご飯、鮎しゃぶは行きたくないんですが……。予約してしましたか？」

「しましたが、キャンセルできますよ。あの方たちが鮎しゃぶを食べに行く、ということですか？」

仄香は小さく頷いた。毎度のことながら、いろいろと鋭い。

「じゃあ、肉でも食べに行きますか。海鮮続きだと肉がほしくなるでしょう。若狭牛という地元のブランド牛がありますから、焼き肉か、鉄板焼きでもどうですか」

「若狭牛の焼き肉、おいしそうです！　今日は私がごちそうします。ずっと欣秋さんに払ってもらっているので！」

皇華だったら、女の子は化粧をするし、いろいろお金がかかるから男が奢って当然、と言うだろうが、仄香はさして化粧をしないし、仄香の会社は性別で給料は変わらない。

欣秋が無言で仄香を見下ろし、ずいぶん経ってから口を開いた。

「じゃあ、私は最初に白ご飯をたくさん食べてから、肉を注文します。仄香さんは最初から肉を頼んでください」

仄香は欣秋のあごを見上げた。少ない肉で満足できるよう先に白ご飯を食べてお腹を膨らませておく、ということだ。どう考えてもお金持ちの発想ではない。

仄香はズバッと訊いた。

「欣秋さんは、大金持ちじゃないんですか？」

「ズバッと来ましたね。大金持ちどころか金持ちですらありません。いまはご存じのとおり廉価なバイトで生計を立てています。そして残念ながら、私の人生に金持ちになるという未来はありません。ただ、借金はないのでご安心ください。家族を養っていける分は堅実に稼げる、というレベルです」

欣秋の話につい頰を赤らめる。結婚を意識した発言だ。

仄香は恥じらいとともに「堅実は大好きです」と小声で答えた。

結婚はしたくなかったはずなのに、いつのまにか欣秋との結婚生活を幸せな未来として妄想している自分がいる。食事を作らなくていいなら、相当楽だ。

「正直に告白すると、仄香さんのことは、おつきあいする女性を紹介していただいた、ぐらいの感覚でした。ですが、将来的には仄香さんと結婚するので、お見合いということで構いません」

欣秋への気持ちは固まった。愛しているし、離れたくない。

だが、実際のところ、結婚し、坊守になることはできない。

坊守になれば仄香の仕事は住職の補佐になり、自分の生活費は自分で稼ぐ、という人生の目標を達成することができなくなる。相手が欣秋でも、ここだけは譲れない。

寺を継ぎ、あととりを作らなければいけない欣秋は、仄香が坊守にならないと知れば、さすがに次に行くだろう。仄香への愛と寺を天秤にかければ、寺の方が大きいはずだ。

仄香と寺を天秤にかけてほしいとも思わない。

手っ取り早く次に行くなら、あの美女だ。服を見るかぎりいかにも金持ちそうだし、間違いなく坊守として欣秋と寺に尽くすだろう。

美女の言動はおかしいと思うものの、おかしな部分はすべて仄香への牽制で、仄香を欣秋から遠ざけようとしているだけかもしれない。

結婚しなければいけない欣秋と結婚したくない自分、結婚し、坊守となって生涯欣秋を支えるであろう美女。どう考えても美女が有利ではないか。

仄香がどんよりしていると、欣秋は「まずはコミュニティバスを通すのが先です」としみじみ言った。

「コミュニティバスって、交通手段がない場所に走らせる地域バスのことですよね」

仄香の言葉に、はい、と欣秋が笑みを浮かべる。

「いま行政に掛け合ってるんです。このあたりは車がないとどこにも行けませんから免許を返納しようにもできません。コミュニティバスを通して、病院やふれあいカフェなど高齢の方々がよく行く場所を回るようにしてもらいます」

ほー、と感心する。行政にそんなことを掛け合うなんて、欣秋はすごい、と改めて惚れ直す。コミュニティバスが通れば、仄香も少しは動きやすくなる。

まだここに住むと決めたわけではないが。

「目が合った。クソッ」

欣秋が住職らしからぬ罵り言葉を発した。

視線の先をたどると、皇華が顔中に輝きを浮かべている。皇華は、隣に立つ仄香に気づき、怨念じみたどす黒さを放ったあと、欣秋に視線を戻した。

欣秋が諦めたようなため息をもらした。

「そろそろお勤めの時間だし、仕方ないですね」

仄香の手を優しくほどいて本堂に向き直り、合掌して頭を下げた。

温かくて大きな手が離れて少し寂しかったが、彼はすぐそばにいる。

六年とちょっとの時を経て。

「欣秋さん、遊びに来ちゃいました！　ここ、座禅体験とかあります？　棒で肩を叩くやつ。欣秋さんにだったら叩かれてもいいかな」

「うち、座禅はしないんです。みなさま、よくお越しくださいました」

欣秋が少し離れた場所にいる男女三人に合掌した。警察署の副署長と医学部教授秘書は丁寧に礼をし、学志は二人の後ろから欣秋を睨んでいる。

欣秋の中にある何かを暴こうとするように。だが、何があろうと仄香は欣秋の味方だ。

「ほんとにお坊さんなんですね」

教授秘書が欣秋の顔を見て頰を上気させる。副署長も一瞬視線を奪われたが、動揺を隠そうとするように「副署長で、警視です」と挨拶し、わざわざ名刺を出して欣秋に手渡した。欣秋は合掌してから名刺を受け取り、ちらりと見たが、特に反応しなかった。

「欣秋さん、その格好じゃないとお坊さんに見えないですもんね。欣秋さんみたいな人がこんな田舎にいるなんてもったいなすぎますよー。女なんてババアばっかりでしょ。欣秋さんの年だと、ものすごーくたまっちゃうんじゃないですか」

皇華が「ものすごーく」の「ご」に艶美と言えば艶美な、だが、仄香には下品に感じる響きをこめ、欣秋の左腕に自分の右腕を絡めて、自慢の胸を押しつけようとした。

仄香が息を止めるより早く、欣秋が絶妙な間合いで皇華の腕をすり抜けた。

「ほんと、こういう田舎に三〇すぎの住職って考えられないよな。寺の収入だけで生活が成り立つわけないし。僧侶って聖人君子に見えるから、ちょっとイケメンだと頭の悪い女がほいほいついていくんだよね。八〇歳でも女は女だし。田舎だと土地を持ってる金持ちばあさんが多いから、性的な奉仕と引き替えに住職に遺産を貢ぐって十分あり得るよ」

学志が限度を超えたことを言う。

さすがに聞き逃すことができず、仄香は諫めるような声を出した。

「二之宮さん、いまの発言はいくらなんでも……」

ひどすぎます、と続けようとしたとき、欣秋が明るく返した。

「ぼくは祖母が亡くなったのが八〇歳なんで、その年頃の女性は自分のおばあちゃんっていう発想しかないんですよね。まあ、でも、二七歳の男性が八〇歳の女性を性的な対象とみなすのはなんの問題もないですから、恥ずかしがらずに堂々としてればいいと思いますよ。お互い大人ですので。二之宮君、ちょっとイケメンで、お勉強大好きな努力家だし、性的なご奉仕もがんばりそう。あ、いまの発言、セクハラかな。ハハハ」

欣秋が学志に満面の笑みを向けた。学志が顔中に怒りを滲ませ、更に何かを言おうとしたが、その前に欣秋が口を開いた。

「そろそろお勤めの時間です。みなさん、お勤めに参加なさいますか？」

学志が答えた。

「俺たち、そろそろ出かけるんで。ここ、ほんとになんにもないですよね。アプリでタクシーを呼んだから送迎は必要ないです。正直、あの年齢だと運転を任せるのは恐いですよ。子どもを轢（ひ）かないように注意してください」

学志がスマートフォンを操作しながら言い、欣秋は朗らかに応えた。

「このあたりに子どもはいないですよ。いまどきはタクシードライバーの方が高齢だったりしますから気をつけてください。運転技術で言えば、うちの従業員はそこらのタクシードライバーより上です」

山門の奥から「失礼します」という声が聞こえ、顔を向けると、白手袋をはめた高齢の男性が立っていた。

婦人会の若手メンバーとさして年は変わらないか、少し上かもしれない。

学志が不機嫌そうに口ごもり、欣秋に背を向けた。副署長は学志のあとに続き、山門を出る間際、本堂に向き直って合掌をし、それを見て女性二人も合掌した。

欣秋は合掌を返して四人を見送り、仄香とともに雲版を打ちに庫裏に行った。

7章　今日の言葉「だますといたすは似ているようで違う　だましてないからいたしていい」

雲版の音が鳴り響いた。浅い眠りの中にいた仄香はゆっくりと目を開いた。

まばゆい光が障子を通して広い部屋に差し込んでいる。手を横に伸ばしたが、大きなベッドに欣秋はおらず、シーツは冷たい。

昨日は焼き肉屋で、欣秋が白ご飯を頼む前に、仄香が二人分のコース料理を注文した。東京では考えられない値段と量だった。柔らかいブランド牛と欣秋との時間を堪能し、日付が変わる前に戻ってきた。

庫裏に行く途中、SUV車のエンジン音を聞いて出てきたお花やの弟とすれ違った。宿泊客がいるため、欣秋が留守番を頼んだという。身長は欣秋よりずいぶん低く、ひげがあろうがなかろうが、どう見てもまーくんではない。

お花やの弟は、「猫が待っているので」と青いミニバンに乗り込み、とっとと駐車場から出て行った。結婚できなくて当然だ。

欣秋は、夜中にオンラインセミナーがあると言って兄の書斎に行き、仄香は一人で風呂に入って欣秋のベッドに横になり、そのまま寝てしまった。

明け方近くに欣秋の体重でベッドがきしみ、まどろみの中で欣秋の舌を味わい、シーツの摩擦と欣秋の肌の感覚に陶然としているうちにまた眠り、雲版の音で目を覚ました。

寝起きの体に性交の余韻を示すものはなく、甘いキスと抱擁でおわったと思うと残念な気がしたが、欣秋とのまじわりは起きているときの方がいい。今日の目覚めも幸せだ。

ふと灰色の憂いが仄香の胸をよぎった。夜中に僧侶のセミナーがあるだろうか？　葬儀や法要で忙しかったとしても夜中にならないと僧侶たちの手があかない、ということはないはずだ。

美女が仄香の憂いの中で微笑みを作る。セミナーと称し、誰もがうらやむ完璧な肢体を持った美女と仄香の知らない時間をすごした、ということはあり得るだろうか。

美女のことが気になるなら欣秋に訊けばいい。フォルダーを間違って開いた、と言えば怒られないはずだ。

こんなに欣秋を愛しているのに、たった一つの質問ができない。

愛しているからこそできない。

家と土地のことも訊けないから、二つなのだが。

仄香は重いため息をつき、お香のにおいがほんのり漂うベッドに身を沈め、はっと気づいて飛び起きた。慌てて身支度を調え、本堂に向かった。

時間通りの朝のお勤めには、婦人会の女性陣、近所の人々、教授秘書と副署長が参加した。教授秘書は欣秋の美声をしきりに褒め、副署長は手元の紙を熱心に読み返した。

朝食は、宿泊客がいる日は婦人会の女性陣が欣秋の分も用意するということで、庫裏のキッチンに豆腐とミョウガの味噌汁、温泉卵、茄子とオクラの煮物が置いてあった。

食事は作らなくてもいいと欣秋が言ったところで、まったく作らないわけにはいかないだろう。欣秋が食べないにしても、仄香自身のメニューは健康志向にしないと婦人会の女性陣に怒られる気がする。

子どもができたら食育は大切……。料理教室に行った方がいいだろうか。

「今日はお仕事でしたね。晩ご飯は鮎しゃぶにしますか？　秘書さんたちは昨日鮎しゃぶに行ったそうです。今日は、有名なお寺を観光して、夕方に帰ってきて休憩してから、寿司屋に行くと言ってました」

欣秋が、秘書さんと副署長が朝の掃除を手伝ってくれて、そのときに聞きました、と付け加えた。

「仄香さんは、朝は婦人会の女性陣に送ってもらうんですよね。夜は少し遅くなってもいいなら、私が迎えに行きますが」

欣秋が気を遣った口調になる。仄香が仕事をおえ、寺に戻ってくる時間は、皇華たちが寺に戻る時間とかぶっている。

自分のいない間に仄香が皇華にいじめられるのではないかと心配しているのだ。

六年とちょっと前、仄香は「まーくん」に、いとこから寄生虫呼ばわりされた、と話した。いじめられている以外のなにものでもないだろう。

「帰りは事業所の人に駅まで送ってもらいます。欣秋さんが戻るまで庫裏に隠れているので安心してください」

わかりました、と欣秋は恭しく頭を下げた。

「今日の夜はセミナーも何もありません。鮎しゃぶのあと、思う存分いちゃいちゃしましょう」

欣秋がバカバカしいことをまじめな顔で口にし、仄香は顔を輝かせ、「わかりました！」と勢いよく答えた。

＊＊＊

朝食をおえて外出の準備をし、欣秋を見送ったあと、婦人会の女性三人に石川事業所まで送ってもらった。

思う存分いちゃいちゃ、という言葉が脳内をめぐり、しまりのない笑みになる。

白いミニバンは、畑と工場が交互に並ぶ県道を滑らかに進み、女性陣はどこそこの納骨堂だの、永代供養墓だのといった話を始めた。仄香はふと気になり口を開いた。

「納骨堂って、ご住職さんが新しく作られるやつですか」

「ご住職さんが作るんじゃなくて、ご住職さんの紹介よ。納骨堂のあるお寺と民間のお墓があってね、みんな民間のお墓に移ろうって言ってるんだけど……」

「ちょっと！」

運転席の女性が鋭い声を発し、助手席で喋っていた女性がはっとした顔になった。

「いまのは気にしないで。坊守さん、今日は何をするんだったかしら。難しいお仕事をしてるのよね。すごいわ。私なんか……」

「いまの話、ちゃんと教えていただけますか。私、ご住職さんと結婚して、坊守になるので、お寺のことは知っておく必要があります」

つい口にした。勢いのまま言ってしまったが、声に出した瞬間、決心がついた。

「将来的に」だ。いますぐではない。技術翻訳や会議通訳はフリーでもできる。

このご時世、会社を離れ、英語で稼ぐのは難しい。不安定だし、将来の保証もない。

だが、大事なのは欣秋だ。

と、ついでに、自分の食い扶持だ。

いまの職場はそれなりに気に入っているが、欣秋のいる人生には代えられない。

専業ではなく、兼業だったら、坊守の仕事もなんとかなる、だろう。

仄香は三人の女性を自分とは思えないほど強いまなざしで見返した。

女性陣が心底申し訳なさそうな顔をした。

「ごめんなさい……。仄香ちゃんが坊守になることはできないの。こんな可愛い子をだますなんて、私たちってだめね」

仄香の隣に座る女性が深々とため息をついた。

仄香の胸に濃い不安が渦巻いた。自分は欣秋にだまされていたのだろうか。しかも、とんでもないレベルで。

「もう一度言います。私は欣秋さんと結婚します。仕事もやめる予定です。いま決めました。だから、みなさんが知っていることは全部教えてください。何があっても、私が欣秋さんを嫌いになることはありません。坊守ではなかったとしても、欣秋さんと支え合ってずっと一緒に生きていきます」

強い口調で宣言する。

こんなにきっぱりと何かを言ったのは、就職活動の面接のときぐらいだ。結構多い。

仄香の言葉を聞き、女性陣が決断したような表情になった。

互いに視線を交わし、仄香の隣に座る一番年長の女性が説明した。

「あのお寺、いろいろ言ったけど、経営が大変でね。ご住職さんがたくさんバイトしてなんとか成り立ってるの。ご住職さんはお寺の仕事が嫌いで、いまは坊守さん……、仄香ちゃんがいるからがんばって起きてるけど、いつもは寝てばっかりよ」

ふむ、と仄香は相づちを打った。寝てばかりはもう聞いた。

「元々宿坊はご住職さんが私たちのために開いてくれたの。主人が亡くなった私たちを見て、生きがいが必要だって言って、お客さんのお世話を任せてくれたのよ。その頃はまだふれあいカフェもなかったし」

ふむ、と仄香は再び相づちを打った。

「婦人会っていう名前も、宿坊のお世話をすることになったとき私たちが自分でつけたの。

ご住職さんに、いまどき婦人っていう表現はどうのこうのって言われたけど、すぐ往生するんだからいいでしょ！　って怒って、ご住職さんを渋々納得させたのよ。そしたら、往生するどころか、みんなものすごく元気になっちゃって大誤算！　ふれあいカフェもできて、元気になる一方よ」

みんな確かに元気そうだ、とまた頷く。

「でも、観光シーズン以外、お客さんが全然来なくて、大赤字なの。若い人は都会に出て行って、おじいちゃんはばたばた死ぬから門徒はどんどん減っていくしね。まーくんはまたバイトを増やさないといけなくて、バイトの自転車操業よ」

ミニバンがむき出しの山肌に沿って心地よく進んでいく。仄香は「で？」と首を伸ばした。

「私、何をだまされているんでしょう」

仄香の質問に、女性陣が怒ったような声を出した。

「だって、まーくんったら、バイトで生計を立ててるのよ！　バイトで家族を養うなんてできないじゃない！　ずっとバイトで生活するわけじゃないって本人は言うけど、じゃあ、いつバイトをやめるのか訊いたら、最低でもあと四年はバイト生活なんですって」

「出産にはタイムリミットがあるんだし、バイトばっかりで甲斐性(かいしょう)のない男を待つぐらいだったら、仄香ちゃんだって、他の人とお見合いして、そっちに乗り換えるでしょ」

「でも、まーくんには結婚してほしいし、雑誌に載ったいまがお嫁さんをもらう最後のチャンスだと思って、ものすごくお金があって、お寺が繁盛してて、まーくんはいますぐ結婚して子どもを作るつもりだって言っちゃったの！　あっちこっちで！」

　慌てふためく三人に仄香は冷静な声を出した。

「バイトばっかりしてるのは早い段階で聞きました。お金持ちになる未来はないって、昨日言ってましたし。私、東京で仕事をしてますから、いますぐ結婚しない方がいいんですが。出産のタイムリミットって言っても医療技術が向上してるので、三五歳をすぎたら産めないってことはないですし。私は子どもにはこだわってないので、作らなくてもいいなら、それでいいです」

　女性陣が、あら、そうなの？　という顔をする。

「門徒希望者が殺到してメールが一〇〇通以上っていうのも嘘なんですか？　ずいぶん具体的ですけど」

「メールが殺到してるのは嘘じゃないわ。門徒希望者なんて普段はいないから、五、六人いたら殺到って言ってもいいと思う。――いまので全部よ。私たち、余計なことをしちゃったかしら」

「ご住職さんに、本当のことを話したら私が逃げるから嘘をつけって言われたんですか?」

「そんなわけないじゃない! ご住職さんには、相手が逃げたら自分に甲斐性がないだけだから、ちゃんと本当のことを話すようにって言われたわよ。でも、嘘をつくのも男の甲斐性じゃない? これ、性差別ね。出産の話よりマシかしら」

欣秋の誠実さをしみじみと感じ、空調で冷えた体が温かくなっていく。

だが喜んでいる場合ではない。お寺の経営状態がさほどよくないのは薄々察していた。通常より多く寄付をしているであろう高齢の門徒女性が全員往生すれば、収入は激減し、寺はいよいよ立ちゆかなくなる。

「坊守になれないっていうのはどういうことですか。寺が貧乏になるから、私は専業の坊守ではなく、兼業坊守として寺と外の両方で働く、ということでしょうか」

仄香としてはそっちの方がありがたい。わずかな期待を寄せていると、隣席の女性が「もっとひどいことよ」と深いため息をついた。仄香は覚悟を決めて、女性陣を促した。

助手席の女性が言った。

「ご住職さん、なるべく早くお寺を閉めたいみたいなの。要は寺じまいね。仄香ちゃんは兼業どころか、坊守自体なれないのよ」

仄香は、はあ、と気の抜けた相づちを返した。続きがあるかと思ったら、ないようだ。

仄香は少し考え、口を開いた。

「寺じまいをしたあとどうするつもりなんでしょう。さっき、あと四年はバイト生活っておっしゃってましたよね。四年後に正社員になるってことでしょうか」

「四年後もバイトみたいなことを言ってたわよ」

バイトしながら、好きでもない住職業をがんばるのではなく、好きではないから、早く寺を閉めて住職業をやめ、バイト一筋になる、ということか。

とにかく正社員の道を、と思ってきた仄香には健康な男性がバイトで生計を立てるのは正直理解しがたいが、結婚を考えるなら、妻か夫のどちらかが正社員であればいい。

欣秋に対して甘すぎるだろうか？

それはさておき。

「要するにみなさんは寺じまいの予定を隠し、坊守になることのできない私を坊守扱いした、ということですね？」

三人が、割腹でもしそうな勢いで、ごめんなさい‼　と謝罪した。

「仄香ちゃんがご住職さんと結婚してくれたら、私たちも安心して往生できると思って……。ほんとにごめんなさい」

往生したあとはどうなるのだ、と思うが、彼女たちがそこまで考える必要はないだろう。

昨日、欣秋は、家族を養っていける分は堅実に稼げる、と言ったが、バイトだったら、あくまで「いまこの瞬間は稼げる」というだけになる。

将来の保証はないし、見通しのきかない人生だ。

もっとも、寺は閉めても家があるから、そこまで気にしなくてもいいのかもしれない。

どちらにしろ、もう決めた。香奈恵伯母がせっつく納骨堂については、今日の夜にでも、欣秋に、お金目当てで近づきました、と正直に告白しよう。お金がないとわかったいまも好きです、と熱心に訴え、許してくれなければ、いまの会社で出世を目指す。

アメリカ行きは断ろう。欣秋の生活がそこまで不安定ならば、なるべく欣秋のそばにいて、彼を支える必要がある。

いま仄香がすべきは料理や掃除ではなく、会社でばりばり働き、金を稼ぐことだ。

今後、香奈恵伯母はもちろん、皇華一家との縁が切れることはないが、欣秋がいればなんとかなる、だろう。

ふと薄暗い影が胸元をよぎった。

あの美女。仄香はもちろん、星々の輝きさえ忍んで本堂に入っていった。

彼女のことは何一つ解決していない。心を決めて彼女のことを訊くか、心を決めて訊かず、見て見ぬふりをするか。

何があろうと、仄香の人生は欣秋とともにある。

「仄香ちゃん、あそこでいいかしら。意外に近かったわね」

ガソリンスタンドや中古車販売店、ラーメン屋や定食屋が並ぶ県道の中に大きな建物があった。ビルというほどの高さはないが、外壁はガラス張りで、閑散とした周囲とは裏腹に都会的な雰囲気を醸し出している。

ミニバンが建物のエントランスの前に止まり、三人は「嘘をついてごめんなさいね」と申し訳なさそうに謝罪した。

仄香は「大した嘘じゃないので大丈夫です」と本当に大丈夫な口調で言った。

「帰りは駅まで迎えに行くから電話して。運転ぐらいしないとすぐ病気になるからね。お仕事がんばって」

運転席の女性が言い、仄香はミニバンが見えなくなるまで手を振った。

半円形の自動ドアをくぐると、ひんやりとした空気が首筋を冷やし、一瞬で汗が引く。すでに始業時間がすぎていることもあり、広いエントランスフロアには誰もいない。

自動ドアの横に人のいない受付があり、白電話が備わっていた。担当者に教わったとおり、受話器を取って内線番号を押すと、すぐ向かいます、という返事があった。

大して待つこともなく、エントランスゲートの奥から新事業推進部の担当者と中年の男性技術者が小走りで現れた。

ここ最近ずっとやりとりをしているヒト細胞の担当者は三〇代半ばで、半袖の白いシャツと同じぐらい爽やかに「お休み中すいません」と微笑み、四〇代後半とおぼしき技術者は、疲れた顔に精一杯の笑みを浮かべて、「よろしくお願いします」と丁寧に言った。

担当者によると、石川事業所は、元々は組み替えDNAといったバイオ医療を扱う施設で、来年から本格的にヒト細胞の加工製造に携わる予定だという。

事務員も増やすんでしょうか、と訊くと、もちろん、という答えが返ってきた。

仄香は、ほー、と感心した。いろんな未来が頭を巡るが、まずは仕事だ。

仄香は担当者と技術者に案内されるまま会議室に行って、新たに用意された資料を確認してから視察経路に沿って事業所内を見て回った。壁や手すりに案内の矢印とトイレの位置を紙で貼るようアドヴァイスして、オフィスのプレートを始め、英語表記のあるところはすべてチェックし、ないところは書きとめる。昼は視察のときに出す弁当を食べ、担当者が作り直した資料を再度見直し、経路に合わせて紙を貼って回った。

作業がおわったのは、太陽が傾き始めた頃合いで、予定より少し早い。

「ホテルまで送りますよ。ご実家でしたっけ」と中年技術者が訊き、仄香はどきどきしながら、「知人の家に泊まっています。この近くの駅までお願いできますか」と返した。

その前にちょっとだけこの事業所でのお仕事についてお訊きしたいのですが、と新事業推進部の担当者をうかがうと、じゃあ、私も乗りますから車の中で、と担当者が言い、中年技術者が運転席、担当者が助手席、仄香は後部座席に乗り込んだ。

担当者の左手の薬指に銀の指輪がはまっている。

いままではなんの興味もなかったが、これからは別だ。

「いつもは本社ですよね。こちらには出張ですか？」

「新事業が始まってから、東京とこっちを行き来してます。週の半分はこっちの寮ですよ。リモートワークで本社の仕事もできますから」

リモートワーク……、とつぶやいてから、「車の免許がなくても生活できますか」と質問した。

「寮は事業所のすぐそばですから、通勤、帰宅は問題ありません。生活は……どうだろ」

担当者が考えるような顔をし、技術者が口を開いた。

「転勤を断ることができなかった時代は、免許がない人でも赴任してきましたよ。近くの駅まで自転車で十分ぐらいですし、歩いてでも行けますから。昔に比べて、いまはネットがあるし、生活自体は問題ありません」

海外に行けない場合に備えて全国転勤のある会社を選んだため、寺から通勤可能な距離に事業所があるのは運命でも偶然でもないだろうが、改めて自分の選択に満足した。

これもすべてまーくんのおかげ、ひいては欣秋のおかげだ。

こっちに来れば、仕事は翻訳や通訳ではなく、研究費の出納業務や物品の管理が中心になりますよ、と担当者が説明した。最初の配属が海外事業部だからといって、次も同じ職種とは限らず、仕事内容が変わるのは、どんと来ーい、だ。

子どもができれば、免許のない生活は難しくなるだろうが、いまの仄香がそこまで考える必要はない。

電車の本数が多い駅に送ってもらい、車外に出て、ありがとうございました、と頭を下げると、担当者が、転勤を希望されるならおっしゃってください、上司に推薦してもらいます、と朗らかな笑顔を向けた。仄香は、少し考えます、と返し、技術者にも再度、ありがとうございました、と礼を言った。

二階建ての駅舎は予想していたよりずっと大きく、二階部分にはセルフ式のカフェがある。仄香はスマートフォンで時間を確認してから、店の奥にあるカウンターでカフェオレを注文し、トレイを受け取って窓際のテーブル席に座った。

「いまおわりました。これから帰ります」と欣秋にメールする。なるべく欣秋が帰る時間に合わせたい。いじめっ子のことは相変わらず苦手、……というか恐いが、仕方ないと思うしかない。

ほどなくメールが返ってきた。――いま研究室でリアペのチェック中です。もう少しかかります。滑って転んで怪我をしないように気をつけて帰ってください。ラブ～。

リアペ……、と首をひねり、「リアクションペーパー」だと気づく。大学で授業の最後に配られる感想なんかを書く紙だ。

婦人会の女性陣相手のハラスメント講習を、そのまま大学で行っていると思ったが、なんだか普通の授業のようだ。

「ラブ～」は英文メールの最後に使う「Love」だろう。恥ずかしいので無視し、「今日は平日だから、通勤災害にしてもらえると思うので大丈夫です」と返信した。

欣秋からメールが入る。――休日でも通災になりますよ。休日も平日も気をつけてください。ロッツォブラブ～。

ん？　と首を傾げる。「ロッツォブラブ～」は「Lots of love」だが、どうでもいい。

仄香は「休日は通災になりませんよね」と入力した。――なりますよ。宿坊を始めるとき、労災関連はすべて調べました。

わずかな記憶が瞬いた。

父母が事故死したのは土曜日だ。休日出勤した帰りだから通災にならない、と仄香に教えたのは、香奈恵伯母だったか、優子だったか、叔父だったか。

心臓がどきどきする。疑念がこみ上げ、息が苦しい。仄香のメールがいつもと違うことに気づいたのか、欣秋のメールに余計な結びの言葉はない。

皇華一家は、なぜあんな派手な暮らしをしているのか、いつも不思議だった。父とは違い、叔父は大企業に勤めている。だが出世頭ではないし、財力にも限度があるはずだ。

欣秋に、いま電話していいですか？　とメールすると、すぐに電話の着信が入った。

――入澤……。

「土曜日に末端の社員が出勤しても通災になりますか？　パートの人もですか？」

挨拶を無視して話し出す。欣秋はすぐに答えた。

――ご両親ですか？　雨の日にスリップ事故でしたよね。休日でも上司が知っていれば通災になります。上司の反対を押し切って出社したなら別ですが。パートでも、通勤手当が出ていない人でも関係ありません。むちゃな運転をしたんだったら、どこまで補償されるかわかりませんが、休日かどうかは関係ないです。

「雨が降ってたから……、慎重に運転してたと思います。新車だったし……。出勤は上司の命令でした……」

──なら、きっちり補償されます。

「学資保険がどうなるかご存じですか？　月々の支払いをしている者が通災で死亡して掛け金を払えなくなった場合、学資保険に影響があるんでしょうか？」

──通常、学資保険は契約者が死亡したり、大きな障害を負ったりした場合、月々の保険料の支払いは免除されます。途中で解約したら、払い込んだ額より受取額が少なくなるので、よほどでないかぎり解約しません」

よほどでないかぎり解約しない、と口内でつぶやく。よほどでないかぎり……。

「お仕事中、すいませんでした。お寺に戻ってからでもよかったんですが気になってしまって……」

──リアペはいま見なくてもいいので大丈夫です。二時間後ぐらいにはお寺に戻りますから、何かあったらメールか電話してください。

「いろいろありがとうございます」

深々と礼を言い、通話を切ってカフェオレで喉を潤す。心拍数が極限まで上がり、頭が痛くなってきた。左手首にはめた輪ゴムをパチパチと弾き、冷静さを取り戻す。

欣秋からメールの着信が入り、スマートフォンをのぞき込んだ。「仄香さんの場合ですと……」という言葉に始まり、通勤災害で死亡したときに発生する補償その他が列挙されていた。

香典まで入っていて、はっとする。香典なんて考えてもみなかった。両親を失った九歳の子どもが親族に「お香典はどうなりましたか」と訊くわけがないから当然だ。

欣秋のメールには「業務上横領について」という項目があり、刑事、民事のそれぞれの時効と簡単な解説がついていた。仄香の様子に何かを察知したのだろう。メールの文末は「ご門徒に弁護士がいるので、裁判を起こすなら紹介します」だ。

仄香はカフェを出て静かな場所を探し、まずは香奈恵伯母に電話した。

「仄香です。お訊きしたいことがあるんですが」

家と土地はどうなった？　という香奈恵伯母の言葉が続く前に言った。

「両親の事故ですが、通勤災害扱いなんですか」

少しの間を置いて、香奈恵伯母が不審そうな声を出した。

――当たり前でしょ。何言ってるの？

「学資保険はどうなりました？　母は私に学資保険をかけてくれてたはずです」

――あなたが使ったんでしょう。国立大学の入学金と授業料をまかなえる額だったのに、入学金が払えないってお母さんにねだったんじゃない。お金は全部ブランド物に費やして、優子さんが苦労したんだから。あなたが贅沢できたのは、あなたのお父さんお母さんが亡くなったからよ。

「は？」

思わずきつい声を出す。これまでだったらすぐ「すいません、間違えました」と謝っただろうが、今回は別だ。

「どのブランド物の話ですか？　私が何かブランド物を持ってましたか？」

仄香の勢いに気圧され、香奈恵伯母は、「何？　その口のきき方は！」と注意することなく、声に不安を込め始めた。

――お父さんの三回忌のときブランド物のぶかぶかのワンピースを着てたじゃない。

「ブランド物は必ず試着します。安いお店と違って、サイズが合わなかったら店員さんが合うものを出してくるはずです。あのときのワンピース以外で、私がブランド物を持っていたことが一度でもありましたか。通学のかばんも靴もいつもぼろぼろで、新しいものを買う余裕はありませんでしたよ。わかりませんでしたか？」

香奈恵伯母が言葉を失った。

「私は、事故の後処理にお金が必要だったから学資保険は解約したって優子叔母さんに教えられました」

――学資保険は……、契約者が亡くなれば保険料を払う必要はないでしょう。解約なんか、するわけないじゃない……。

香奈恵伯母の声が焦燥の色を帯びる。仄香は怒りに満ちた息を吐いた。

「九歳ですよ。そんなこと知ってると思いますか？　私名義の通帳は優子叔母さんが持っていました。いまも優子叔母さんが持っています。自分の通帳に何がどう振り込まれていたかなんて私は知りません。いまもです」

――でも……、お母さんの遺産はあなたが使ったんでしょ……？　だから家と土地が抵当に入ってたのよ。あなたにご住職さんと結婚して取り戻してもらおうと……。

「遺産⁉　なんですか、それっ。おばあちゃんが毎年お正月にくれた一万円のことですか？　あなたがほんのちょっとでも私のことを見ていたら、私がどんな生活をしてたかわかったでしょ？」

「あなた」という言葉に香奈恵伯母が小さく喉を引きつらせた。

仄香は深呼吸し、冷静に言った。

「香奈恵伯母さんが優子叔母さんの話を一方的に信じたのは、私の普段の行いが悪かったせいです。私が香奈恵伯母さんの信頼を得られるだけの行動をしていれば、少しは優子叔母さんの言うことを疑ったはずですから」

――……仄香ちゃんを、信じてなかったわけじゃあ……。

「私はあの家に引き取られて以降、生活費も学費もすべて叔父さんが稼いだお金だって言われ続け、ずっと両親を恨んできました。どうせ死ぬんだったら、私も連れて行ってくれたらよかったのにって。あの二人は、私のことなんかなんにも考えずに勝手に事故を起こして死んだんです」

――……。

「でも違いました。父も母も私のことをちゃんと考えてくれてました。私の普段の行いがどれだけ悪かったとしても、両親には関係ありません。私の両親を恨むように仕向けた香奈恵伯母さんを、私は、絶対に許しません。絶対に、です‼」

――……優子さんに確認するわ……。

「どうぞご自由に」

香奈恵伯母の言い訳を聞かず、仄香は通話を切った。スマホ画面をスワイプし、電話番号と念のため録音機能をタップする。ほどなく優子が通話に出た。

――仄香ちゃん、なんの用？　いま忙しいんだけど。

「私の母が、私にかけてくれていた学資保険はどうなりましたか？」

優子がスマートフォンの向こうで沈黙した。

「通勤災害の遺族給付、父母の遺族年金、自動車保険の死亡保障。まだあります」

優子が口を開こうとしたが、仄香は強引に続けた。

「父母は新築の一戸建てを購入したばかりでした。叔母さんは、住宅ローンがずいぶん残っていたから家を売ってもローン分を全額まかなうことはできなかった、とおっしゃっていましたね。でも住宅ローンを組むときは団体信用生命保険に入らないといけないんじゃないですか。契約者が亡くなったときは、保険会社がローン残高を返済します。私と父母の家はどうなりました？」

——……。

「聞いてますか？」

——……別の電話が入ったから待ってて。

仄香は反論を許さぬ口調で引き止めた。

「香奈恵伯母さんです。大事な話の最中です。出ないでください」

——あ……、はい。

いつもだったら「わがままはやめて」とでも言っただろうが、優子は大人しく従った。

「私名義の通帳はどこにありますか？　優子叔母さんが保管しているはずです」

——お金は……、あなたが結婚するときの資金としてちゃんと取ってあるわ。私と叔父さんは裁判所が決めたあなたの後見人よ。財産を管理するのは私たちの役目だからね。

「私は近いうちにご住職さんと結婚します。結婚費用が必要なので早急に出してください」

――いま信託として運用してるの……。仄香ちゃんが受け取るときに財産が目減りしたら困るじゃない？　株とか為替って値段が変わるでしょ。仄香ちゃんにとって一番有利なときに渡そうと思ってるのよ。いまはまだそういうときじゃないから安心して私たちに任せてちょうだい。

仄香は通話をスピーカーにし、スマホ画面で欣秋が送ってきたメールを確認した。

あんな短時間でよくこれだけ調べられたな、という情報量で、仄香にもわかりやすく記載されている。調べたのではなく、もともと知っていたのだろうか？

門徒といろんな話をするから知識量は多いにしても限度がある気がするが……。

仄香はスマホ画面をスワイプしながら冷静な声を出した。

「後見人は、資産の運用はできません。信託は、資産を持つ本人が委託することで、あなた方は父母に委託などされていない、ただの後見人です。後見人であるあなた方の役目は資産の維持、管理だけです。そのことをご存じありませんでしたか」

――あんまり……詳しくは……。

優子は言葉をつまらせたあと、威厳のこもった声を出した。

――仄香ちゃん、さっきからお金お金って、お金よりもっと大事なものがあるでしょう。お父さんとお母さんが亡くなって、お金のことしか考えないってあんまりじゃない？

「父母が遺してくれたお金は、私にとって大事な父母の思い出です。叔母さんたちは、私から父母の思い出と私の人生を奪ったんです」

――人生を奪うなんて……言いすぎよ……。

「叔父さんと叔母さんがしたことは業務上横領です。刑事の時効は七年。学資保険を解約せず、一七歳満期で受け取ったのなら時効は来ていますが、一八歳満期であれば、まだ時効は来ていません」

メールの文面を読んでいく。スマホの向こうで優子の顔が青ざめたのがわかった。

――横領なんて人聞きの悪い……。私たちは、あなたを実の娘同然に育ててきたのよ。お金持ちのご住職さんとのお見合いだって、もとはと言えば皇華に来た話じゃない。皇華には学志さんがいるから、あなたに譲ってあげたのよ。お金がほしいなら、ご住職さんにお願いしなさいよ。

「ご住職さんはお金持ちではありません。バイトで生計を立てていて、生活はカツカツです。お金持ちだとか、景気がいいというのは、香奈恵伯母さんの勘違いです。将来有望な若手弁護士より、甲斐性のない三一歳の方がいいなら、そうおっしゃってください」

ごめんなさい、欣秋さん、と声に出さずに謝罪する。

欣秋に生活がカツカツとまでは言われていないし、優子に「じゃあそうしましょう」と言われれば、仄香が慌てふためくところだが、ありがたくも優子は絶句した。

ずいぶん経ってから優子は喘ぐように言った。

——ほ……、仄香ちゃん……、直接会って話しましょう。こっちに来てくれる？　それか私がそっちに行くわ。私が行った方がいいわね。いますぐ行くから。ついでにご住職さんに挨拶しましょう。私たちが育ててきたもう一人の娘を大切に……。

「結構です。貴重な夏休みですから、私のところには来ないでください。連絡はこちらからします。では、さようなら」

——さ、さようなら……。

＊＊＊

電車の時間を確認して婦人会に電話をし、寺の最寄り駅に到着する時間を告げた。怒りが炸裂(さくれつ)したあとの虚脱感が仄香の内部を占めている。

欣秋のメールには、一緒に暮らしていた親族間の問題に警察がどこまで対応するかわかりません、場合によっては仄香さんが証拠を集める必要があります、と書かれていた。

仄香は叔父夫婦を犯罪者にしたいわけではない。

大事なのは学資保険だ。学資保険は、遺族年金のように父母が事故死したことで入ったお金ではない。父母が生きているときに仄香のためにかけてくれた大切な大切なお金だ。

――民事訴訟の場合、業務上横領は不法行為にあたり、時効は損害及び加害者を知ってから三年、または横領があってから二〇年。つまり、時効の期限は今日から三年です。

スマホ画面を見て、まじめな文面も格好いい、と思ったあと、改めて怒りを呼び起こす。

逃げ得は許さない。死んだ両親のためにも。絶対に。

ふと皇華に同情した。叔父夫婦が横領していた事実を皇華が知っていたとは思わない。

皇華は、仄香が叔父夫婦に迷惑をかけ、自分が受け取るはずの幸運を仄香が奪った、と本気で考えているだろう。

皇華の両親が事故で亡くなり、皇華が仄香の両親に引き取られ、仄香の部屋を使い、仄香のお菓子を半分食べ、仄香が友達を呼ぶたび、皇華がダイニングルームと自室をちょろちょろしていたら、自分も皇華と同じように、皇華を寄生虫呼ばわりした、……はずがない！　しない。どう考えてもしない。

皇華が知らなかったからといって、仄香にしたいじわるが親切なできごとに変わるわけではないのだ。

欣秋のメールは「不法行為の規定には過失相殺と呼ばれるものがあり、被害者にも過失があると認められる場合、損害賠償金が減額されます。なので、先方は仄香さんの素行を調査し、都合のいい条件で和解に持ち込もうとするでしょう。ですが、ご安心ください。私が過去の判例を調べ尽くして損害賠償金額を最大限の増額に持ち込み、東大法学部に入ったことを後悔させてやります‼」という言葉で結ばれていた。

後悔させてやる相手は、要するに学志のことだ。叔父夫婦が弁護士を雇うとしたら、娘の花婿候補である学志か、学志の勤める法律事務所の誰かになるだろう。

残念ながら仄香の人生は地味すぎて、弁護士が利用できそうなものはないから調べ損だ。欣秋に何かをすることも考えられるが心配する必要はない。

欣秋が、仄香よりはるかに厄介なタイプなのはさすがに仄香も気づいている。

＊

ＪＲの駅で降りると、朝、仄香を送ってくれたのと同じ女性陣がワゴン車で待っていた。

お仕事はどうだった？　さほど嫌でもありませんでした、と言葉を交わし、いつもの席に乗り込む。運転席の女性は雇い主の言いつけを守り、安全運転を心がけた。

「あの四人はもうお寺に戻りましたか？」

「いま宿坊で休んでるわ。座禅と写経をして海を見てきたんですって。昨日海水浴の穴場を教えたの。女の子たちが泳ぎたそうにしてたわ。明日は一日そば打ち体験よ」

何もないと言いながら、それなりに楽しんでいるようだ。

「そう言えば、今日、仄香ちゃんの部屋の床の間にある額縁の下に変な黒いものがくっついてたわ。そのままにしておいたんだけど、心当たりある？　昨日、掃除をしたときはなかったんだけど」

隣席の女性が親指と人差し指で二センチほどの幅を作り、「このぐらいの小さい箱よ」と説明した。

宿坊の客室には荷物を取りに行っただけだから、仄香が置いてきたわけではない。

「部屋に戻って見てみます。額縁の下ですか？」

そうそう、と助手席の女性が頷いた。

「額が黒いから、ぱっと見ただけじゃわからないの。私たち婦人会は、いつ往生してもいいようにどこもかしこもきれいにしておくから気づいたのよ」

見逃すときもあるけどね、と運転席の女性が言う。

「掃除をしてなかったらご住職さんが怒る、とかですか」

「そんなことじゃ怒らないわ。怒ることがあっても、私たちが無視してたら境内を掃きに行くだけだから平気」

「どういうときに怒るんです？」

「危険運転をしたときよ。怒るっていうより、心配よね。みんないまのご住職さんにはお世話になってるの」

ゆえに嘘をつき、結婚相手を呼び寄せた、ということだ。

相当景気がいい、という噂がなければ、香奈恵伯母は仄香とのお見合いを勧めなかったかもしれないから、婦人会の女性陣を恨むことはない。

「うちの主人はよくお酒を飲んで暴れてね、ご住職さんに電話したら夜中でも飛んできて押さえつけてくれたわ。ここじゃ車がないとどこにも行けないから、ご住職さん、お酒は飲まないことにしてるのよ。もしものときに動けないからね」

「ご住職さん、いいやつでしょ」

「いいやつです。ご住職さんとの縁を取り持ってくださったみなさんに心の底から感謝します」

仄香が合掌すると、女性陣が「ほんとにありがとう」「仄香ちゃんに坊守になってほしかったわ」「ご住職さんに寺じまいはしないようにお願いしようかしら」と口々に言い、即座に「それはやめてください」と断った。

一軒家、プレハブ小屋、シャッターを下ろした小売り店を通りすぎ、山門の裏手に回って駐車場に入った。停まっているのは白いミニバンだけだ。欣秋のSUV車はない。

落胆するが、すぐ戻ってくる、と言い聞かせ、ワゴン車の外に出た。

エンジン音を聞き、留守番の女性が三人庫裏から出てきて、「お帰りなさーい」と挨拶し、仄香は「お疲れ様です」と返した。

一人が早速「嘘をついてごめんなさいね、仄香ちゃん」と謝罪し、あとの二人も申し訳なさそうな顔をした。仄香は「嘘のおかげでご住職さんと出会えたので平気です」と微笑んだ。女性陣が、優しいのね、と言ったあと、仄香の部屋の担当者に業務連絡をした。

「お客さん四人は夕食の時間まで宿坊で休憩して、そのあとはタクシーを呼ぶそうよ。お風呂は用意してあるし、布団も自分たちで敷くっていうから宿坊の仕事はもうおしまい」

仄香が全員に目を向けた。

「お寺は私が見てますから、みなさんはもう解散してください。ご住職さんもすぐ戻られますし。何かあったら電話します」

いいの？　と女性陣が仄香を見返し、仄香は「はい」とにこやかに答えた。

「じゃあ、みんなでふれあいカフェに行ってくるわ。ご住職さんのお見合いの話を報告しなきゃね。お金がなくて、結婚がまだ先でも、仄香ちゃんはご住職さんを捨てたりしないって言ってくれたって。みんな喜ぶわよ」

仄香は、ありがとうございます、と合掌し、女性陣も合掌を返した。六人はミニバンとワゴン車に乗り込み、駐車場を出て行った。

ふう、と一息つき、宿坊の玄関ドアをそっと開くと、靴箱に皇華たち四人の靴が入っている。客室は二階。

仄香は玄関に一番近い客室の鍵をそろっと開け、そろっと入り、そろっと鍵をかけて荷物を置き、床の間にかかった額縁を見回した。婦人会の女性が言っていたとおり、下方に二センチにも満たない黒い箱のようなものがついている。額縁も黒いから、注意して見ないと気づかない。

仄香は顔を近づけ、軽く触った。

小型カメラだ。

防犯用という名目で売られているが、こんなところに取り付けられている以上、目的は盗撮だ。両面テープで貼り付けられ、ちょうど仄香の着替えが映る位置になる。

仄香が戻ってきたとき、鍵はちゃんとかかっていた。

婦人会の女性陣以外に鍵を持っている人物はただ一人。

まさか——。

鼓動が激しく打ち鳴らされる。つい今し方の幸せが一瞬で消し飛んだ。

心臓が圧迫され、息ができなくなったとき、超音波かと思う甲高い声が宿坊の奥から轟いた。

「ちょっと来て！　これカメラじゃない？」

酸欠で倒れるかと思ったが、かろうじて踏みとどまり、深呼吸をして客室を出た。

皇華が右手に何かを持ち、小走りに廊下を駆けてくる。仄香が見つけたのと同じ二センチほどの黒い箱だ。二階から三人分の足音が階段を下りてきた。

学志が真っ先に皇華のそばに行き、小型カメラを手に取った。

「どこにあった？」

「さっき女性トイレで見つけたの。トイレの後ろにあるバルブの陰みたいなとこ。明らかに盗撮だよ！」

教授秘書が学志の背後から小型カメラをのぞき、心配そうな顔をした。

「誰がやったの……？」

「住職に決まってるでしょ！　最初からキモいと思ってたんだよ。私のこと、嫌らしい目で見てたもん。もしかして盗撮動画をネットで売ってるのかも」

「脱衣所にもついてるんじゃないか？　俺が見てくるよ！　みんなはここで待ってろ。お前は女の子のそばにいろ。あの住職が戻ってきたら危険だしな」

学志が行動力を発揮してサニタリールームに走っていき、皇華は怒りを、教授秘書は不安を滲ませた。副署長は二人の背後に立ち、守るような位置についた。

仄香は三人に気づかれないよう宿坊の外に行き、ショルダーバッグからスマートフォンを出して欣秋にメールした。──宿坊で隠しカメラが見つかったって大騒ぎになってます。ほどなく返信があった。──いまそっちに向かってます。

ナイフを突き立てられたように胃が痛む。目尻に涙が浮かんだが、泣くわけにはいかなかった。

つらい気持ちはある日突然やってくる。両親の死を聞いたときのように。

「脱衣所には何もない。トイレだけだ」

開いたままの玄関ドアから、学志の声とスリッパの音が届いた。

仄香は持ったままでいた小型カメラを震える手でショルダーバッグに入れた。

「仄香ちゃん、いる⁉」

皇華が仄香の名を呼んだ。スリッパを脱ぎ、靴を履く音。

どうすればいいか悩む間もなく、皇華が出てきて仄香の前に立ちはだかった。

「仄香ちゃん、まさか共犯じゃないよね」

皇華が仄香を睨みつける。皇華の後ろから副署長、教授秘書、最後に学志が現れた。

「性犯罪者の妻って、夫が罪を犯すと被害者のところに行って示談にしてくれるように泣いて頼むんだって。仄香ちゃんにぴったりじゃん」

仄香は息を整え、皇華に訊いた。

「……警察に行くの？」

「そんなのだめに決まってるだろ！」

学志が小型カメラを手の平で握りしめ、勢いよく否定した。

「警察に行ったら、男の警察官と一緒に自分のトイレ動画を確認することになるんだぞ。検察の取り調べでも動画を見ないといけないし、裁判になったら裁判官も見るんだ。そんなのたえられるか？」

「女性警察官がいるんじゃないんですか……」

教授秘書が恐る恐る質問し、副署長が口を開いた。

「女性警察官は最初に話を聞くだけで、捜査とは関係ない部署の担当者が多いんだ。女警の数はせいぜい一割だし、最初から男ってとこもある。検察官も裁判官も男が多いしね」

「だからって性犯罪者を野放しにできないよ。証拠はあるんだし、問い詰めたら白状するって」

皇華が鼻息を荒くし、学志が割って入った。

「あの住職、昨日俺のことを蹴ってきたんだぞ。ああいう表でニコニコしてるやつは追いつめられたら何をするかわからない。女の子だけでも帰って、あとは俺たちに任せろ」

仄香は弱々しい声で訂正した。

「蹴ったのは壁です……」

「似たようなもんだ。俺は弁護士だし、こいつは警察官だ。野放しにはしないから安心しろ」

学志が女性二人に力強く微笑み、皇華は迷いを滲ませたあとあきらめの息を吐いた。

「じゃあ……」

仄香の背後で砂利を踏みしめる音がした。反射的に振り返ったが、欣秋ではない。

副署長が怪訝そうな顔をした。

「あなたはここの宿泊者ですか?」

「違いますけど……。それでもいいですけど……。ご住職さん、――欣秋さんはいる?」

画像の美女だ。ノースリーブの黒いニットに足首まである白い巻きスカートを身につけた姿は上品さと優雅さ、艶美さが絶妙に交ざり合い、皇華とはレベルが違うと言うようだ。手には以前会ったときと同じ赤い花柄のミニバッグを持っている。

美女は余裕のこもったまなざしで灰香を見て、教授秘書を見て、最後に皇華を見た。

「住職はいません。何しにここに来たんですか。いま大変な状況なんです」

皇華が返し、敵対するような目で美女の全身をチェックした。整った顔は険しいままだ。負けた、と思ったのだろう。

美女が口を開いた。

「あなたは欣秋さんの新しいお相手？」

「あんな性犯罪者、私が相手にするわけないじゃないですか！」

「性犯罪者？」

美女が眉根を寄せ、皇華の後方から副署長が言った。

「小型カメラで女性トイレを盗撮してたんです。宿泊はやめた方がいいですよ。動画を売るか、盗撮サイトで共有していた可能性もありますから」

「欣秋さんが……？　まさか……」

美女が言葉を失った。ＳＵＶ車のエンジン音が聞こえ、駐車場に入ってきた。ドアが開き、私服姿の欣秋が現れた。皇華と教授秘書が怯え、副署長が前に出て、学志が後ろに引き下がる。美女は何が起こったかわからず、欣秋と皇華たちの間で視線を行き来させた。

欣秋は早足で歩いてきて、全身を震わせる仄香の手首をつかみ、自分の背後に隠した。

「先ほど警察を呼んだから安心してください」

ん？　と思い、欣秋を見上げる。欣秋が正面に向き直った。

「まさか盗撮までしていたとは思いませんでした」

欣秋の瞳に映っているのは、仄香でも皇華たち四人でもなく、輝くように美しい女性だ。

「あなたのことは警察に相談したと言ったはずです。今度来たら通報するとも言いました」

「警察には……、私だって行きました。あなたとつきあってて、暴力を振るわれてるって。被害届を出すよう言われたけど、あなたを犯罪者にしたくないって言って断りました」

「ええ、生活安全課（セイアン）の担当者から聞きました。あなたが警察に行ったのは、私が証拠を持参したあとですよ。私とつきあってると言えば警察はあなたを信じると思ったんでしょうが、毎日一〇〇通も二〇〇通もメールを送ってきたのがまずかったですね。あなたから来たメールは画像も含め、すべて警察に渡してあります。個人にわいせつ画像を送ることを罪に問うことはできませんが、客室を盗撮していたとなれば話は別です」

おや？　と仄香は小首を傾げた。

皇華はもちろん、副署長も教授秘書も状況が呑み込めず、ぼんやりしている。

仄香は欣秋と美女を交互に見て、皇華たち三人に視線を移してから、後方にいる学志をとらえた。

どうして彼はあんなところにいるのだろう。

通常なら真っ先に皇華たちをかばいに行くはずなのに。

「待ってちょうだい……。誤解があります。私は盗撮なんかしてないです……！」

「あなたにとっては盗撮ではないでしょうね。これは盗撮ではない、私に近づく悪い女から私を守る正当な手段だと思ってらっしゃるんでしょう」

「いやいやいや、思ってないです！　あなたを守るとかそういうんじゃなくて、ほんとに……」

「あなたが私に執着すればするほど、あなたは自分の人生を失っていくんです。あなたが何をしようと、私の行動や感情を変えることはできません」

「話を聞いてください！　ほんとに私……違うんです！　ほんとに違うのっ」

「話は警察官かストーカー加害者の治療を行っている精神科医か、臨床心理士か公認心理師に聞いてもらってください。あなたが自分の人生をぼろぼろにし、取り返しがつかなくなることをする前にね」

甲高いサイレン音が響き、赤色灯を点滅させたパトカーが駐車場に入ってきた。

パトカーが駐車場の入口で止まり、男性の制服警官が二人、女性警察官が一人降りてくる。欣秋が女性警察官を目で促し、女性警察官が歩いてきて美女の肘を取った。

「警察署まで来ていただけますか」

「違うの！　私、ほんとに違うのっ。聞いて、私の話を聞いて！」

「ちゃんと聞きますから、どうぞこちらへ」

美女は混乱に陥ったが、拒否することなく、女性警察官とともにパトカーの後部座席に座った。欣秋の様子からして、彼が女性警察官を連れてくるよう頼んだのだろう。

男性警察官が対応すれば、セクハラだのなんだのと言われかねない。

男性警察官の一人が肩についた無線機で「女を確保しました」と報告した。

欣秋の近くにいた副署長が「あれって任意同行ですよね。緊急逮捕(キンタイ)や現行犯逮捕(ゲンタイ)ができる案件じゃないでしょう」と業界用語をまじえて言った。

欣秋は、業界用語の意味を訊き返すことなく答えた。

「逮捕とは言ってません。警察官が来ていただけますかと声をかけたら、女性がついてきただけです。警察官の対応が気になるなら、あの女性に任意だから拒否できるって伝えてください」

副署長は動かなかった。知識を披露したかっただけだ。警察官が、適正な公権力の行使を遮るわけがない。

二人の男性警察官が挙手の敬礼をし、副署長がお辞儀の答礼をし、欣秋が合掌した。二人がパトカーに乗り、サイレンを鳴らさず、寺の駐車場から出て行った。エンジン音が遠ざかり、境内に静寂が戻る。欣秋が背後にいる仄香を気遣うように見下ろした。

「怪我はありませんか。——みなさんも大丈夫でしたか」

仄香と教授秘書が「大丈夫です……」「はい」と怯えたような声を出した。

皇華が訊いた。

「欣秋さんがカメラを仕掛けたんじゃないんですか」

「そんなことしませんよ」

欣秋があっさり返した。

「さっきも言ったように彼女のことは前から警察に相談してました。わいせつ画像だけじゃなく、自分自身に暴力を振るう画像まで送ってくるようになりましたからね。この先、私の注意を引くために何をするかわかりません。それに暴力は見る側も傷つきます」

「あの人……、前に欣秋さんが法話の練習をしてたとき本堂に入っていきましたよね。おはぎの差し入れもしてたし」

仄香は消え入りそうな声を出した。美女は本堂に入って欣秋に会ったはずなのに、翌朝、欣秋に訊いたら誰も来ていないと返したこと、美女がおはぎの差し入れをしたと仄香に話したのに、欣秋は何も食べてないと答えたこと。

小型カメラとはなんの関係もないかもしれないが、気にならないとは言えない。

「おはぎは捨てました。生ものですから証拠として保存しておくわけにはいかないし。法話の練習っていつですか？」

「九〇歳の門徒さんが亡くなった日です。夜中に欣秋さんが葬儀の練習をしてたとき、本堂に入っていきました」

「知りませんよ！　それ、建造物侵入ですから！　なんで言わないんですか⁉」

「欣秋さん……、本堂にいましたよね。勝手に入ったら普通わかると思うんですが……」

「集中すると音が聞こえなくなるタイプなんですよね……。何されたんだろ。本堂にも盗撮用のカメラがあるかもしれませんね」

皇華は欣秋への怒りを一瞬で別の感情に切り替え、上体を欣秋に近づけた。

「欣秋さんみたいな超イケメンだったら、ストーカーにも遭いますよね。私、欣秋さんのこと、信じてました。仄香ちゃんは疑ってたけど」

おいおい、と思うも、欣秋が「やっぱ性格悪すぎだ」と思ったのは間違いない。

欣秋は、皇華からするっと距離を取って説明した。

「彼女は私のことが好きでつきまとってるんじゃないですよ。僧侶雑誌のインタビューを読んで、私のことを誰にも相手にされない田舎のかわいそうな坊主だと思い、社会奉仕みたいな気持ちで来たんでしょう」

副署長が挑戦するように目を細めた。

「あの女性は、あなたの彼女か、昔の彼女じゃないんですか。ストーカーの五割は、交際相手か元交際相手ですから。ストーカー全体の七割が顔見知りです」

「面識がないので、彼女は残る三割ですね」

欣秋が副署長の言葉を軽くかわす。

「女性がつきまとうって珍しいですよね」

教授秘書が言い、副署長がここぞとばかりに答えた。

「加害者の八割は男だから、女のストーカーは確かに珍しいね。被害の相談も、八割が女性だよ」

欣秋が即座に「そんなことはありません」と否定した。

「警察に相談に来る人は、女性が八割、男性が二割ですが、NPO法人など民間の相談機関に行く人は、男女半々です。男性は警察に被害を訴えにくいんです。殺害や傷害など暴力行為に走るのは男性が多いため、刑事事件に発展して検挙されるのは八割が男性になります。刑事事件に限定しなければ、加害者にも被害者にも性差はありません」

副署長がむっとしたような顔をした。

「よくご存じですね。ぼくは聞いたことがないですが、そういう見方もあるんでしょう」

「キャリアの方だったらご存じなくても仕方ありません。事件の現場を動かすのはノンキャリの方ですから」

壮絶なマウント合戦だ。いつおわるのかわからない。

「さっきの女性、相当な美人でしたね」

教授秘書が口にし、副署長ではなく、欣秋が答えた。

「ストーカーの特徴は孤立していてプライドが極端に高いタイプです。プライドが高いから自分が嫌われていることを受け入れられず、拒絶されると、自分を弄びやがって、と逆恨みに転じます。容姿が整った人や、高学歴や高収入の人がつきまとう、というのは珍しくないんです」

副署長が気を取り直し、自慢げに微笑んだ。

「じゃあ、ぼくや学志みたいな男がストーカーになりやすいってことですね。収入はさておき、学歴は高いですから」

「博士を持ってらっしゃるんですね」

欣秋がさらっと言った。副署長が言い淀んだあと口にした。

「いえ……、博士は持ってません。東大法学部、卒、です。あなたは持ってるんですか」

「私はマスターです。あっちじゃPh.D.ぐらい持ってないと相手にされませんから、とっとと取らないといけないんですが——」

「Ph.D.って、海外の博士号ですよね。あっちっていうのは浄土ですか？　学志から仏教学科のご出身だって聞きましたよ」

笑うところだろうか、と仄香は思ったが、副署長は真剣だ。学志が欣秋の学歴の話をしたのなら、内容は「願書を取り寄せたら合格すると評判の底辺大学出身」だろう。浄土は西方にあるはずだから、「底辺」より「西の最果て」がふさわしいかもしれない。

「仏教学科は、別の大学でマスターを取ったあとです」

別の大学？　と副署長が眉根を寄せ、仄香も一緒に眉根を寄せた。

頭の中で過去の記憶が瞬き、眼前で形をなしていく。あれは確か……。

「マスターはどちらの大学ですか？」

副署長が不審そうに訊き返した。仄香は「あ‼」と大きな声をあげた。

六年とちょっと前、仄香が欣秋と出会ったときに欣秋が着ていた大きなグレーのTシャツ。胸元の文字はしわのせいでアルファベットがところどころ欠けていた。

仄香の記憶に確実に残っているのは「J」「O」「H」「O」「P」「K」「I」「N」だ。

「J・HOP」でも、「JOHOP」でも、「PUMPKIN」でもない。

「JOHNS HOPKINS（ジョンズ・ホプキンス）だ！」

仄香は大きく叫んだ。

「最初に会ったとき、欣秋さんが着てた服、ジョンズ・ホプキンスのカレッジTシャツですよね⁉」

欣秋は、「楽なんですよね、あれ」と軽い口調で肯定した。

「ジョンズ・ホプキンス」は大学の名前だ。メリーランド州のボルティモアにある。

新事業推進部から回ってくる資料で何度か名前を見たことがある。

「ジョンズ・ホプキンスって、あのジョンズ・ホプキンス？　ご住職さん、ジョンズ・ホプキンスでマスターを取ったんですか？　えええ‼」

教授秘書が表情を変え、欣秋に睨むような目を向けた。

欣秋が勢いに押され、「はあ、まあ……」と言葉を濁した。

「マジー⁉　ヤッバ‼」

副署長が眉間にしわを浮かべた。

「ジョンズ・ホプキンスって医学で有名な大学ですよね。あなた、医者ですか？」

「いえ、違います。私の研究分野は医学領域でも行われてるんです。研究環境が整っているのがジョンズ・ホプキンスの医学部だったので、マスターのとき、ジョンズ・ホプキンスに進学しました」

　皇華が、派手に驚く医学部教授秘書を不機嫌そうに眺めた。

「ジョンズ……、ってなんなの、それ」

「アイビー・リーグってあるでしょ。ハーバードみたいな、アメリカの超有名私立大学の総称。アイビー・リーグには入ってないけど、同じぐらいすごい大学ってことで、隠れたアイビー(ヒドゥン)って呼ばれてる大学にジョンズ・ホプキンス大学ってところがあって、医学ですごく有名なの！　あんた、ほんとバカじゃない⁉　カリフォルニアで一年何してたの⁉」

　教授秘書が禁断の言葉を発する。皇華は「あんた、誰が彼を紹介したと思ってんの⁉」と言い返した。仄香は不審そうな顔で質問した。

「ニューヨークにいたっていうのはなんなんですか」

「学部の三回生のとき、一年間、ニューヨークにあるロチェスター大学ってところに留学してたんです。学部は日本だし、東大でもないですよ……」

「学部」というのは大学のことだ。仄香は、三回生、という言い方に首をひねった。

「三年生」ではなく、「三回生」……。

「ロチェスター大学も医学で有名なところですよね。うちの先生が出張で行ってました」

秘書が興奮とともに言い、仄香は再び訊いた。

「学部はどこの大学なんですか」

「京大です」

殴るぞ、ゴルァァァ、と言いたくなるのをぐっとこらえる。

「むちゃくちゃエリートじゃないですか」

「エリートじゃないです。実家は資金力のない小さな寺だし、兄は高卒です。通常エリートは家族全員エリートですから」

「お兄さんは大学に行きたかったけど、経済的な事情で行けなかったんですか?」

「大学で勉強するより、和菓子が好きだったんです」

なんだかやたらと腹が立つ。が、ぐっとこらえるしかない。

「どんな研究をなさってるんですか」

黙っていた副署長がむりやり会話に割り込んだ。純粋に興味があることを知られまいとするように不機嫌さを装うが、さっきまでと敬語の度合いがかなり違う。

「ストーカーやＤＶ、常習的な性犯罪など他者に害を及ぼす嗜癖行動を神経科学の面からとらえる研究です。ストーカーもＤＶも警察がやめろと言えば、八割はやめます。一割は、なんとかかんとかやめます。何をしてもどうにもならないのが残る一割で、この一割をどうするかが、私の研究テーマです」

へー、と副署長が素直に感心した。

仄香は左手首にはめていた輪ゴムを欣秋に見せた。

「この輪ゴムは何かあるんですか」

「アルコール依存症者が酒を飲む衝動に駆られたり、常習的な性加害者が加害をしたくなったりしたときに対処する方法の一つです。ＰＴＳＤや精神的なストレスで不安や恐怖に襲われるときにも利用します」

仄香はぱちぱちと輪ゴムを弾いた。六年とちょっと前は苦痛を紛らわす行為だった。だが、いまは長い思い出と幸せの凝縮だ。輪ゴムはヘアゴムがないときに使うし、とりあえずこのままでいいか、と仄香は思った。

「で、カメラは？　被害届を出すのに証拠が必要です」

「カメラは学志さんが持ってます。学志さん……」

皇華が背後にいる学志に目を向けた。学志は眉を曇らせたままだ。

「警察には行かないし、カメラも渡さない。さっきも言ったけど、捜査になれば、男性警察官も、男性検事も動画を見るんだ。顔が映ってなかったら、警察官と一緒に自分かどうか確認しないといけない。自分のストーカーをなんとかするために、被害に遭った女性に負担をかけるようなまねはやめるんだな」

学志の言葉に、欣秋は声をつまらせ、やがて小さなため息をついた。あきらめの息だ。

「……お話の最中すいません」

仄香は境内に下りた沈黙を破った。

「これ、私の客室にありました。昨日の夜、設置したみたいです。どうやって部屋の鍵を開けたのかわかりませんが……。警察に見られてもいいので、これを使ってください」

ショルダーバッグから自分の客室で見つけた小型カメラを出し、手の平に載せた。

欣秋が怪訝そうな顔をした。

「なんでいままで黙ってたんです?」

「……部屋に入るには合鍵が必要だし、合鍵を持ってる人って限られてるから……」

「私が犯人だと思ったんですね」

欣秋が腕組みをして仄香を見下ろした。

仄香は、そ、そんなことは……、とうろたえたが、要するにそんなことだ。

「仄香さんが持ってる部屋の鍵を見せていただけますか」

仄香は、ショルダーバッグから長方形のプレートがついた鍵を出し、欣秋に渡した。

欣秋があきらめたような声を出した。

「これは純正キーです。合鍵と間違えて渡したんでしょう。鍵に番号が刻印されていて、番号を覚えて鍵屋に行けば、合鍵を作ってくれます」

ここです、と欣秋が鍵を仄香に見せる。持ち手部分に数字とアルファベットが刻印されていた。

「仄香さんが純正キーを持っていても、あの女性が合鍵を作れるわけではないですからどうやって鍵を開けたのかは不明ですが、少なくとも防犯が行き届いていないのははっきりしましたね……」

欣秋が、ふー、と深い息を吐く。

「宿坊の鍵を換えて、お花やさんに従業員の管理を徹底してもらいます。宿坊はずっと続けるわけではないですし……」

「……欣秋さんじゃないんですか？」

仄香がこわごわ質問すると、欣秋は子どもに言い聞かせるような口調になった。

「あのね、仄香さん、きみはいま庫裏で寝起きしてて、宿坊には荷物を取りに行くだけでしょ。それを知ってるぼくがなんで宿坊のきみの部屋にカメラを取り付けるんですか」

仄香は少し悩んで「確かに」と納得した。

「私をかばったということで許しましょう。夫にどれだけ殴られても、殴らなければいい人なんです、と言って、夫をかばう妻の典型ということで理解しておきます」

そんなことはしない、と断言はできない。

「みなさん、お騒がせしました。夕食はお寿司でしたね。今日行かれる店の主人はうちの門徒ですから、サービスするよう伝えておきます。私は警察に行ってきます」

欣秋が仄香に視線を移し、仄香は小型カメラを手に載せたまま、私も一緒に行きます、と言おうとした。学志が警戒心のこもった顔になった。

「何も映ってないのに警察に行く必要はないだろ。あんたが被害届を出したら、俺たちも取り調べを受けることになる。せっかくの夏休みをこれ以上潰されたくないからな」

「カメラには犯人が映ってますよ。セルフタイマーなんてついてませんから、カメラを設置するとき録画ボタンを押す必要があります」

欣秋は動じず言い返した。ふいに学志が仄香に飛びかかり、小型カメラに手を伸ばした。学志の指先が仄香にふれるより早く欣秋が学志に体当たりし、背後から腕を首に回し、頸動脈（けいどうみゃく）を絞めた。学志の顔が真っ赤になり、瞳が大きく開かれたあと全身から力が抜け、まぶたが静かに閉ざされた。欣秋が学志の体を地面にゆっくりと横たえた。

副署長が学志に駆け寄り、頰を手の平で叩いた。学志が薄く目を開けた。

意識は朦朧としているが、ぶじだ。

「あんた、一体何するんだ！　下手に頸動脈を絞めたら死ぬぞ。今後こそ本当に現行犯だ。さっきの警官を呼んで、あんたを傷害罪で連れて行ってもらう！」

「上手に絞めたから大丈夫です。どうせ警察には行きますから、どうぞ呼んでください。ただし、その人も一緒です」

仄香が副署長に言った。

「欣秋さんは私を守ってくれたんです。二之宮さんが小型カメラを奪おうとして私に襲いかかってきたから……。二之宮さん、宿坊の玄関先で私に声をかけたとき、私から鍵を取って、見てました。あのとき鍵番号を覚えて、モールで合鍵を作ってもらったんだと思います」

「あの女性、盗撮はしてないって言ってたけど、ほんとにしてなかったみたいですね」

仄香は慌てて取りなした。

「婦人会のみなさんを怒らないであげてください……！」

「怒りませんよ。注意喚起はしますが。合鍵を作って盗撮するような人は、どんな方法を使ってでも盗撮します。実際、女性トイレにカメラを設置してるわけですし。仄香さんの部屋にはつけることができたからつけたってだけでしょう。被害者は一人たりとも出してはいけないんです。一人ならよくて、二人ならだめってことにはなりません」

副署長が倒れたままの学志のポケットを手で漁（あさ）った。

ズボンのサイドポケットに濡れて丸まったハンカチがある。中を開くと、先ほど皇華から受け取った小型カメラが入っていた。

欣秋が言った。

「さっき宿坊にこっそり入って、こっそり出てきてたから、なんだろうと思ってました。玄関フロアにある給茶機のお茶に浸してきたんでしょう。その程度でカメラは壊れないと思いますが」

白いハンカチについているのは、薄い煎茶の色だ。

「トイレの入口には防犯カメラがついていますから、防カメのデータも警察に渡します」

「あの防カメはダミーですよね？」

副署長が欣秋に訊いた。境内のトイレの頭上にはかなり大きな防犯カメラが設置されている。防犯カメラに映らず女性トイレに侵入することはできない。

欣秋ではなく、仄香が副署長に訊き返した。

「どうしてダミーだってわかるんですか？」

「カメラがきれいだったからね。通常、屋外に置いておけばすぐ汚れるけど、ダミーだと電気が通ってないからきれいなことが多いんだ。犯罪が加速すれば防カメがあっても気にしなくなるけど、学志がそこまでの状態になってたら、さすがにぼくが気づいてるよ」

欣秋が苦しげな声を出した。

「あれはダミーじゃありません……。比較的きれいなのは、私がこまめに拭き掃除をしているからです。ストレス解消が犯罪を誘発するとは……、不覚です。本物がダミーと思われては防犯になりません」

「でも、これで二之宮さんが常習犯だってことがわかりましたね！」

仄香は欣秋を慰めるように言った。

ぱっと見てダミーか本物かわかるということは、相当場数を踏んでいるということだ。

大人しくしていた皇華が恐怖で震える声を出した。

「学志さん……、そいつ、のぞきで捕まったことがあるんです。中二のときと高三のとき。中二のときはおとがめなしで、高三のときは冤罪（えんざい）って言ってました……」

仄香も覚えている。皇華はのぞきの噂を聞き、学志を「いかにもって感じ」と評していた。皇華の態度が変わったのは、学志が大学に入ってからだ。

「子どものときから続いてたんでしょう。おとがめなしっていうのは、一番悪い解決法です。この程度大したことはない、と言い聞かせて罪を重ねるのが常習的な加害者ですから。さて、警察を呼びますかね」

欣秋がスマートフォンを手に持ち、警察に電話しようとした。

「彼の身柄はぼくが預かります！」

副署長が警察官らしい押しつけがましさと威厳のこもった声で言った。

欣秋は不快そうに眉をひそめた。

「あなた、警視庁でしょう。ここは福井県警の管轄ですよ。なんであなたが預かるんですか？」

「ぼくは警察庁のキャリアで、警察庁は都道府県警を指揮監督する立場です。犯罪の嫌疑がかけられた友人の身を預かるのは、県警の監督庁にいる者の責務、です」

「そんな責務、聞いたこともありませんね」

欣秋が、はっ、と鼻から息を吐き、副署長がわずかにたじろいだ。

欣秋が脅すような声で言った。

「ここで見逃せば、彼はまたやりますよ。絶対に、です。成功体験を積み重ねて犯罪者として完成してしまえば、もう誰にも止められません。最後の一割になってからでは遅いんです」

もうなってるかもしれませんけどね！　と欣秋は付け加え、副署長を見返した。

「あなたはこれから熾烈な出世競争を勝ち抜いていかないといけない身でしょう。学生時代からの友人が常習的な性犯罪者だと知られたら致命傷じゃないですか。友人を通報し、どんな犯罪も見逃さない正義の人になった方がいいと思いますが」

欣秋が副署長の反応を正面からうかがった。副署長はしばらくの間沈黙した。

やがて言った。

「彼は弁護士ですし、捜査が適正かどうかぼくよりはるかによく知っています。ちゃんとした捜査をし、潔白だと証明することを彼も望んでいるでしょう」

出世と友人を天秤にかけ、正直にも出世を取った。

学志が徐々に意識を取り戻し、しきりと瞬きを繰り返す。

副署長が女性二人に宿坊に入るように言い、学志が不審な行動を見せたときいつでも蹴ることができるよう立ったまま説明した。

「脳に損傷があるかもしれないから動くな。いま救急車とパトカーを呼んだ。あの男はパトカーに連れて行ってもらう。お前の首を絞めた現行犯だからな」

なかなか知恵が回る説明だ。欣秋は少し離れた位置に立ち、スマートフォンで警察に事情を話して通話を切り、仄香に向き直った。

「どうして言ってくれなかったんですか」

欣秋が口を開くより早く仄香が訊いた。

「大学のこととか、いろいろ。学歴で判断するわけじゃないですが、行動がちぐはぐなので疑いをかけてしまいました。ちゃんと言ってくれたら、もやもやしなくてすんだのに」

疑いをかけようがかけまいが仄香の行動は変わらなかったが、もやもやは捨てきれない。

欣秋が仄香に訊き返した。

「宿坊に僧侶雑誌が置いてありましたよね。私のインタビューが載った号。読みましたか」

「読んでないです」

「だと思いました」

仄香は、意味がわからずぼんやりした。欣秋が言った。

「あそこにすべて書いてあります」

『わかるわかる脳科学』執筆者一覧

ユニット2「脳科学研究の可能性」入澤脩真（ジョンズ・ホプキンス大学　客員研究員）

……………………

*

教員紹介

大学院医学研究科・医学部

非常勤講師　入澤脩真

学位　ジョンズ・ホプキンス大学修士（神経科学）
研究キーワード　脳・神経、神経科学、認知科学、認知神経科学、行動嗜癖、反社会的行動、倫理
研究テーマ　反復する逸脱行動の認知神経科学的アプローチ
最終学歴　ジョンズ・ホプキンス大学医学部　神経科学科　修士課程　修了
担当科目　神経科学基礎論A、神経科学基礎論B、認知脳科学特論、脳科学と倫理

＊

Ｆｒｏｍ　教授秘書
件名〈入澤さん〉
入澤さんのこと、臨床じゃなくて、基礎系の先生に訊いたら知ってた！
修士論文の評価が高くて、界隈で有名なんだって。

査読のある国際学術誌に載ったって言ってたよ。

そのあとも、査読つきの論文をいくつか出してるし。

仏教学科が一番すごくて、仏教の卒業論文が査読のある医学の論文誌に載ったんだって！

査読つきってすごいんだからね！

査読があるかないかで論文の評価が全然変わるんだから！

卒論が査読つきの論文誌に載るなんて聞いたことがないって、うちの先生がびっくりしてた！

しかも、仏教だしw
あと、
副署長が、昨日入澤さんと科警研で会ったけど、ガン無視されたって言ってた。

今度ダブルデートしようって言うんだけど、
ダブルデートっていまもあるんだね。

嫌なら断っていいよ。

＊

季刊『ＴＨＥ　僧侶』特別号

話題のこの人、あの僧侶

住職×脳科学研究者　入澤欣秋（俗名　脩真）

本日はお忙しい中お越しいただきありがとうございます。（合掌）

——こちらこそお呼びいただき光栄です。（合掌）

早速ですが、自己紹介をお願いします。

——住職をしております入澤欣秋と申します。

「欣秋」は出家してからつけた法名で、俗名は「脩真」です。修士論文を出したあとに出家したので、研究者としては入澤脩真、住職としては入澤欣秋を名乗っています。

研究者になったきっかけがあれば教えていただけますか。

――中学二年生のとき、同級生からストーカー被害に遭ったんです。そのときの相手の行動があまりに突飛で、私が自分のことを好きだと思い込んでいました。どうしてあんな考えにいたるのだろう、と本を読みあさった結果、脳の神経メカニズムへの疑問にたどりつきました。

精神医学や心理学的なアプローチも重要なんですが、やはり脳だろう、と。

最初から研究者になるつもりで大学を決められたんですか。

――はい。大学は脳神経について学べるところを選びました。

また、研究者として生きていく上で違う環境に身を置く必要があると感じ、大学三回生のとき一年間アメリカのロチェスター大学というところに留学しました。

そこでたまたまジョンズ・ホプキンス大学の教授と話す機会があり、修士課程はジョンズ・ホプキンスに進学しました。二三歳のときになります。

留学期間を含め、大学に五年いらっしゃったということでしょうか。

——はい。金銭面について、ある程度は自分でまかなおうとして日本でアルバイトに精を出した結果、大学を卒業するのに五年かかってしまいました。

結果的に通常よりお金が必要になった、というのが実情です（笑）。

アメリカは大学だけでなく大学院も相当お金がかかりそうですが、そこのところはどうなんでしょう。

——かかります。ただ、ティーチング・アシスタントやリサーチ・アシスタントといった仕事が得られれば、学費や保険料が免除されますし、わずかですが給料も出ます。また返済不要の奨学金がたくさん用意されていて、成績次第で受給できます。競争は熾烈ですが、日本の大学院に比べ、研究環境は整っていると思いますね。

アメリカで、これはだめだった、という点はありますか。

――とにかく食生活が合わなくて、毎日巨大なきのこやトマトをオリーブオイルで炒めて食べていました。そうしたら痩せ細ってしまって、マスターを取って実家に戻ったとき、親もご門徒も私だとわかりませんでした。

いまは鍋でご飯を炊くわざを習得したので大丈夫です。

住職になった経緯を教えてください。

――実家がお寺で、住職だった父が引退したあと、和菓子屋に就職していた兄が兼業で住職を務めるようになりました。兄に転勤の話が来たとき、両親は寺じまいしようとしたんですが、兄がいまのご門徒が往生するまで寺を続けたいと言ったんです。

ちょうど私がジョンズ・ホプキンスでマスターを取得した時期と重なったため、ジョンズ・ホプキンスのPh.D.プログラムに進む前に日本に戻ってきて、ご門徒が往生するまで私がお寺を継ぐことにしました。

では、お寺はご門徒が往生するまで、ということですか。

——そうなります。

お寺を継ぐ前、修行などはされましたか。

——大学の仏教学科に三年次から編入学し、一通り仏教について学びました。

その後、兄に弟子入りする形で僧侶の仕事をし、二八歳のとき住職になりました。

現在、研究はどうなさっているんでしょうか。

——当初、二、三年でアメリカに戻れると思っていたのですが、目測を誤り、いつ寺じまいができるかわからない状態になったため、現在は日本で住職業をしながら、マスターのときの指導教授のご厚意で、客員研究員としてジョンズ・ホプキンスに在籍しています。

客員研究員というのは、どういったものでしょうか。

――オンラインで提供される授業を好きなように受け、研究にも携わり、教授から指導や助言を受けています。教授とのミーティングはもちろん、セミナーと呼ばれる意見交換会にもオンラインで参加させてもらっています。

オンラインでできることは限られていますから、年に何回かアメリカに行っていますが、単位は取れませんし、あくまで博士課程に入ったとき、スムーズに学位が取れるようにするのが目的です。

こちらも学費が高額なため奨学金をもらっていますが、そろそろ受給年限が切れるので、さあ、どうしよう、というところですね。

寺じまいをなさる予定とのことですが、現在は、お寺の収入でやりくりできているのでしょうか。

――バイト三昧です（笑）。まずジョンズ・ホプキンスの指導教授から、データ整理など研究補助の仕事をもらっています。また、日本人学生向けに履修相談にのるアドヴァイザーもしています。どちらもオンラインでできる範囲内です。

それとは別に非常勤講師として日本の大学の医学部で授業を受け持っています。こちらは対面ですね。
私の専門は犯罪研究とも絡みますので、千葉県にある科学警察研究所にも出入りしています。

仏教学科にいたとき、脳の研究はどのようにされていましたか。

――すでに医学部の非常勤講師をしていたので、関連の研究室に出入りさせてもらっていました。医学部は仏教学科のある大学とは違う大学ですが、研究機材を使わせてもらえるのでありがたいです。
仏教学科の卒業論文のテーマは「大脳皮質活動から見る読経の効果の解明」です。私が教える医学部でお経をあげ、参加者の脳磁図を二ヶ月間毎日計測しました。仏教界と医学界を股にかけて話題をさらった研究です（笑）。

お経はご住職があげたんですか？

――うちの医学部には実験動物の慰霊祭があって、毎年近くのお寺の僧侶にお経をあげてもらうんです。読経はそのお寺にお願いしました。実験動物の供養と読経が医学部生に与える効果を心理学と神経科学の両方から切り込み、高い評価を得ましたね。

仏教からは切り込まなかったんですか。

――卒論の口頭試問で仏教学の教授に「お釈迦様の教えとこの効果にどういう関連があるの？」と訊かれ、答えることができませんでした（笑）。でも、卒業できたからいいです（笑）。

ストレス解消法はありますか。

――掃除です。特にご本堂の掃除を始めると止まらなくなります。掃除するところがなくなると、筋トレをします。何年か前から腕立て伏せに飽きて格闘技ジムに通うようになりました。

格闘技に飽きたら、凝った料理でも始めようかと思っています。

お兄さんが和菓子屋とのことですが、お好きな和菓子はありますか。

——和菓子に限らず、甘いものは何でも好きですね。特に好きなのは、外にきなこがついていて、中に粒あんが入ったおはぎです。ボリュームがあって食事代わりにもなりますし。

結婚のご予定は。

もしくは、こういった方と結婚したい、というようなものはありますか。

——いまは博士を取ることで頭がいっぱいなので、当分結婚は考えられません。私は偏屈な人間で、人に受け入れられることが難しいので、私のことを受け入れ、好きになってくださる女性ならどなたでも（笑）。

いつ頃博士を取れそうですか。

また、博士を取ったあとの進路は決めておいでですか。

――通常、アメリカでPh.D.を取得するには五年以上かかるんですが、私の場合、三、四年で取れるのでは、と勝手に踏んでいます（笑）。

進路は研究職一択です。

場所は、日本でもアメリカでもそれ以外の国でも、特にこだわりはないんですが、専任のポストのあきがなければ、任期つきの研究職や非常勤講師で食いつなぐことになります。

では、結婚はどんなに早くても三年後ですか。

――私を好きになってくださる菩薩様のような方がいれば（笑）。

研究者として目指すところはどこですか。

――教科書の記述を一行変えることです。

いかにも研究者といったお答えですね。

——本当は三行ぐらい変えたいんですが（笑）。

（笑）。

このたびはありがとうございました。（合掌）

——こちらこそありがとうございました。（合掌）

＊＊＊

白いレースのカーテンから明るい光が舞い込んだ。爽やかな大気は秋の気配を漂わせるが、一歩外に出ると灼熱に苛まれ、酷暑は当分おわりそうにない。

東京と福井では太陽の輝きは変わらないが、強さは異なり、空調の稼働もずいぶん違う。寺の涼しさが恋しくてたまらない。

冬になれば、寺の周囲は豪雪となり、自転車でどこかに行くことはできなくなる。石川事業所でヒト細胞の加工製造が進めば、仄香は出張の機会が増える。宿泊費が浮くことを知れば、経理部もタクシーの利用を大幅に認めてくれる、と思いたい。

「あ……っ」

「余計なことは考えないように。毎日会えるわけじゃないんだし、一緒にいられる間は愛を深め合いましょう」

欣秋が仄香を背後から抱きしめ、吐息で耳に官能を呼び起こした。

昨日の深夜まで愛を深め合った肉体は情動の余韻を残し、欣秋の存在を背中から感じると悦びに満たされる。

仄香の住むマンションのリビングルームだ。仄香の前のローテーブルに僧侶雑誌を広げている。欣秋は黒いTシャツとグレーのスウェットパンツ、仄香は大腿まで隠れるリネンの白いシャツに室内用のロングパンツ。

欣秋が仄香のすぐ後ろで両膝を立て、仄香がその間に座る格好になっている。夏用の薄い布地からは胸の起伏だけでなく、先端の色合いや反応までがはっきりと見てとれた。

昨夜、ユニットバスで欣秋の残滓を丁寧に洗い流したあと、夏のボーナスで買ったシャツを素肌に羽織った。体が透けて見えることに気づいて着替えようとしたが、背後から欣秋に動きを封じられ、そのままだ。

ブランチは、欣秋の兄の和菓子屋で買ったおはぎ。一日の始まりのメニューがおはぎなのは人生で初めてだが、午前一〇時のおやつだと思えば問題ない。

今後は人生で初めてのできごとがたくさんあるはずだ。

「昨日もおととい愛を深めました……」

欣秋が仄香のうなじにキスを繰り返し、仄香の唇から甘やかな声がもれた。

欣秋の教える大学では、ちょうど前期試験がおわったところだ。夏休みの間に採点、評価し、学生からのリアクションペーパーをチェックする。

アメリカとの時差の関係で、夜中から早朝にかけては、ジョンズ・ホプキンス大学の指導教授とのミーティングやセミナーと呼ばれる学生同士の意見交換会があり、欣秋は常に睡眠不足。苦手な法話を考えるのに時間を費やすより、本堂の床を拭きながら自分の研究についてあれこれ考えをめぐらせるか、ぐっすり寝た方が建設的だ。

かくして寺がぴかぴかになり、昼間は寝る住職となる。

「そうでしたっけ。覚えてないなあ」

「ンふ……っ」

欣秋が薄い布越しにきゅっと胸の尖りをひねり、仄香は背中を引きつらせた。

すぐに欣秋が指をほどき、仄香の反応を後方から楽しそうに見下ろした。

恥ずかしさにたえきれず、長い髪を使って胸を隠そうとするが、それより早く髪を一つにまとめられ、片方の胸元に下ろされる。起伏の片方は隠れるが、反対側はむき出しだ。

欣秋が弱い力で乳房を揉み込み、次第に力を強めていった。

「あ……っ」

温かく大きな手の摩擦はまどろみに誘われるほど心地よく、両方の手の平が乳房の柔肉をつかむと、内股の奥が大きく跳ね、子宮に官能を突き刺した。

「キスして……ください」

唇の求めにたえきれず、嘆願する。

恥ずかしいことを口走ってしまったと後悔したのは一瞬だ。欣秋は嗤（わら）うことも軽蔑することもなく、甘やかに唇を重ね、口唇全体で口唇を愛撫し、舌先を吸い上げた。

初めは欣秋の行為だと思っていたが、気がつけば、自分から欣秋の唇を味わっている。

自分自身のキスに酔っていると、欣秋が下着の中にするりと手を滑り込ませ、仄香の部位が跳ね上がって下腹を快楽が貫いた。

「とりあえず一回いかせてあげないと、仄香さんがかわいそうですよね」

濡れた秘裂に手の平が押しあてられ、二枚の花弁がいびつに歪む。

それだけでこらえがたい情欲の波が仄香の全身を呑み込んだ。

「かわいそうって……、なんですか……。ンふっ……」

欣秋が仄香の膝の裏側に片腕を入れて軽々と持ち上げ、自分の体に乗せた。

ちょうど欣秋の下腹の上で横になる格好だ。すでに隆起した部位が仄香の脚の間に入り、欣秋の顔が間近に迫ると、物欲しげな自分が澄んだ双眸に映っている。

「これ、いつまでつけてるんですか」

欣秋が仄香の左手首にはまった輪ゴムを軽く弾き、甘美な波動をもたらした。

「もう少し……。欣秋さんがいないこともあるし」

欣秋は笑みのまま輪ゴムに小さなキスをした。

左手首が悦楽を覚え、脇の下にまで刺激が到達する。欣秋は、手の平で秘裂を揉み込んでから中指で下から上へ、上から下へと執拗(しつよう)になぞった。

「すっかり男の味を覚えてしまって、こういうことをちゃんとしてあげないと我慢できないでしょう。自分でできますか？」

「き……、欣秋さん……」

仄香は喘ぎそうになるのを懸命にこらえ、かろうじて意味のある言葉を絞り出した。

「いまの、気持ち悪い、です……」

秘裂をなぞる指が止まった。

「どんな風に」

「おっさん臭い」

欣秋の手が秘裂からすっと離れた。仄香は思わず内股を閉じ、彼の指を逃すまいとした。反対の手は乳房にふれたままだ。やめる気がないのはわかっている。

ずいぶん考えたあと「確かに」と欣秋は納得した。

「語彙力と表現力を磨かないといけませんね」

欣秋は再び後方からキスをし、仄香の唇を唇で蹂躙(じゅうりん)した。自分の口から出た気持ち悪い言葉をかき消そうとするようだが、仄香に与えられる熱夢は言葉を軽く凌駕した。

欣秋の中指が秘裂の上部にある突起を押さえ、仄香は、あぁ……、としどけない声をもらした。欣秋が肉粒の先端をくりくりと回し、ゆっくり揉み込んで確実に快楽を送り込む。充血し、硬くなった突起を指の腹で刺激すると快感がどんどん膨らんだ。

仄香はそのすべてを逃すまいとするように欣秋の膝の上で背中を弓なりにし、脚を開いて自分から腰を上げた。

指先が強く突起をこすったとたん青い炎が飛び散り、腰が激しく上下した。欣秋がふれている間、快楽は長く続き、仄香はとろけるような酩酊(めいてい)感の中で荒い呼吸を繰り返した。

仄香が心地よい余韻にうっとりしていると、欣秋が仄香を絨毯に下ろし、手早く服を脱がせ、自分も裸身をさらし、仄香の上に重なった。

欣秋の体は何度見ても美しい。仄香は男性的な肉体を視線で堪能し、つい下腹を視界に収め、慌てて顔をそらした。

欣秋は軽く唇を吸い上げ、首筋を舐め、乳房に歯を立て、下方へ下方へと進んでいく。

これから何が起こるかもうすでに理解している。それでも欣秋の唇が淫らな秘裂に到達すると、仄香の体は次の興奮を求め、彼の唇が動きやすいよう可能なかぎり内股を開いた。欣秋は体の向きを変え、仄香の足首をつかんで自分に引き寄せ、内股にむしゃぶりついた。

「あぁ！」

苦痛に似た衝動に背筋が反り返り、後頭部が絨毯にこすれ、違った悦びが訪れる。

快楽の雨が全身を叩き、仄香は目を閉じて荒い息を繰り返した。

仰向けになり、まぶたを閉じて、なかなか去らない情熱に身をゆだねていると、欣秋が、すうっと体を離した。空調が火照った体に冷気を注ぐ。

すぐ戻ってくるかと思ったが、欣秋の気配はない。

「欣秋さん……」

ベッドならまだしも絨毯の上に放置され、寂しくて泣いてしまおうかと思ったとき、欣秋が仄香に覆いかぶさり、体をしっかり重ね合わせた。いつもどおり準備をしてきたようだ。

「ほら、泣かない」

欣秋が、子どもをあやすような顔をする。

仄香は寂しさにたえきれず、怒りのこもった声を出した。

「欣秋さんが遅いから悪いんです！」

「はい、ごめんなさい」

言葉とともに欣秋が突き入れ、仄香は喉をのけぞらせた。

「あっあぁ！」

ずぶりといやらしい音が響き、たぎったものが仄香を満たすとたまらない充足感が全身を揺すぶった。

欣秋が入口近くまで引き、浅くつき、深く押し入り、また戻ると、硬い水晶が砕けるような感覚に襲われ、強烈な歓喜が訪れた。

仄香は狂おしいほどの嬌声（きょうせい）を発し、全身を痙攣させた。

＊

少しだけ眠り、目を開くと、白いTシャツを着た欣秋から水のにおいがした。

仄香はリネンのシャツではなく、オーバーサイズの黒いシャツを身につけている。

オーバーサイズなのは欣秋のものだからだ。

こういうのは恥ずかしい。本当は自分の服がよかったが——。

「仄香さんの服を着せようとしたんですが、何がいいのかわからなくてやめました。自分の好みで選ぶと、またおっさん臭いって言われそうだし。いやらしいパンツはなかったです」

「いやらしいパンツはありません！」

先ほどと同じく、欣秋が絨毯に座ってベッドに背をあずけ、その前に仄香が腰を下ろしている。欣秋が仄香のベッドになった気がする。

下半身は何もつけておらず、脚が冷えるが、欣秋の体が温めてくれる。

「私のためにいやらしいパンツを買おうという気にはなりませんか。パンツを穿(は)かないと風邪を引きます」

なんてバカな会話をしているんだろう、と思いながら、どんなパンツが好みか訊こうと思ったが、詳細を言われたら恥ずかしいので口には出さない。

怒った顔のままでいると、欣秋は許しを請うように仄香の耳にキスをした。

仄香は艶(なま)めかしい息を吐きながら目の前のローテーブルに手を伸ばし、『THE　僧侶』をつかんだ。インタビューの一ページ目は、黒い法衣を着た欣秋が境内でほうきを持ち、掃除をするポーズを取りながらこちらに向かって微笑んでいる。

「この写真、法話が浮かばなかったときですね」

住職業を演出したポーズは妙に格好よくない。

「まあ、そうですね」

二ページ目はインタビューを受けている写真で、Vネックのセーターを着たカジュアルなスタイルに変わっている。いつもどおり格好いい。

住職業についているときと研究の話をしているときの差だろうか。

「このインタビュー、お金の話ばっかりしてる気がします」

「金銭的に苦しいお寺は多いですから。金の話をしてくれる人には訊けるだけ訊くって感じです」

仄香はページをぺらぺらとめくった。記事は何度も読み返し、すでに一言一句覚えている。

「疑問はすべて解決しましたか?」

仄香は無言で欣秋を見返した。

「どう考えても怪しい生活だし、安心させるつもりで雑誌を置いたのにまさか全然読まないとは思ってもみませんでした」

「部屋を散らかしたら欣秋さんに怒られると思ってすぐ片付けました」

怒りませんよ、と欣秋がつぶやく。

いまとなってはそうだろう。だが、あくまで、いまとなっては、だ。

「お寺のサイトにあるブログ、なんであんなにひどいんですか。読書習慣のある人とは思えませんが」

「ブログは何を書いていいかわからないから書けないんです。研究関係は書くことがいっぱいあるから、いくらでも書けます」

「汐見さんのところにはどうして行ったんです?」

「本堂をどうするか相談してたんですよ。庫裏を処分するところまでは考えてないですから。私がアメリカに戻ると無人になるので、どうしよっかなー、と思って。お花やさんが保護猫の施設を作りたいって言ってるんで、最後はお花やさんに貸し出します」

「まずはコミュニティバスを通すのが先」というのは、コミュニティバスを通して、地域の人々の移動手段を確保してから寺じまいをし、アメリカに戻ってPh.D.プログラムに進学する、ということだ。婦人会の女性陣が言っていた「最低でもあと四年はバイト生活」というのは、Ph.D.プログラムに進学したあと学位を取得するまでの最低四年間は奨学金とアルバイトで生活する、という意味になる。

結婚はその後、ぶじ就職してから。

かなーり壮大な計画ではないだろうか。

仄香は枕元に置いたスマートフォンを取って、昨日の夜に来た教授秘書からのメールを開いた。

「仏教の卒論が査読つきの医学雑誌に載ることとって、あるんですね」

「大学の医学部が出してる論文誌だから、そこまで難易度は高くないんですよ」

欣秋は「私の講義はすべて嫌がらせです」と言っていたが、あれは婦人会の女性陣の言う「嫌がらせ講習」、正式名称「ハラスメント講習」を大学で行っているという意味ではなく、「私の講義は学生にとって嫌がらせのようなもの」というきわめて大学の先生的な意味合いだ。

ハラスメント講習を受け持っているのは事実だが、学生向けと教職員向けをそれぞれ年に一回ずつ。毎週開講しなければならないほどハラスメントが横行しているのであれば、講習を受けさせるより、弁護士を雇って抜本的な対策をした方がいい。

欣秋が夏休みに読みまくると言っていた「paper（ペーパー）」は、「紙」ではなく、「論文」の意味だ。新事業推進部の担当者が再生医療関連の論文を持ってきて、「このレポートを翻訳してもらえますか」と言うたび、「『論文』は『report』じゃなくて、『paper』なんだけどなあ」と思っていた身としては情けないかぎりだ。

エリートの友達はエリート。エリートの大成と同じ高校に行っていたなら、欣秋だってエリートだ。

自分はどうして欣秋を頭が悪いと思ってしまったのだろう。皇華が頭が悪いと連呼した結果、仄香の脳が欣秋の行動のうち頭が悪そうな部分だけをより分けて記憶したとしか思えない。おっさん臭くて気持ちの悪い下ネタを言うところとか。

「結局、お釈迦様より脳みその方が好きなんですね」

「お釈迦様は学問として学ぶのは面白いんですけど、お釈迦様の教えを自分の中でかみ砕いて理解し、かつ昇華させて自分の言葉で表せと言われるとなんにも出てこないんですよ」

「住職としては致命的ですね」

そうなんですよね～、と天井を仰ぐ。

「副署長と仲良くする気はないんですか」

「あいつ、まわりに網を張っていて、私が科警研に行くときは自分もわざわざ来やがるんです。私が好きそうな情報を携えてくるので役に立つっちゃ立つんですが」

好きそうな情報というのは、学志と美女のことだ。

学志は警察で取り調べを受け、家宅捜索の結果、大量の盗撮動画が発見された。相手が弁護士ということもあり、警察は慎重に捜査を進め、容疑が固まれば逮捕することになる。

現在、学志の父が経営する法律事務所の敏腕弁護士たちが、動画に映った被害女性のもとを訪れ、示談交渉を行っている。

学志自身は、性暴力加害者向けのカウンセリングを受け、自助グループに通い、精神科を受診中。

慰謝料の支払いや精神科の受診は、刑事処分に影響しますからねえ、心の底から反省してるっていうより、不起訴を勝ち取るための弁護技術って感じです、というのが副署長の談だ。

欣秋に毎日一〇〇通以上のメールを出してわいせつ画像を送りつけ、寺の事務処理を圧迫していた美女は、欣秋が女性トイレを盗撮をしていたと思い込み、任意の取り調べで、あんな田舎に若い女性はいないし、結婚できなくてかわいそうだと思った、私みたいな美人が相手をしてあげたのに性犯罪者だったなんて許せない、私の時間を返せ！　と供述し、本人の迷惑行為については説諭処分でおわった。

「僧侶雑誌を読む人なんて相当少ないですよ。メールをくれた人はいますが、景気がよくなるほどじゃないです。アメリカに留学する方法を訊きに来た人の方が多いですし」

言われてみればそうなのだが、言われてみて初めてわかることは多い。

「仄香さんは、アメリカ行きはどうするんですか」

欣秋が背後から仄香をのぞき込んだ。さほど深刻そうではない。まあ、当然だ。どんな条件だろうがどんと来い！　と構えて臨んだ人事課長との面談は、打診というより説明だった。仄香に用意されたのは、インターンをしながらの一年間の語学研修。語学力には問題ないが、海外生活はないに等しいので、まずは住むことに慣れる必要がある、という判断だ。

場所はワシントンDC。ジョンズ・ホプキンス大学のあるボルティモアから車で一時間ちょっと。列車を使えば四〇分だ。

「欣秋さんはコミュニティバスが通らなかったら、ずっと日本ですか？」

アメリカの大学院は九月始まりで、Ph.D. プログラムへの出願は一二月。

合格が決まるのは来年の春だ。研究室は決まっていて、同じ教授にずっと指導を受けているから、欣秋がPh.D.プログラムに落ちることはない、らしい。

仄香がアメリカでの語学研修を受ける場合、来年の四月にワシントンＤＣに赴任。翌年の三月には帰国し、いったん日本で勤務する。

その後はどこに行くかわからないが、転勤は嫌なら断れる。

また希望することもできる。国内はもちろん、海外も。あくまで「希望」にすぎず、赴任できるかどうかは別だが。

「さすがにこれ以上研究を遅らせるわけにはいきませんからねえ。とりあえずコミュニティバスは通していただきます。アメリカの大学院は夏休みと冬休みと春休みが長いですから、その間に帰国できますし。仄香さんが性欲にたえきれず浮気をするなんてことはない、という確約があるのであれば、遠距離もできなくはない、ような？」

仄香が僧侶雑誌を読んでいないことに気づきながら、みずからのアメリカ行きを言わなかったのは、香奈恵伯母から仄香の就職先を聞き、アメリカ勤務もあり得ると考えていたからだ。アメリカ勤務がなければ、Ph.D.を取るまで欣秋一人でアメリカに住み、性欲は我慢。

その後は、仄香の赴任先に合わせて研究職を探すことになる。世界は意外に広くない。

「ッあ……、だめ」

大腿にふれていた欣秋の手がTシャツの裾から入ってきて内股を軽くなぞり、まだ形を変えたままの部位が再びうねった。

「科警研には……、どのぐらいの、頻度で行くんですか」

淫夢に負けないようううわずった声を出す。欣秋の手をどければいいが、それができない。

「あそこは一ヶ月に一回行けばいい方です。東京で非常勤講師の誘いがありますから、それを受ければ週に一回は東京に来ます」

仄香は快楽にさらわれながら瞳に希望を浮かべた。

「知り合いの准教授が鬱になって、後期の授業ができそうもないので代わりを探してるんです。お金持ち私大なので、交通費も出してもらえるし、宿泊費も出すって言ってくれてるから給料と合わせれば足は出ないです」

仄香が、ほー、と感心していると、欣秋がぼそっと言った。

「大金持ちが好きな仄香さんのためにがんばって稼がないとね」

「足が出るとか出ないとか言ってる人がそんなに稼げるんですか？」

「やらないよりは稼げます」

まあ、そうですが、と返したあと、大事なことを思い出した。

「私はこれからお金持ちになるから、欣秋さんが大金持ちにならなくても平気です」

東京に戻って、仄香は父母が勤めていた会社をネットで検索した。

代表番号に電話をかけ、事情を説明すると、知らない男性に電話を回され、「仄香ちゃん？　ほんとに仄香ちゃん？」という声が鼓膜をうがった。

半日休みを取って会社を訪問すると、当時の父や母の上司、同僚、同期が次々と仄香のもとに来て、お母さんにそっくりだ、お父さんに目元が似ていると言い、みんな仄香がいままでどうしていたのか知りたがった。

一通り話をし、父方の祖母が亡くなったため遺産の整理が必要で、父母から引き継いだお金も把握しておく必要がある、と説明すると、当時の書類をまとめて、大事なところをすべてコピーし、仄香に渡してくれた。

仄香の父はやはり通勤災害として扱われていた。パートタイマーの母は、父とは違う部署で働いていたが、こちらも通勤災害として認められていた。

仄香に支給されたのは、欣秋がメールで教えてくれたとおり、通勤災害の遺族給付、遺族年金、弔慰金。

弔慰金は仄香の状況を考慮し、父母とも会社の規程で定められた額よりずいぶん上乗せされていた。仄香がわかったのはそこまでだ。あとは香奈恵伯母の出番だった。

欣秋は、損害賠償金額を最大限の増額に持ち込み、後悔させてやる、とメールしてきたが、香奈恵伯母の怒りは欣秋よりはるかに苛烈だった。

香奈恵伯母は、行政が提供している無料法律相談に行って勉強し、正直に告白しないと刑事告訴する、と皇華の父母に言ったらしい。優子が「仄香ちゃんから何を聞いたのか知りませんが」と返すと、香奈恵伯母はブチ切れた。仄香ちゃんからは何も聞いてません！いまのあなたの言葉ですべてがわかりました！と。

学資保険は解約されず、一八歳満期で支給され、自動車事故の後始末は自動車保険の死亡保障でまかなわれていた。住宅ローンは団体信用生命保険で弁済され、一戸建ては少しの間賃貸に出されていたが、叔父の独立に合わせて売り払われた。地価が上がっていたこともあって不動産会社への手数料も含め、購入額とほぼ変わらず売却できていた。

香典は、九歳で両親を失った仄香のため、相場より多く包んでいた人が少なからずいた。仄香が代襲相続するはずの福井の祖父母の遺産は、すべて叔父夫婦が使っていた。

養老保険の死亡保障と亡き父母が遺した貯金もあった。

さほど多くはなかったが、仄香からすれば大金だ。父母の貯金のことなど考えてもみなかったから、存在を知ったときは数少ない父母の記憶が増えた気がした。

と言っても、父母の貯金はもうない。

総額でいくらかわからないが、九歳からの生活費と教育費、叔父のマンションで暮らしていたときの家賃相場を足しても十分まかなえる額だ。

仄香としては学資保険と父母の貯金を渡してくれればよかったが、香奈恵伯母は「仄香ちゃん、あなたが受け取るはずだったものは私がすべてあの人たちに返金させます！」と断言した。

皇華の父母の話を一方的に信じ、仄香を傷つけ続けた罪悪感を二人に対する怒りに転換し、「あの二人との交渉はすべて私が行います。不安なら弁護士を雇いなさい。弁護士費用は前金で私がすべて払います」と宣言した。

優子叔母さんたちがあなたに連絡して迷惑をかけてきたら私に言うように、遠慮はいらないわ、と香奈恵伯母は付け足した。あの二人が最後の一円まで返さないかぎり、私は死なないから仄香ちゃんは安心して働いて、と……。

「他に質問は？」

仄香は自分を見る端麗な笑顔を眺め、無精ひげを生やした顔を想像したが、あのときはあごしか見えなかったから想像するのは難しい。

あのとき欣秋は二五歳。アメリカから帰ったばかりで、出家する前だ。

「欣秋さんは私に嘘をつきましたね」

「なんのことですか」

仄香が怒りのこもった目を向けると、欣秋が不思議そうな顔をした。

「あの書斎、お兄さんの書斎じゃなくて、欣秋さんの書斎じゃないですか」

「兄の書斎ですよ。私が使ってるだけで」

「詭弁って言葉、ご存じですか！」

仄香が声を荒らげると、欣秋が「事実だもん」と答えた。

欣秋は兄のことを「大らかな人」と評していたが、自分の書斎をあそこまで汚され、かつ、自分が汚したかのような発言をされ、かつ、何も文句を言わないのは、大らかというより、仏様の領域だ。

「汚したのは自分じゃないですか。本堂の掃除よりなんであそこを掃除しないんですか。やりがいがありますよ」

「あそこは掃除の最中です。嘘じゃありません」

「何度行ってもきれいになっている気配がありませんが。まあ、汚くもなってませんが」

足の踏み場はあるし、カップラーメンの残りや使った割り箸、カビの生えた和菓子はない。だが、きれいではない。

「本をたくさん買いますよね。読んだら本棚に適当に放り込みますよね。本棚を片付けるには、まず本を全部出さないといけませんよね。全部出したら、休憩しますよね。また本をたくさん買って、読んだそばから本棚に適当に放り込んでいくと、びっくり仰天、何もしてないときより汚れてるんです！」

「当たり前です！」

「仄香さんは、片付ける坊主と、片付けない坊主と、片付ければ片付けるほど汚くする坊主と、欣秋さんの誰が好きですか？」

仄香は両腕を組み、んー、と悩んだ。

「あ、そこ悩んじゃうんだ」

欣秋が落胆したような声を出す。仄香は疲労のこもった重いため息をついた。

「何かつらいことがありましたか？　それとも、バカすぎましたか？」

欣秋が一瞬で心配そうな表情になる。仄香はまたため息をついた。

「バカバカしくて、すごく幸せです。いまが幸せの絶頂かもしれない、と思うとため息が出て……」

欣秋が仄香の体を抱きしめる腕に少しだけ力を込めた。

「安心してください。仄香さんの絶頂はこれから何度も……」

そこまで言い、はっと口をつぐむ。今度は仄香が心配になり、欣秋を見上げた。

「どうしました？」

「おっさん臭い、とわれながら思いました。寺に戻るとき東京で一番大きい本屋に行って、たくさん本を買って語彙を増やします。また部屋が汚くなりますが仕方ありません」

仄香は、また、はー、と深いため息をついた。

「いまのはどんなため息ですか」

「幸せすぎるため息です。欣秋さんがバカバカしいことを言うたび私はどんどん幸せになっていきます。あまりに幸せすぎて、恐くて……。どう考えたって何かあるとしか……」

仄香のぼんやりした不安に、欣秋が口を開こうとした、そのときだった。

古い階段を猛然と上ってくる靴音が聞こえた。特徴のある響きはヒールの高いパンプスだ。

仄香の心臓になまりの塊を落とされたような苦痛が舞い込んだ。

階段を上がる音が廊下を走る音に変わり、仄香の部屋のドアの前で止まったのと同時に誰かが勢いよくインターフォンを押した。何度も何度も何度も押した。

――出てきなさい‼　そこにいるのはわかってるんだからね‼　仄香‼　仄香‼　さっ

さと出てこい‼　ふざけんな‼

頑丈とは言えないドアの向こうで皇華が怒鳴る。理性を失ってざらつく声が防音設備のないマンション中に轟いた。立ち上がりかけた欣秋を、仄香が制した。

「私が行きます‼」

声が震え、恐怖で涙が盛り上がる。九歳のときからずっと皇華に怯えてきた。

長い年月で積み重ねられた感情は簡単に消えることはない。

だが、どれだけ恐くても、欣秋に任せるわけにはいかない。欣秋が出て行けば、皇華がいま以上に荒れ狂うのは目に見えている。

欣秋が、自分を頼ろうとしない仄香に悲しそうな目をしたが、仄香は欣秋を無視して衣裳ケースから服を出し、手早く着替えた。

左手首についた輪ゴムを強く弾き、深呼吸する。恐怖が和らいだのを確認してから、震える手でドアチェーンを外し、鍵を開けた。

仄香がドアノブを回す前に、皇華がドアを開いて仄香の前に飛び出した。

「あんたのせいよ‼」

仄香は二歩、三歩後ずさった。

背後に立った欣秋が仄香と皇華の間に割って入ろうとしたが、仄香は腕を伸ばして欣秋を止め、欣秋は仕方なくしりぞいた。いつでも仄香を助けられる位置で。

皇華が顔をぐちゃぐちゃにして叫んだ。

「あんたがうちに来たときから、私の人生はボロボロ‼　あんたが私の人生をぶち壊したのよ‼　私の人生を返してよ‼」

時間をかけたナチュラルメイクは汗と涙ではがれ落ち、マスカラとアイメイクは目のまわりをあらゆる色で汚している。

頰を伝って滴る水滴が、丁寧に塗られたファンデーションに縦の筋を刻んでいた。

「ごめん……。私、皇華ちゃんを不幸にしたいわけじゃないの。叔母さんからいろいろ聞いたと思うけど……」

「何言ってんの⁈　お母さんじゃなくて、お父さんだよ！」

「叔父さん？　叔父さんがなんて？」

「あんたのせいで学志さんと別れさせられたのよ！　彼のこと、愛してるのに‼」

あ、そっちか、とつい思う。だが、当たり前だ。いくら弁護士とはいえ、自分の娘を性犯罪者と結婚させるわけにはいかないだろう。というよりも。

背後に立つ欣秋が仄香の疑問を察し、「禁固以上の刑になれば、弁護士資格は剝奪されます」と解説した。「罰金だったら？」と小声で訊くと、「特に何もないですが、弁護士会から除名される可能性はありますね」と小声で返す。

法曹界はそう広くはないだろう。

大手法律事務所の共同経営者の息子にして、かつ弁護士が子どもの頃から盗撮を行っていた、……かもしれないという疑惑はすでにそこら中を駆け巡っているはずだ。

「あんたがド僻地のバカな大学に入れたのも、なまり満載の英語が喋れるようになったのも、クズみたいな会社で正社員になれたのも、欣秋さんと結婚できるのも、私のお父さんとお母さんのおかげじゃない！　あんたがいなかったら全部私のものだったのよ‼　あんたが私からすべてを奪ったの！　私は絶対学志さんと別れない！　絶対絶対別れないから！」

皇華が仄香に手をあげようとし、欣秋がすかさず前に進み出た。

が、仄香は欣秋を押しのけ、皇華の両肩をつかんだ。

「そうだよ、皇華ちゃん‼　学志さんと別れたら絶対だめ‼」

欣秋が踏み出しかけた足を止め、皇華は振り下ろそうとした手を止めた。

仄香は怒りと憎悪で濁った皇華の瞳を凝視した。

「あのね、皇華ちゃん、実は叔父さんと叔母さんは、私に借金してるの。私のお父さんとお母さんが私に遺したお金を全部使いこんでたんだよ！　皇華ちゃんが住んでるマンションも、叔父さんが設計事務所を立ち上げたときの資金も、全部私のお父さんとお母さんが死んだから手に入ったお金なの！」

「あんた、何言ってんの！　ふざけ……」

「聞いて、皇華ちゃん！　大事なのはここからなんだから！」

皇華が一瞬言葉を失い、そのすきに仄香は会話の主導権を奪い取った。

「正確には知らないけど、叔父さんと叔母さんが簡単に払える額じゃないの。学志さん、このままだったら誰とも結婚できないでしょ。皇華ちゃんが学志さんと結婚したいって言ったら、学志さんのお母さんは絶対に喜ぶよ！　皇華ちゃんみたいに可愛くて育ちのいい女の子が性犯罪者の息子と結婚してくれたら、学志さんの性犯罪は冤罪だったってみんな思い込むもんね！」

皇華は仄香の話を理解しようと努め、「だから……？」と訊いた。

「だ、か、ら！　皇華ちゃんが学志さんと結婚することを条件に、学志さんのお父さんにお金を出してもらうんだよ！　結納金でもなんでも名目は好きにしていいから。そのお金を私の借金返済にあてるの。学志さんの実家、お金持ちでしょ」

「…………うん」

「叔父さんたちから返してもらうお金は、学資保険とお父さんお母さんの貯金だけでよかったけど、皇華ちゃんのためだもん！　全額いますぐ返せ、返せないんだったら娘の婚約者の親から借りてこい！　って叔父さんたちに怒鳴ってあげる！　そしたら叔父さんも優子叔母さんも、学志さんと皇華ちゃんの結婚に反対できないよ！」

皇華が入り組んだ人間関係を解きほぐし、懸命に事実を整理する。

ずいぶん経ってから、なるほど、とつぶやいた。

「じゃあ、おうちに帰って、学志さんのお母さんに電話して！　叔父さんたちは反対してるけど、学志さんを愛してるから妻となって支えるって言うの！　私は皇華ちゃんの味方だよ！　学志さんには皇華ちゃんがぴったりだもん！」

「うん……。わかった……！」

やっと理解した、というように、皇華がぎこちなく頷いた。

仄香は皇華の体をくるりと回し、欣秋が忠実なドアマンのようにノブをつかんでドアを開いた。皇華は欣秋に「ありがとうございます」と声をかけ、仄香に視線を移して「ありがとう」と礼を言った。

二四年の人生で皇華から礼を言われたのは初めてだ。

仄香は靴箱の上にあったポケットティッシュを皇華に渡し、皇華はもう一度「ありがとう」と言って受け取った。人生二回目の礼だ。

皇華はティッシュを三枚引き抜き、目のまわりを押さえて鼻をかみ、仄香と欣秋に「じゃあ、行ってくる。二人ともお幸せに」と言って、階段を下りていった。

欣秋が廊下に片足を踏み出し、皇華の背中を確認する。皇華が完全にいなくなったのを見届け、ゆっくりとドアを閉じ、鍵をしめてチェーンをかけた。

「ありがとうございます、欣秋さん」

仄香は何事もなかったかのように欣秋を見上げた。すっきりした。

こんなにすっきりしたのは、本当に本当に初めてだ。

「感動しました」

欣秋が真顔で言った。

「まさか味方になって撃退するとは思いませんでした。お金も戻ってくるし、一石何鳥かわかりませんね。もはやおもろ可愛いを超えて、ただただ可愛いです」

えへへ、と喜びながら、ありがとうございます、と合掌し、欣秋も合掌を返した。

仄香は真顔に戻り、瞳に不安を滲ませた。

「皇華ちゃん、誰がどう見ても恵まれた人生を送ってるのに、少しでも嫌なことがあると全部私のせいにしてきたんです。直ると思いますか?」

欣秋は、どうでしょう、と頭上を仰いだ。

「人間の脳は二〇代半ばぐらいまで行動制御能力が未発達なんですよ。皇華さんは、いま二四歳で……」

「欣秋さんにお願いがあるんですけどいいですか？」

話が長くなりそうなので強引にぶった切る。欣秋は「なんでしょう」と素直に訊いた。

「お父さんとお母さんのお墓参りに行きたいんですが、一緒についてきていただくことはできますか」

欣秋が「もちろんです」と微笑んだ。

「この間往生されたおばあさんの家の近くですよね。今日これから行きますか」

仄香は、わーい、と声をあげた。

「せっかくですから、お寺に戻って七条袈裟に着替えましょうか？　それか今日はお墓参りと読経だけにして、来年、私と二人で法要を営みますか。ちょうど一七回忌ですからね」

仄香は深いため息をついた。今度は本当に幸せのため息だ。

この先何があるかわからないが、幸せの絶頂は一度きりではない。

仄香の人生には、欣秋がいる。

もしいなくなっても輪ゴムがある。

「またつらくなりましたか」

「いえ。幸せだなあ、と思いました」

「私も幸せですよ。とりあえず出かける前に二人で幸せのぜ……」

「ぜ……？」

おっさん臭い、という感想が脳裏をよぎったのか、欣秋は言葉を止め、ぐっと呑み込んでから、別の言葉を吐き出した。

「絶好調を堪能しましょう！」

「幸せの絶好調！　聞いたことがない表現ですが、絶好調は大好きです！」

「私も大好きです。では――」

「あっ」

欣秋が仄香の体を軽々と横抱きにした。

世界がまわり、天井が見え、欣秋の笑顔が目の前にある。

「あっちもこっちも絶好調ですが、いいですか」

バカバカしい言葉に、仄香は欣秋の首筋に両腕でしがみつき、自分からキスをした。

大胆に振る舞ったことはないから少し恥ずかしいが、あっちもこっちも幸せの絶好調だから構うまい。欣秋が仄香を抱え直し、リビングルームに連れて行った。

仄香は欣秋の首をしっかり引き寄せ、欣秋の口内に舌先を忍ばせた。羞恥の殻を割るように唇で唇をついばみ、いやらしく舌をくねらせると、自分の舌が欣秋の中でとけていく気がした。

欣秋がベッドのへりに腰を下ろし、仄香を横抱きにしたまま膝に乗せた。先ほど達したばかりなのに仄香の腰にあたる下腹はすでに硬く隆起していた。

よく考えれば、――よく考えなくても、仄香は自分から欣秋に欲望を与えたことはなく、せいぜい唇や首筋にキスをする程度だ。

仄香は柔らかくこすれ合う唇の感触に陶然としながら、欣秋の首から腕を外し、片方の腕を自分の後方に回して、猛り狂った部分にそろそろとふれた。

形を確かめるように張り出した部位を片手の平で包み込み、五本の指をゆっくりと動かす。先端部からこぼれる粘液が、仄香の手の平に欣秋の興奮を伝えた。

唇を少しだけ外すと、正面から欣秋の瞳とぶつかった。

「私が……します」

あらんかぎりの勇気を絞り出すと、欣秋がまじめな顔で「どうぞ」と言った。

淡泊な答えに戸惑い、硬い杭にふれたまま考える。とりあえず手を離した。

欣秋が冷静に訊いた。

「何をしようとしてますか？」

「……口で……」

「大胆ですね。了解です」

言わない方がよかったのだろうか、と不安になる。サプライズ、とか。

だが、どうサプライズすればいいかわからないから言ってよかったのだ、と自分を納得させた。

欣秋が灰香の体を優しく抱き上げ、自分の隣に座らせた。灰香は視線を下方に移したが、屹立した下腹が視界に入るのが恥ずかしい。

欣秋が灰香のあごを人差し指で軽く上げ、ためらいを浮かべた瞳を見た。

「しますか、しませんか。しないんだったら、私がします」

欣秋があごから指を外し、灰香の白い内股に潜り込ませた。先ほどの交わりで形を変えたままの部位が、欣秋の手を感じてびくりと引きつり、鋭利な官能をもたらした。

「だめです……っ。だめ。私がします！」

欣秋の手をはねのけるように下半身を動かし、絨毯に下ろしていた足をベッドに乗せた。

羞恥をこらえながら、ベッドの上でうつ伏せになり、欣秋の腰に顔を近づける。

目の前に熱杭がそそり立ち、恐さと期待がやってきた。人間ってすごいなあ、と妙な感慨を抱きながら勇気を振り絞り、片手で先端を揉み、反対の手で杭の部分をこすっていった。

合っているのかどうかわからないが、嫌なら、欣秋が何か言ってくるだろう。

欲望の芯を両手で包み、先端から出た透明な粘液を塗り込むように慎重に刺激する。欣秋が痛みを感じているような息を吐き、わずかに顔をしかめたが、やめろとは言わなかった。仄香はそろそろと舌を伸ばし、後方の筋を遠慮がちに舐めていった。

根元から上部に向かって舌先を這わせ、先端に吸い付こうとしたとき、欣秋が仄香の喉の下に手の平を差し込み、自分から仄香を引きはがした。

「今日はここまで」

欣秋が微笑みの中にわずかな焦りと情熱を込めて言う。

「ここまでって……」

もうおわるのかと思って腰をよじると、欣秋は「大人しく、待つ」と犬に言い聞かせるような口調になり、仄香の体からしりぞいた。

ベッドの上でしょんぼりしていると、欣秋が用意をして戻ってきた。つい下腹を見てしまう。一体いくつ持っているのか。

欣秋がベッドに乗り、仄香の脇の下に手を入れ、自分のそばに座らせた。正面から向かい合う格好になり、欣秋は右手を仄香の内股にくぐらせた。

「んっ……」

中指が縦筋を何度か行き来し、ほころんだ花びらの奥に入っていく。仄香は正座に近い格好で小さく腰を上げ、欣秋の指を全身で感じ取った。

欣秋が人差し指を追加し、二本の指で仄香の好きな部分を探し、隅々まで愛撫した。

仄香の中から淫らな渦が巻き起こり、徐々にせり上がっていく。激しい流れに身をゆだねようとしたとき、欣秋が指を抜き、仄香から熱情を奪いとった。

「あっ……！」

切ない声を出し、薄く目を開いて欣秋を見る。欣秋は冷静な声で「どうぞ」と言った。

「どうぞ……、とは？」

つかの間見つめ合う。仄香が逡巡していると、欣秋は仄香の片脚をつかんで自分の腰に乗せようとした。

「あ、わかりました！」

理解した、というように表情を輝かせる。欣秋が仄香から手を離した。

仄香はベッドに膝を立て、欣秋の腰に乗りあがった。えいしょ、と言いながら、下方でそびえる灼熱の根元をつかみ、えいしょ、と言いながら、腰の位置を変えていった。えいしょ、えいしょ、と声を出し、攻撃的な先端部を中心にあてがうと、期待と快楽で子宮の奥から背中に痺れが駆け抜けた。

濡れた入口が勢いよく収縮し、仄香の意に反して侵入を拒んだ。

欣秋が仄香のまねをして、えいしょ、えいしょ、と言いながら、淫蜜のこぼれる部位に指をそえ、柔らかな左右を押し広げた。

「ふう……」

内壁の奥が空気にさらされ、まどろむような快楽に満たされる。仄香は呼吸を整えてからゆっくり腰を下ろしていった。

摩擦に合わせて内襞がうごめき、欣秋を呑み込んでいく。仄香の体重が加わると渇望はすぐに満たされ、仄香は欣秋の上に座り込む前に腰を前後に揺らめかせた。

欣秋が手の平を仄香の胴部に這わせ、乳房を強く揉みしだいた。

「あぁ……」

自分でも信じられないほど艶めかしい息を吐き、慣れない動作で快楽の根を探っていく。

欣秋は苦しげな息を吐きながら唇に笑みを浮かべ、仄香の表情を嬉しそうに見返した。

いろんな官能があらゆるところからやってきて、次第にこらえがたい情熱となり、仄香の全身に満ちていった。

欣秋が容赦なく突き上げたとたん、仄香は背筋をのけぞらせ、甘く淫らな嬌声を発した。腰が大きく跳ね上がり、何度も痙攣を繰り返す。欣秋が後方に倒れそうになった体を抱きしめ、自分に引き寄せた。

「いま絶頂ですか？　絶好調ですか？」

耳元で甘く囁き、優しさだけのキスをする。

仄香は欣秋の太い腕に身をゆだね、彼の体温を感じながら幸せに満ちた笑みを浮かべた。

五年後……

入国審査をおえ、税関を通って到着ロビーに出ると、仄香は疲労のこもった息を吐いた。

成田空港からの直行便とはいえ、ボストンにあるジェネラル・エドワード・ローレンス・ローガン国際空港までは約一三時間。新天地、新生活への喜びと興奮は、長いフライトの間に疲労へと変わり、飛行機を降りたいまは眠くて眠くてたまらない。

吐いた息を吸い込むと、アメリカ合衆国特有のスパイシーな香りが鼻孔いっぱいに広がった。同じ北アメリカとはいえ、カナダにはない香りだ。

どの国にも、その国特有の香りがあり、空気がある。

といっても、仄香が訪れたことのある国は限られている。

新婚旅行は仕事で決して行かない場所がいい。ブラジルのアマゾンのジャングルか、チベット高原あたりを希望しているが、夫は「結婚生活の最初で、あんまり難易度の高いところはやめた方がいいと思うよ」と控え目に反対した。

仄香は、左手の薬指にはまった指輪の位置を戻した。サイズが少し大きいから油断すると外れそうになる。サイズ直しをするかどうか悩んだが、どうせすぐ太るだろうと考え、そのままだ。

仄香は、さして人のいない小さなフロアをゆっくりと見回した。学生とおぼしき若者をちらほら見かけるのは、ここボストンが世界有数の学術都市だからだ。

「世界有数」ではなく、「世界一」と言う者もいる。派手に遊ぶ場所はなく、若い大学生からすれば退屈で、勉強と研究に集中できる環境なのは間違いない。

今回、仄香が安価な乗り継ぎ便ではなく、直行便を利用したのは、会社が渡航費用を負担したからだ。転居にかかった費用も半分以上は会社持ちで、来月からは基本給が大幅にアップする。もっとも、アメリカは日本に比べ、物価が高く、フリーランスに転向する可能性を視野に入れれば贅沢はできない。

来週からの仄香の正式な勤務地は、ボストンではなく、飛行機で一時間の距離にあるニューヨークだ。普段はボストンでリモートワークを行い、月に数回ニューヨークを行き来する。ボストンもニューヨークも、地下鉄やバスが整備され、車がなくても十分に生活できるから、仄香には安心だ。

ガラス張りの自動ドアが開き、仄香は大きく身震いした。春物のコートでは寒いと言われ、冬用のチェスターコートを着てきたが、手袋とマフラーも必要だったようだ。

ふわりと、青い大きなストールが頭上から仄香を包み込んだ。体温の移ったストールの中で顔を上げると、端麗な笑顔が近づいた。

唇がふれる直前、仄香は「うわっ」と小さな声をあげ、後方にしりぞいた。

仄香を見下ろす笑顔が、不機嫌そうな表情になる。その不機嫌さえも愛おしい。

出発直前の成田空港でもビデオ通話で話したため懐かしいという気持ちはないが、わずかな距離から感じられる体温と息遣いの心地よさは直接会わないと味わえない。

欣秋はストールを仄香の胸元で交差させ、左手の手袋を外して仄香の右手を取った。大きな手のぬくもりが、仄香の冷えた指先を温める。欣秋の薬指にはまった銀の指輪が少し冷たい。仄香は指輪の冷たさを感じながら欣秋に微笑んだ。

「ほんまボストンはむっちゃ寒いなあ。大阪とえらい違いや」

欣秋は考え込むような顔つきで仄香の左手を自分の唇に持ってくると、柔らかな甲に軽くキスをしてから仄香の瞳を見返した。手首には相変わらず輪ゴムがはまっている。

仄香の中ではすでにアクセサリーの領域だ。

「その怪しげな大阪弁、なんとかなんないの？　大阪の人に怒られるよ」

「大阪事業所に大阪の人、あんまいなかったから怪しげな大阪弁でも怒られへんかったで。

関西の人は多かったから、これは怪しげな関西弁。欣秋さんは髪があるね」

体からの熱を感じるほど近くに立ち、大きくあごを上げ、整った容貌に目を凝らす。欣秋が仄香を見下ろしているから、あごしかわからない、ということはない。

一一年前はひげが生えていて、がりがりだった。いまはミドル丈の黒いダウンジャケットを着ているから体形はわからないが、少なくともひげはない。

そして、短くカットした髪がある。

いまは、スキンヘッドの美青年、ではなく、どこにでもいるショートヘアの美青年だ。

「もうずいぶん前から髪はあるけどね。こっちは髪がないと凍えるし。あと五年ぐらいしたら、髪がある、じゃなくて、まだ髪がある、とかになるんだろうね」

微妙な意味合いの言葉が入る。

欣秋の髪がどれだけ薄くなっても、脳裏に浮かぶ笑顔は剃髪しているから問題ない。

仄香が、ワシントンDCで一年の語学研修を受けたのは、いまから四年前。

みずからのキャリア形成を考えた結果、石川事業所に転勤するより、ワシントンDCで語学研修を受けた方がいいと判断し、欣秋と出会った翌年の四月からアメリカでの生活が始まった。欣秋がジョンズ・ホプキンス大学のあるボルティモアに来たのは、その数ヶ月後。コミュニティバスが順調に運行し、寺じまいをすませたあとになる。

どれだけ距離があっても二人の愛は変わらない……、と思っていたが、アメリカに転勤し、仄香の身の上に大きな変化が起こってしまった。

久しぶりに仄香の実物と対面した欣秋の第一声は「会いたかった」でも、「寂しかった」でもなく、「仄香さん、太ったね」だった。

食事を頼むと必ず付け合わせについてくるマッシュポテトを律儀に食べた結果、一ヶ月で三キロ太ってしまったのだ。その後は順調にひと月一・五キロ体重が増加した。

ビデオ通話では体形はわからなかったため、仄香が「こっちに来て太った」と言っても欣秋はさして深くは考えなかった。

もともとが相当痩せていたため健康体重になっただけだが、あまりに変化が急すぎたため、欣秋はなんらかの病気を疑い、忙しい学業の合間をぬって鍋でご飯を炊き、サラダを作り、食育に努めた。仄香も鍋でご飯を炊く技を習得し、マッシュポテトは抜いてもらってもいいと教わって、ほどなく体重は元に戻った。

ワシントンＤＣでのインターンは一年。

仄香の会社が用意したアパートメントで欣秋と暮らす生活は楽しかったが、翌年の春には仄香は日本に戻らねばならない。再び海外で勤務するには、最低でも三年、語学研修の成果を日本で生かしたあとになる。お礼奉公とも言う。

欣秋は、アメリカの大学院は夏休み冬休み春休みが長いから、日本に戻って仄香とすごせる、と悠長なことを言っていたが、Ph.D.を通常より早く取得するには長期休暇中も指導教授との研究を続ける必要があり、就職を視野に入れると、企業でのインターンや教育支援のボランティアは欠かせない。

仄香が日本に戻れば、欣秋に会えるのは、わずかな夏季休暇と正月休みが精一杯だ。

欣秋と少しでも長く一緒にいたいなら、会社をやめる必要があるが、フリーランスで翻訳業を営むにはキャリアが乏しく、「自分で生活費を稼ぐ」という目標は果たせない。

仄香が、仕事か欣秋か、――ではなく、安定した会社員生活か、不安定かつ稼ぎの乏しいフリーランスか、どちらを選ぶか悩んでいたとき、欣秋もまたみずからのキャリア形成に悩んでいた。

欣秋の従事する研究が、ボストンにあるマサチューセッツ工科大学（MIT）と大阪大学で共同して行われることになったのだ。研究者としての将来を考えれば、ジョンズ・ホプキンス大学で研究を続けるより、共同研究者としてＭＩＴの研究グループに参加した方がよく、ジョンズ・ホプキンス大学の指導教授も欣秋のＭＩＴ行きを熱心に勧めた。

ボストンに仄香の会社はもちろん、仄香が働ける関連企業はない。欣秋は苦しそうに

「実はボストンに行くかどうか迷ってる……、というか、ボストンに行きたいんだけど

……。どう思いますか？」と切り出した。仄香が「いい」と言おうが、「悪い」と言おうが、欣秋の中ではボストン行きは決定している。だから、心苦しいのだが、仄香は欣秋の心配をよそに「マジ⁉　もしかして出張で大阪に行ったりする⁇」と驚いた。

「そりゃ、まあ。研究室（ラボ）のリーダーは研究資金をたくさん持ってるお金持ちだから、阪大にはそこそこ行くよ」と欣秋は答えた。

大阪には、東京に次いで規模の大きな事業所がある。語学研修がおわってからのお礼奉公は東京で行わなければいけない、ということはなく、ボストンはむりだが、大阪に住むことはできる。

かくして、仄香はワシントンＤＣで語学研修をおえたあと、希望どおり大阪事業所に転勤し、怪しげな関西弁を覚え、欣秋は研究拠点をＭＩＴのあるボストンに移し、こまめに大阪に出張に来た。

その間、欣秋は筆頭著者として査読つきの論文を定期的に出し、Ph.D.プログラムに進学して三年後に学位を取得した。

プロポーズの言葉は、仄香がしょっちゅう「ひざまずいてプロポーズって何がいいのかわかんない。婚約指輪も必要ない」と言っていたため、仄香に学位記を渡し、「あのー、結婚していただいていいでしょうか」だった。

結婚式をあげる気はなかったが、せっかくだからと、すでに寺じまいをおえた本堂で欣秋の兄が導師となって勤行し、指輪を交換した。

当初は欣秋の兄一家だけ参列するはずだったが、一四人に増えた婦人会の女性陣と近所の門徒やお花やさん、その他欣秋が世話になった人々が集まり、結構な人数になった。

一応予定を知らせておいた香奈恵伯母からは「叔父さん叔母さんが横領したお金をすべて回収してからお祝いします」という電報が届いた。

仄香は、三年間の日本でのお礼奉公をおえたこと、結婚し、パートナーがボストンに住んでいることからボストンにほど近いニューヨークへの転勤が認められ、欣秋とお見合いをして約五年後にボストンに居住し、リモートワークを中心にニューヨーク支社の仕事を行うという勤務形態を取ることになった。

仄香が皇華を追い払ったあと、皇華と学志は示談交渉に有利になるという理由でそそくさと結婚した。学志は不起訴となり、父親の法律事務所を依願退職したあと、弁護士会から二年間の業務停止処分を受けた。

叔父と叔母が横領した金のうち、学資保険と父母の貯金に相当する額は一括で返済されたが、そこまでだ。

すぐに支払いは滞り、香奈恵伯母が返済を迫ると、娘婿がデパートのエスカレーターで盗撮し現行犯逮捕された、皇華が鬱病になった、皇華が牛肉を万引きした、また万引きしてスーパーを出入禁止になった、皇華がネットショップでブランド物を買いあさり借金を作った、娘婿がまた盗撮で捕まり弁護士会から除名された、夫が不動産会社をリストラされた、妻がパワーストーンにはまった、とさまざまな理由をつけ、支払いを遅らせた。

香奈恵伯母は怒りを再燃させ、叔父の給与口座から毎月三万円を仄香の口座に自動的に振り込む手続きを取った。仄香が高校時代にアルバイトをして渡していたのと同じ金額だ。

香奈恵伯母からの結婚祝いがいつになるかわからないが、香奈恵伯母も叔父と叔母も長生きしそうだから、気長に待つことにする。

欣秋は、現在、MITで博士研究員として研究を続けている。博士研究員は任期付きだ。アメリカで安定した研究生活を送るには終身在職権、いわゆるテニュアを取得する必要があり、テニュアを取得するには査読のある研究論文を定期的に出さねばならない。

そのうち一本か二本は『Cell』『Nature』『Science』といった世界トップの論文誌に掲載されることが望ましい。

テニュアを得た先にある欣秋の目標はノーベル賞、……ではなく、入澤脩真の名を冠した研究施設を設立し、研究費の心配をすることなく研究を続け、教科書の記述を一行変えること。

と、仄香と一蓮托生だ。

「テニュア審査の前に日本の大学で専任の教員の公募があったら、そっちを受けるから。アメリカじゃないと研究できないってことはないし、日本に戻りたいときも、戻りたくないときも、ちゃんと言ってね」

ある程度の予算が獲得できる日本の大学は限られている。いくつかの候補はあるが、どの大学を選んでも、近くに仄香の勤める会社の事業所がある。

事業所がなくても、結婚したいま、仄香が出世しないかぎり、リモートワークを中心とした就業が可能だ。

仄香は、出世は望まない。仄香の望む人生の目標はただ一つ。

「日本でもどこでも、私の人生の目標は自分の食い扶持を自分で稼ぐこと。いまの会社をリストラされるかもしれないから、ボストンでフリーランスの道を模索します。もしだめなら日本人学生向けのうどん屋さんかそば屋さんで浴衣を着て接客するから、行きつけのうどん屋さんを作らないとね」

欣秋の近くにある自動ドアが開き、冷たい風が吹き寄せた。欣秋がダウンジャケットのファスナーを下ろして片方の胸を見せると、仄香は温かい体に頬を寄せた。

幸せで全身がとろけてしまいそうだ。

「仄香さん、ぼくと一蓮托生が抜けてるよ。ぼくは元気な仄香さんに見守られて天寿をまっとうし、仄香さんと同じ蓮の華の上に生まれ変わるんだからね。そのつもりで、マッシュポテトはほどほどにして健康に気をつけてね」

「蓮の華の上は寒くないといいな」

「ぼくと一緒に生まれ変わるんだから寒くても平気だよ」

仄香は欣秋の胸に抱かれながら、ひげのないあごを見上げ、幸せとともに微笑んだ。

——了——

あとがき

このたびは『絶倫のお坊さんとお見合いして愛欲にずぶずぶ溺れています。』をお読みいただきありがとうございます。麻木未穂です。

本作は「坊主頭のお坊さんが書きたい！」という情熱に突き動かされて書いた作品になります。欣秋は剃髪しなくてもいいんですが、しています。夏場は日焼け対策必須。

章タイトルの「今日の言葉」は、よくお寺に掲げてあるやつです。

当初、欣秋が書いた「今月の言葉」が宿坊の壁に貼られていたのですが、原稿の枚数が多くなったため削りました。以下、初稿にあった「今月の言葉」です。

今月の言葉　偉い人が「六〇にして耳順う」と言った時代の平均寿命は二〇歳代

「六〇にして耳順う」は『論語』にある孔子の言葉です。「偉い人」とは孔子のこと。婦人会の女性陣にいろいろ言われて、鬱屈がたまったときに書きました。

なお、欣秋は字が汚い、という設定です。

お寺のイベントに交通安全講習があり、欣秋が婦人会の女性陣の運転技術のチェックをしている、というエピソードや、婦人会の女性陣が車でアライグマを轢き、欣秋がお経をあげて供養した、というエピソードも削りました。

作品の舞台は、数年前の夏、遊びに行った福井県。おろしそばが名物だと知らず、あまりにおいしかったのでびっくりしました。夏に行ったのでカニは食べていません。若狭牛も食べてないです。鯖の串焼きは食べました。脂がのっていておいしかったです。

海は見ていないので、本作でも海の景色は出てきません。

ため息が出るほど美しいイラストを描いてくださった天路(あまじ)ゆうつづ先生、本当にありがとうございます。あまりに美しすぎて、口を半分開いて、ぼーっと見ています。何時間見ても飽きないです。

いつもながら編集さんにもお世話になりました。電話で打ち合わせをしている最中、「ちょっと待ってください」と言って長々と待たせたり、突如電話が通じにくくなったりするのは、すべて猫が原因です。遊べ、遊べ、相手しろ、こっち来い、とうるさく鳴くので仕方なく撫(な)でに行っています。この場を借りておわびいたします。

また、本作品の刊行に携わっていただいたすべての方々に感謝いたします。

次回、みなさまに再びお会いできる日を楽しみにしています。

麻木未穂　拝

ジュエル文庫をお買い上げいただき、ありがとうございます!
ご意見・ご感想をお待ちしております。

ファンレターの宛先

〒102-8177　東京都千代田区富士見2-13-3
株式会社KADOKAWA　ジュエル文庫編集部
「麻木未穂先生」「天路ゆうつづ先生」係

ジュエル文庫
http://jewelbooks.jp/

絶倫のお坊さんとお見合いして愛欲にずぶずぶ溺れています。

2024年1月5日　初版発行

著者　麻木未穂

イラスト　天路ゆうつづ

発行者 ―――― 山下直久
発行 ―――― 株式会社 KADOKAWA
〒102-8177 東京都千代田区富士見2-13-3
0570-002-301(ナビダイヤル)
装丁者 ―――― Office Spine
印刷 ―――― 株式会社暁印刷
製本 ―――― 株式会社暁印刷

Printed in Japan
ISBN 978-4-04-915482-5 C0193

◇◇◇

ドSな
官能小説家が
絶倫
ヴァンパイアだった件
丸木文華
Bunge Maruki
ILLUSTRATOR 相葉キョウコ
Do S na kannoushousetsuka ga
zetsurin banpiredatta ken

汚れ仕事も忠犬の如くこなす冷酷な将校・緑雨。最愛の兄を彼に謀殺されたユキは仇討ちのため近づくも、囚われて……！　容赦なく身体中を嬲られ、凶暴な楔に貫かれ——。こいつは兄の仇！　絶対に堕とされない！

非情なる軍人の命を賭けた純愛！　ハードラブ大作！